2022中国年度小小说

秦俑　赵建宇　选编

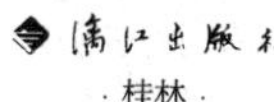
漓江出版社
·桂林·

图书在版编目（CIP）数据

2022中国年度小小说 / 秦俑，赵建宇选编 .-- 桂林：漓江出版社，2023.2（2024.5重印）

ISBN 978-7-5407-9361-6

Ⅰ.①2… Ⅱ.①秦… ②赵… Ⅲ.①小小说—小说集—中国—当代 Ⅳ.①I247.82

中国版本图书馆CIP数据核字（2022）第244860号

2022 ZHONGGUO NIANDU XIAOXIAOSHUO

2022中国年度小小说

秦俑　赵建宇　选编

出版人：刘迪才
责任编辑：黄彦
书籍设计：石绍康
责任监印：张璐

出版发行：漓江出版社有限公司
社址：广西桂林市南环路22号　邮编：541002
发行电话：010-65699511　0773-2583322
传真：010-85891290　0773-2582200
邮购热线：0773-2582200
网址：www.lijiangbooks.com
微信公众号：lijiangpress
印制：天津市天玺印务有限公司
［天津市宝坻区新开口镇产业功能区天源路9号　邮编：301815］
开本：690 mm × 1000 mm　1/16
印张：20　字数：274千字
版次：2023年2月第1版
印次：2024年5月第2次印刷
书号：ISBN 978-7-5407-9361-6
定价：59.80元

目 录

contents

001 / 在传承与创新中讲好中国故事
——编选前言 秦 俑

第1辑 碎片中的花样人生

003 / 碎片中的花样人生（选章） 阿 成
008 / 秦岭记（选章） 贾平凹
014 / 新笔记（二题） 侯德云
020 / 裕后街风情（三题） 王琼华

第2辑 满身枣花香

033 / 宾 至 喻永军
036 / 临时党支部 安石榴
040 / 中国地图 侯发山
043 / 十三连 谢志强
046 / 十八岁的李响 蔡 楠
050 / 幸福二号 周耘芳
053 / 满身枣花香 李 方
056 / 活界碑 丁迎新

059 / 冰雪国境线　何君华
062 / 柳林春雨　刘　帆

第 3 辑　去上海

067 / 老赵和小李　石钟山
071 / 去上海　房　伟
074 / 二　叔　岑燮钧
077 / 洒在雪地上的泪珠　胥得意
080 / 蓼子花　戴智生
083 / 称　粮　田洪波
086 / 祖父瓷　张建春
089 / 孤独的月亮　王伟锋
093 / 1977 年的酒　唐波清
096 / 哭　鱼　刘　泷

第 4 辑　阳光或者一米阳光

101 / 黄河捞　金　光
104 / 你看你看这蜂鸟　戴　希
106 / 我闻到油香了　刘国芳
109 / 蝴蝶庄之树　司玉笙
112 / 蜗牛角　宗玉柱
116 / 猪蹄的故事　宋以柱
119 / 乡贤赵五爷　薛培政
122 / 阳光或者一米阳光　安晓斯
125 / 山上有双眼睛　海　华
128 / 阿紫的直播　刘向阳

第 5 辑　孤独的庄稼

133 / 松　鸡　陈　毓
136 / 抽空去一趟桦南县　侯德云
140 / 锁　爷　聂鑫森
144 / 看不见的牛　于德北
147 / 羊族秘史　申　平
150 / 柳某寅　非　鱼
153 / 满　师　陆涛声
157 / 将军岭　刘建超
160 / 走失的赵东　芦芙荭
163 / 厨师的父亲　赵文辉
166 / 无　痕　袁炳发
169 / 孤独的庄稼　赵　新
172 / 篾匠的儿子　范子平
175 / 河边的秘密　符浩勇
178 / 万物有灵　肖建国
181 / 一条叫黄耳的狗　邢庆杰

第 6 辑　生命鱼

185 / 生命鱼　欧阳明
189 / 槐香穿过白发　闫耀明
193 / 索　画　相裕亭
197 / 跑　反　赵长春
200 / 岸边的热闹　乔　迁
203 / 陈先生　伍中正

207 / 剪春罗　刘正权
211 / 第四棵梧桐树　胡　炎
214 / 酒语不拘　韦如辉
217 / 拿　大　李永生
221 / 阿尔卑斯山下的客栈　谢大立
224 / 白家羊肉馆　徐全庆

第 7 辑　无尘之眼

229 / 契　阔　王若冰
233 / 一张手绘图　袁省梅
236 / 望天鹅　蒋冬梅
239 / 无尘之眼　陈　敏
242 / 酒　娘　朱雅娟
245 / 城市月光　碎　碎
248 / 玻　璃　阎秀丽
252 / 青花如意陶　徐建英
255 / 水哨男孩　庞　滟
258 / 你约等于金色花　王秋珍
261 / 父亲的秘密　胡　玲
264 / 浪　花　李海燕
267 / 伯父的第二个妻子　脱微娜

第 8 辑　饥饿穿过胡同

273 / 突然想要痛哭一场　徐　东
276 / 秋　风　莫小谈
279 / 五彩布　墨中白

282 / 俩老头儿的醉梦时光　原上秋
285 / 再上九鼎山　骆　驼
288 / 饥饿穿过胡同　张志明
291 / 麻达山　宗玉柱
294 / 对　枪　于　博
297 / 斩乌蚊　练建安
300 / 凌空虚步　杨静龙
303 / 冬季的爱情　王　哲

在传承与创新中讲好中国故事
——编选前言

秦　俑

一

漓江出版社的“年选系列”图书已连续出版20多年，成为海内外公认的文学出版品牌。小小说选本是中间增列进来的，从1999年开始，由《小小说选刊》编辑部与漓江出版社合作出版。作为编选时间最早、持续时间最长的小小说选本，“漓江版”小小说年选在国内众多的小小说年选图书中独树一帜，被业界与读者誉为“当代小小说创作的发展编年史”。

《小小说选刊》创刊于1985年，1995年改为半月刊，迄今共出版792期，总发行量逾亿册，影响了至少两代读者的阅读时尚。除了办刊，我们还上百次地组织征文大赛、笔会研讨、函授教学等活动，不仅让成千上万的小小说作者从中受益，而且也让郑州成为名副其实的“小小说创作中心”。近40年来，《小小说选刊》不仅积累了大量的作家作品资源，也培养了一支成熟的编辑策划团队。所以，“漓江版”小小说年选与我们合作，算是一种强强联手的最佳组合。

二

从2020年开始，“漓江版”小小说年选本在编辑体例上做出了较大调整，今年的年选本共分为8个小辑：

第1辑为精选系列作品，特别遴选年度内具有代表性的四组笔记体小小说。其中，贾平凹的《秦岭记》是以长篇小说的形式发表和出版的，全文由57篇长短不一的小小说构成，篇与篇之间相对独立，又互有关联，写法上继承了古代笔记小说“志人”“志怪”传统，也是作家二十世纪八九十年代创作《太白山记》系列作品的一种延续，编制体例上开合有度，意趣笔法上自成一格，堪称中国现代笔记体小小说创作的重大突破。阿成的《碎片中的花样人生》是作家近年来着力打造的新笔记小说系列，篇幅上不拘于体裁样式限制，短则几百字，长则数千字，表现出一种难得的随意率性，各篇均以小人物的独特人生阅历为题，用充满诗意与哲性的思考，呈现出“地域经验、寻根意识、底层视角”的鲜明特色，充满人文主义的理想色彩。同样的，侯德云、王琼华的笔记体小小说也在传承与创新上有着自己独到的追求。侯德云的创作从历史转入现实，在人生回味中去打捞与寻找传统审美趣味。王琼华的创作则由官场转入民间，从对“裕后街”物事、人事、吏事的发掘中去探寻人性之光。笔记体小小说创作近年来蔚然成风，冯骥才《俗世奇人新篇》、莫言《一斗阁笔记》、蒋子龙《寻常百姓》、石舒清《地动》、聂鑫森《湘潭故事》、张晓林《书法菩提》、相裕亭《盐河旧事》等被反复转载，广为流传，是中国古代笔记小说《世说新语》《太平广记》《阅微草堂笔记》《聊斋志异》等在新时期的继承与发展。

第2辑为主旋律作品选萃。今年是党的二十大胜利召开之年，在各大报刊的集中努力下，涌现出了一大批聚焦“中国梦”、弘扬主旋律的优秀小小说作品。小小说是一种富于时代性与人民性的新兴文体，以这一适应时代发展的独特文学形式，来书写中国共产党“两个一百年”的奋斗目标和新时代中国经济、政治、文化、社会、生态文明“五位一体”建设所取得的伟大成就，展现新时代中国人民在实现“中国梦”伟大进程中焕发出的时代风貌和人文精神；以鲜活文字展现中国共产党人践行初心使命，为中国人民谋幸福、为中华民族谋复兴的光辉历程、辉煌成就与宝贵经验；以真情实感讲好新时代经济发展、社会进步、生活幸福的百姓故事；以小小说讲好中国故事，弘扬中国精神，凝聚中国力量，是小小说刊物和小小说作家应尽的职责。

第3—4辑是按照作品内容进行分类的。第3辑是人生类题材作品精选，体现纵向（时间线）、偏内在的特点，彰显年轻化和新生活理念；第4辑是社会类题材作品精选，体现横向（空间性）、偏外在的特点，彰显时代性和新观察视角。《老赵和小李》《去上海》《洒在雪地上的泪珠》《黄河捞》《阳光或者一米阳光》等作品，在人生与社会的现实维度上，努力触碰小小说文体所能达到的生活的厚度、现实的力度、人性的深度，是对小小说文体“以小见大、见微知著”特征最直观的呈现。

接下来这几辑是按照作者类型进行分类的，第5辑是“小小说金麻雀奖”获奖作家，第6辑是持续活跃的创作中坚，第7辑是实力女作家，第8辑是创作势头迅猛的新生力量。作家类型各有差别，但在作品的选择上有一个共同点，就是我们一直奉行的“好作品主义”，注重入选作品的经典性、时代性、好读性与包容性，力争体现当年度小小说创作的高度与广度。

三

接着传承与创新的话题往下说。

自2013年开始，《小小说选刊》在栏目编排与内容策划上进行了较大幅度的调整，在对原有栏目精简整合的前提下，新增“专题”版块，即围绕社会或市场热点话题，每期选发同一内容或同一主题小小说5篇，倡导小小说的“深度阅读”。后来，到2015年，编辑部又对“专题”版块进行升级，策划了“用小小说讲好中国故事”与“创新小小说大展”两个系列专题。

截至2022年底，《小小说选刊》“用小小说讲好中国故事”系列专题已连续策划编选8年，选发了300余篇关注时代潮流、贴近现实社会生活，接地气、聚人气的好作品，“讲好中国故事”也上升为《小小说选刊》的办刊宗旨和编辑理念。如果说，“中国故事”系列专题强调的是“守正”，要关注现实、关注当下、关注人民，那么，“创新大展”系列专题则偏向于强调“创新”，要不断探索、打破陈规、思变求新。两个系列专题相互映照、互为补充，是文学传承与创新发展的辩证统一和有机融合。

在与漓江出版社的合作过程中，我们一直秉持“在传承与创新中讲好中国故事”的编选理念。《2022中国年度小小说》入选作品更为注重传承，汇聚了一大批现实主义力作；而同样由我编选的另一选本《2022我们都爱短故事》则侧重于创新，主要体现文学的想象力与艺术性。这是可以放在一起读的两本书。“风吹哪页读哪页”是小小说最好的阅读方式，愿你在阅读中遇见更好的自己。

第1辑

碎片中的花样人生

碎片中的花样人生（选章）

阿　成

一个人的午餐

英国。爱丁堡那个古老的城墙上空空荡荡，越往上走空气越出奇地纯净。正是正午时分，我走到城墙的一个垛口那儿，看到一位当地的老人正在用午餐。用中国人的话说，是在野餐。我看到，他一个人的午餐很简单，面包、火腿肉和一瓶水。老人戴着雪白的餐巾，用刀子和叉子慢慢地吃着，很优雅。显然这是一个有教养的人，一个优雅的人。看到此情此景，我大约可以肯定，这是一个独自生活的人。是啊，人总是喜欢联想。我猜想这位英国老人到爱丁堡来，是想重温一下当年他和他的恋人在这里午餐时的情景。或者，他是一个怀才不遇的人，讨厌尔虞我诈的社会环境。我继续向上走，古老的城堡很宁静，宁静得上帝也不想打扰这位用餐的老人。

人在异邦，边走边想。我深知，一个人的世界需要得到尊敬，只是我心中仍然泛起淡淡的忧伤。我理解英国老人的这种行为，显然他的生活节奏慢了起来，他珍惜生活中的每一个细节，每一个细节都不让它从自己手中、从自己的生活中和宝贵的时光中溜走。毫无疑问，这位英国老人是一个热爱生活、热爱生命、热爱大自然的人，抑或是一个生活上的落魄者，一个孤独的人。他必须尊重自己的生活，拥有自己的尊严和教养，哪怕仅有几片面包、一片火腿和一瓶水。

这让我想起我还是青年的时候，那位居住在道外区、没有体面营生的女人。她也是一个人生活，她已经老了，没人肯要她，她很穷，家徒四壁，也没有生活来源。政府的救助又是那样少。她每天去早市，好心的菜农会把自己卖不掉的剩菜送给她。回到家，她打开蜂窝煤炉，烧开一锅清水，用它来涮青菜火锅。她似乎同爱丁堡城堡上的那位英国老人一样，既没有亲人，也没有朋友，甚至周围的邻居也从不和他们来往，但是他们一直坚强地有尊严地活着，而且活得是那样有质量，让这个世界，让周围的人看看，我是一个怎样的人、怎样的灵魂，又是怎样的强大和自尊……

我来到爱丁堡城墙的上面，这里真的非常开阔，非常美，像一幅画。你能感觉到阳光是那样温暖，空气是那样纯净。上面的人很少，唯其如此，我才真正理解了那位英国老人为什么带着自己简单的午餐，一定要到这里来的原因。只有这样，才能充分地表达自己对生命的尊重，对自己的尊重。上天给我们生命，所以每一天都是珍贵的，都是值得尊重的。必须活好每一天。

父　子

生子小时候是一个非常顽劣的孩子，为此经常受到父亲的惩罚。而且，父亲在生子不知悔过的情况下，近乎酷刑的惩罚一次又一次地升级。在难以承受的鞭挞下，生子选择了逃离。此时的父子已然成为敌对关系了，他怎么会去找儿子回家呢?

生子的家是一栋“L”形的小二层楼，是江南式的明楼廊，紧挨着松花江。松花江也是生子的母亲江。早年，水势浩瀚的松花江是孕育“三花五罗”的水中天堂。初中一年级的生子是这条江江边钓鱼的常客。钓了鱼，卖了钱，就不会饿肚子。晚上生子睡在这幢楼的天棚上（大多数邻居都知道，唯有生子的父亲“全然不觉”）。天棚上其实并不是很冷，因为有烟囱从中穿过，那烟囱就相当于一个个方形的火墙。晚上，特别是天冷的时候，生子就靠在火墙上面睡觉。

他尤其喜欢在自家的火烟囱旁边睡觉，自家的烟囱要比其他人家的烟囱暖和很多。

生子白天上学，放学之后就去江边钓鱼，钓了鱼就近卖鱼。生子的钓鱼技巧是他在逃亡期间那些业余钓翁亲手传授给他的（后来生子成了这座城市钓鱼协会的主席。这是后话，这篇文章就不说了）。晚上，在天棚上睡觉，蜷着身子，和衣而眠。这几乎成了生子逃亡期间的生活常态。他的同学也没人知道他的事，更不知道他已经离家出走半年多了。

逢年过节了，生子会悄悄地把自己钓到的大鱼挂在家门上，然后转身就走。晚上依然睡在天棚上，那里已然是他的家了。早晨起来，他到松花江边洗洗脸，再用铁盒子将泊在江边的渔船丢弃的小鱼小虾煮熟，吃过之后就去上学了。生子的学习成绩虽不算全班最好的，但也不是最差的。一次语文老师出了一个作文题，题目是“我的父亲”。生子写的是：“希望将来我当爸爸的时候，是一个不打儿子的爸爸，做儿子的朋友。”那篇作文老师给的是不及格，因为跑题了，他没写他的父亲，而是写了他的希望。

生子每天早晨和晚上都能在天棚的窗口那儿看到父亲上班下班的情景。生子的母亲去世早，父亲又找了一个女人。每当父亲惩罚他的儿子时，后妈都会躲到屋里把门关上。

俗话说“八月十五云遮月，正月十五雪打灯”，果然正月十五这一天，天下起了小雪。冬天对逃亡在外的生子来说确实有些不太好过。于是他选择“拉小套”，所谓的“拉小套”就是帮助手推车夫拉上坡，每拉一个冰雪覆盖着的上坡给一角钱或者两角钱的报酬。正月十五这天，生子正在帮一个手推车夫拉小套，偶然看见从上坡走下来的父亲。父亲突然脚下一滑，摔倒了，坐在地上哎哟哎哟疼得直叫。生子立刻跑过去把父亲搀了起来。生子对父亲说，叫唤啥呀？不至于吧？这比你打我那个劲儿差多了。父亲看了看生子，没说什么，努力地憋住气，不使自己叫出声来。

就这样，生子一直把父亲搀到家门口。到了家门口，生子停下来问，你自己能走吗？回家去吧。说着生子就要转身离去。父亲却说，不能走。就这样，生子搀着一瘸一拐的父亲走进了家门。

同道者

年轻的时候我是一个跑长途的汽车驾驶员，职业所致，我的老胃病时好时坏。倒是意外地发现一个小妙招。楼下有一家馄饨店，并且还是一家品牌店，馄饨做得好，馄饨啊汤啊很清亮很爽眼，关键是味道也好，并备有香椿末和胡椒粉。看得出来这家老板定是一位行家，知道吃馄饨应该有一些怎样的配料。偶然吃过一次，没想到这一晚上没有犯胃病。从此以后，只要是向晚感觉胃不舒服的时候，就到这家小店要上一碗馄饨，再加一个杏仁西芹小炝菜。这样挺好的，价钱也不贵，吃过以后会觉得很舒服，这样我就经常光顾这家小店了。

这天向晚时分照例又去这家小店吃馄饨。我和内人选择了那个靠窗的位置（那里几乎成了我们两口子固定的位置了）。正是新冠疫情防控期间，很少有客人光顾饭店。是啊，这也真够这些店家主人发愁的了。还有，我之所以选择靠窗的位置，一来，可以看看窗外的夜景，隔着窗子欣赏被静了音的夜景总是有一种难以言表的人情味儿；二来，这也是一种习惯。

这时，推门进来了一个大约六十岁的老男人。从打扮上看，此君应当是一名基层干部，老式的提包，老式的衣着和老式的表情。他摘了口罩以后，我发现他长得有点儿像某位老派的电影演员，一脸的沧桑和成熟的自信。他也要了一个菜肉小馄饨，同时他还看好了玻璃橱柜里的朝鲜小咸菜。这种小咸菜分两种，一种是顾客在这里吃的，五块钱一份；还有一种，放在一个小玻璃瓶里，二十块钱一瓶。他说，两样都要，吃一个，带走一个。然后他开始找香椿末。很显然，这是一位老顾客。我说，香椿末和胡椒粉在我这儿，您用过了以后再给我送过来。我内人悄悄地埋怨我，这是公用的，怎么还给你拿回来呢？不讲究。这位老兄倒不介意，拿过去倒出一些放在小碗里，然后又放回到我们的餐桌上。

我们的馄饨和小炝菜上来了。这时候就听那位老兄对服务员说，你这儿有卤蛋吧？给我加一个卤蛋。于是，我看了他一眼，他也回看了我一眼，之后各自收回目光，吃了起来。

吃过饭，我和内人走出饭店以后，我对内人说，这位老兄一定是住在附近。内人说，你怎么知道？我说，你看他这么轻车熟路，显然不是第一次来，应当是这里的常客。不仅如此，他现在还是一个单身汉，而且从他要的这些东西看来，他并不差钱。另外，他进饭店时，整个状态有一点点轻微的夸张。内人问，为什么？我说，自尊心嘛。内人说，别说，你说的还是有点儿道理。你是不是看他要了一罐咸菜准备回家吃才这么判断的？我说，如果他有老伴儿和孩子的话，家里缺什么也不会缺咸菜呀。何况这咸菜价格不菲。内人问，真是奇怪了，你为啥猜得这么准呢？我说，很简单，因为我和他有过同样的经历。

秦岭记（选章）

贾平凹

鱼化腾

从仓荆到马池关三百里的古道上，有个广货镇，过去和现在一直都是秦岭东南区域的物资集散地，每天老幼杂沓，摩肩接踵，出出进进着几万人。镇街也很讲究，横着两条，竖着两条，形成井字状，而每个十字路口，除了商店、银行、酒楼、客栈，分别还建有佛庙、道观、清真寺、天主教堂，以及依然在沿用的大大小小的骡马、盐茶、药材、瓷器、粮油、布帛的帮会馆。你真的搞不清那么多人都是从什么地方集聚而来的，又将要分散到什么地方去。这该是怎样的神奇呀，这镇街的前世今生能如此繁荣！

在众多的帮会馆里，竟有了一家魔术馆。

馆主姓鱼，鱼是镇上的独姓，他的先人在明代犯官司逃至这里后，就以耍魔术为生，到了十四世鱼化腾时，术业炽盛，声名远播。馆地挺长，分两进院，后院楼阁亭台的为家人居所，前院的大场子青砖铺地，有戏台子，雕梁画栋，四边厢廊，峻桷层榱。鱼化腾每每演出，场子里人头攒动。他神出鬼没，变幻无穷，能从空中抓来一绳，绳在地上断为三截，又马上自己接了，直立行走；能口里吐一股烟，烟变成云，云变成纸，将纸揉着揉着又飞出一只鸽子；能将自己的身子移位，甚至把头颅突然滚落，捧在手中；能让空盆子倒出水；能手一指，一只鸡蛋就进入封闭的玻璃瓶中；能穿壁；能隐身；能吹动纸屑，纸屑变为花朵，把整个台子都铺上一层；能持竿在人群里钓鱼，鱼活蹦乱跳；能在裤裆里抓蛇，连抓七条蛇；能将自己变成一张照片贴在墙上，再从照片里走出来。

鱼化腾的魔术不可思议，人们就疑惑他不是人，本身就是魔。鱼化腾也不辩解，说：我之所以把魔术馆建在佛庙旁，就是让你们见佛见魔。又说：我就是魔，待一切众生都成佛了，我也发菩提心。

像一件物品看多了正面就要看背面一样，鱼化腾的魔术既然是魔术，人们都希望能知道真相。鱼化腾满足了人们的好奇心，开始表演时，每完成一个魔术就揭秘这个魔术。他在表演换脸，把四个女孩引上台，四个女孩各是各的长相，然后一声巨响，台上腾起白雾，四个女孩开始穿过一道黑色的布幕。第一个女孩出来，巴掌脸、大眼睛、鼻梁高挺；第二个女孩出来如第一个面貌一样；第三个出来和第二个面貌一样；第四个出来和第三个面貌一样。四个女孩一模一样啊，满场子的人都傻了。鱼化腾这才消散白雾，扯开黑色布幕，那里藏着先前的四个女孩。他告诉观众说这是布幕后换了人，四个相貌一样的女孩是他的外甥女，四胞胎。人们得知了如此这般，“哦”声不绝，哄然大笑。台子上的鱼化腾继续揭秘，他要这四胞胎把如何在黑色布幕后替换再演示一遍。明明看着四胞胎就站在那里，又突然一声巨响，台子上白雾再起，四胞胎瞬间消失了，走出来四只鸭子，嘎嘎声叫成一片。鱼化腾是在揭秘中再酝酿和形成一个更大的秘密，使人们目瞪口呆，惊骇不已。鱼化腾笑着说：真相就是永远没有真相啊！

鱼化腾五十八岁那年的正月十五，夜场表演人体升浮。在台子上把一手电筒立着打开，一道光柱竖在空中，他就爬光柱而上。上到两米处，给观众招手，突然头一歪跌下来。他跌下来趴在那里不动弹，手电光还照着。人们以为他这又是在揭秘。二十分钟后，他仍不动弹。有人觉得不对，上台子去看，他一只手伸在口袋里已经僵硬，双目翻白，往起扶的时候，从口袋里掉出一瓶速效救心丸，人已经死了。

景步元

蓝峪河绕独堆山流过，河边全筑了屋，河水整个夜里都在咬啮着屋脚基石。景步元在一家客栈里没睡好，早上起来，看山顶上云雾缭绕，那棵桂树或合或离，忽隐忽现，没有看到庙。

庙已有六百年的历史了，据说第一代住持亲手栽下了桂树，桂树还在生长，庙却先后被毁过七次。也正是桂树的存在，人们才知道这里曾经有座庙，庙才一次又一次得以恢复。

景步元是秦岭西段人，会塑像。五年前，他被请来塑佛时，庙宇也才在盖，两边廊房已经完工，而大殿顶上还在装琉璃脊兽。那天阳光灿烂，忽然来了一阵旋风，把大殿顶上做工的瓦工吹起，瓦工跌落到蓝峪河里，竟然毫发无损。景步元知道吉祥，开始在殿里设计布局，先垒好台子，栽好木桩，然后用稻草扎出人形。木桩涂上生漆，稻草要用猪血牛血揉搓。再是将白板土以糯米浆泡软和泥，泥里加上麻丝、棉絮、椒叶、艾草和朱砂、雄黄。一遍遍上泥，上一遍后，晾干再上一遍。反反复复修整，佛胎就形成了，粉妆是八月十五日中秋。

桂树的花全开了，它没有主干，是从根部就分出十五枝，每枝都高达十多米，十三个人手拉手才能把枝叶围起来。那是一座隆起的建筑，是爆炸性的一团金黄色的云。光亮就照射到塑像上，塑像庄严无比，周身散发着光辉。

景步元知道大功告成，佛性已赋，他浑身战栗着，说不清是为了自己的工作激动，还是佛力使他感到了一种敬畏，他跪倒在佛像前，礼拜不起。

独堆山上重新有了庙，庙里有了佛，于是，蓝峪河边的客栈就多了起来，而且越来越多，住满了香客。他们为了消灾祛病，为了求子祈财，为了仕途如意，为了升学顺利。世上有太多的烦恼和心事，无处诉说，给佛诉说。有太多的欲望和贪婪，不能满足，想着佛能赐予。于是，殿里的供案上常年更换着牛头猪头鲜花，殿外的铁炉中日夜香火缭绕。

每年的秋天，景步元也是从数百里外赶来，但他来了并不直接上山，而是先在客栈里住上一宿，沐浴净身，第二天沿着那 2800 个石阶上去，一步一叩头，直到双膝肉烂，额头出血。

二十年过去，景步元六十八岁那年跌了一跤，瘫痪在床，再没法来朝拜。而独堆山下，已经是一个旅游小镇，商铺林立，游人如织。蓝峪河里筑起一道坝，把水聚起来，镇子中间就有了一个湖。不知道为什么，湖边的柳也珍贵了，传颂着古人柳枝相赠的美好浪漫的友情和爱情，一枝柳条便能卖到一元钱。又不知从何时起，兴起了放生，香客们从庙里礼佛下来，都要到湖里去放生。这成了一种仪式，更成了一种时髦。桂树下的场子上便开始有了无数的提着桶卖鱼的，或用葛条吊着鳖卖鳖的。这些卖鱼卖鳖的都是镇上人，他们白天把鱼鳖卖给香客放生到湖里，晚上他们又从湖里打捞了翌日再来桂树下卖。

那一年的八月，又是八月，天上呼雷闪电，庙就起了火。当时是后半夜，庙烧起来是红光一片，镇上的人知道后，在 2800 个台阶上都站了人，把湖里的水一桶一桶往上传递。传上来的水越多，火却烧得越旺。等到天明，整个大殿都没有了。

而桂树还在，树上的金黄花蕊在这一夜里全部坠落，地上铺了一层，足有四指厚。

陈　冬

月亮湾十六村，都有给孩子寻命的风俗：过周岁，把麦穗、牛鞭、木条、算盘、书本、药葫芦、钳子、剪子放在炕上让孩子去抓。抓了什么东西决定着孩子的天性和以后要从事的行当。朗石村的陈冬，是腊月生的，他是什么都抓，抓了就往嘴里吃。当然这些东西吃不成，便哭，哭得尿在炕上。

陈冬长大后果然口粗，长得要比同龄人壮实，但脑子不够数。张三懒得往自家地里送粪，说：陈冬，帮我送晌粪，给你烙油饼。陈冬说：这是你说的呀！

送了一晌粪。李四在场上晒麦，无聊了，说：陈冬，你能把那个碌碡立起来，我赌一碗捞面。陈冬说：这是你说的呀！双手抓碌碡往起掀，掀不动，用肚皮子顶住，憋住屁，碌碡就立起来了。村里谁家立木房，夯土打院墙，挖地窖或拱墓，凡是重活儿，都喊陈冬来，只要管他一顿好饭，他舍得出力。

月亮湾以前没通公路，只有羊肠小道，一会儿到山头，一会儿到谷底，朗石村从来结婚娶媳妇，新娘都是靠人背。背架像椅子一样，新娘反身坐上去，背的人弯腰倾身，远远看去，新娘就像坐在人头上。那些年里，朗石村背新娘的事肯定也就是陈冬的。陈冬背新娘在半路上不歇，旁边就给他预备几颗煮鸡蛋和一瓶烧酒。太累了，脚步慢下来，剥一颗鸡蛋塞在嘴里，或喝上两口烧酒，他又一阵小跑。新娘背进门了，一对新人拜过天地入了洞房，院子里大摆宴席，陈冬也不坐席，就蹴在厨房灶口前吃饭。他吃了一碗，又吃了一碗，再吃了一碗。人问：陈冬，饱了没？他说：饱了。人又问：还能吃不？再盛一碗给他，他还能吃，就吃了。

月亮湾通了公路可以开拖拉机、拉板车、骑自行车前，朗石村先后有二十个新娘都是陈冬背回来的，而陈冬自己却没媳妇。有人逗他：陈冬，你不想媳妇？他说：怀里没钱，不能胡想。

国家政策变了，市场开放，村里人大多去镇街做买卖，陈冬也常去。他贩羊时猪涨价了，贩猪时羊又涨价了，当他把猪把羊再赶去时，集市却散了。村主任的儿子出了个邪点子，在村口的公路上设卡，过往的拖拉机、板车，只要拉了木材山货的就挡住收过路钱。村主任的儿子让陈冬拿根木棍把关，陈冬挡住个拉板车的，大声说：停下，交钱来！那人说：这是公路，不是你家炕头！拉着板车继续走。陈冬回不过话来，把木棍别到轮子的辐条里，板车就翻了。卡子设了半年，镇政府得知后，责令撤销。陈冬向村主任的儿子讨要工钱，村主任的儿子说：我都被罚款了，哪还有钱？给了他一个用旧的 BP 机。

那时候的 BP 机能显示来电号码，但要回复必须去村委会办公室或村主任家的小卖部里拨座机。因为没人和陈冬联系，陈冬的 BP 机老不响，也就是个铁疙瘩。但他 BP 机从不离身，晚上睡觉脱得光光的，腰里勒了裤带，裤带上把 BP 机别上。

再后来，村里的青壮年几乎都去山外的城里打工了，没人肯带陈冬去，陈冬就在村里种地。老村主任去世后，村主任的儿子又做了新的村主任，每月有政府的 2000 元补贴，他买了一部新手机。陈冬总想去摸摸手机，每次新村主任一说：脏手！陈冬就不敢摸了。清明节或者冬至，外出打工的有人回来上坟烧纸，有人不回来，不回来的人就给新村主任打电话，让陈冬替他们去自己的祖坟祭奠，这当然要付费的，给新村主任的手机上转 100 元，新村主任再把钱付给陈冬。这 100 元其中有纸烛钱，也有代劳钱，要求陈冬在祭奠时必须哭。陈冬如实照办，在坟上哭得呜呜的。替代祭奠的越来越多，连续哭很累，陈冬的嗓子发哑，好长时间里说话都是破声。

再再后来，陈冬不但在清明节和冬至日替人祭奠，事情还发展到谁家办白事，要增加悲伤气氛，也把陈冬叫来在灵堂前哭。陈冬总结了哭丧的窍门儿，即坐在灵堂前，孝子贤孙们一烧纸，或远亲近邻来吊唁的人一进门，他就大声地号，号过一阵后，声软下来，却是腔调拉长，高高低低，有急有缓，像是在诉说和歌唱一样。这样极其省力。但需要趁人不注意间把唾沫抹在眼睛上，还得时不时打个嗝儿，感觉是悲痛得出不来气的样子，自己也快不行了。

陈冬靠哭丧为生了，日子过得还可以。到了 2019 年，陈冬用哭声送走了村里一茬人，又送走了村里一茬人，40 年代出生的，50 年代出生的，60 年代出生的，整整一个经历过饥饿和各种政治运动时代里的人都被陈冬用哭声送走了，而陈冬仍然健在，过了腊月初八，就八十岁了。

都说陈冬活成了神仙，陈冬也不理会，只问给他做饭的人：饭熟了没？他一顿要吃一碗白菜豆腐汤和三个蒸馍，或者满满一碗捞面。

新笔记（二题）

侯德云

毛　桃

小暑一过，我的毛桃就熟了。

我的毛桃。我的。是我把它从野外挖回家的。

从家门到院门的步道东侧，是一小片菜园，周边用花草围住。紫茉莉、金盏菊、百日草、鸡冠花、指甲花、草珠子……都是爹的作品。自从家里盖了四间新房，爹的心情变得一片大好而不是小好，他年年在院子里种花。

步道西边是猪圈和厕所，没有栽树的空地，我只好把毛桃栽进菜园。东侧是院墙，墙根是它。跟我在家中的地位一样，都是溜墙根的货。

俗话说，桃三杏四梨五，意思是桃树三年结果，杏和梨，四年五年结果。我觉得这话很不着调。你栽一株手指粗的桃树，说它三年后结果，我信。你栽一株幼苗，刚刚生出两片圆嘟嘟的子叶，也说它三年结果，我不信。

我栽的是幼苗。在我的印象中，小东西都萌萌的招人喜爱。小猫小狗小树苗，都差不多。

我认识很多种果树的幼苗。杏树苗、枣树苗、苹果苗，都认识。我上辈子可能是果农。

我读小学三年级时栽下的毛桃幼苗，在初中二年级时结果了。鸡蛋大小，浑身是毛。吃它，得使劲搓，最好是在麻袋上搓，搓完后再洗。不小心将桃毛弄到身上，刺痒得总挠总挠。

毛桃的口感，一脆，二酸，你用做游戏的心态吃它，才稍微有点儿意思。

“春风吹，苦菜长，荒滩野地是粮仓。”小满刚过，我和村中的小玩闹们，就结伴走向周边的山沟野地，一直持续到深秋。野地里有很多植物和动物，木本的、草本的，走的、飞的，都是我的玩伴。木本，我喜欢刺槐。五月槐花香，东南风一吹，整个村庄都香得不知如何是好。草本，我喜欢蒲公英、紫花地丁。走虫我喜欢蜗牛。飞虫我喜欢蜻蜓。

还有安徒生。我喜欢安徒生要超过蜗牛和蜻蜓。他的童话世界也有很多植物和动物：柳树、枞树、雏菊、玫瑰、豌豆，天鹅、鹳鸟、夜莺、金丝雀、甲虫、跳蚤、癞蛤蟆。此外还有人：卖火柴的小女孩、海的女儿、豌豆公主。女巫把大麦粒种进花盆，长出一株郁金香，花蕾叭一声绽开，里边坐着拇指姑娘。太神奇了，太不可思议了，太值得我一天三碗玉米粥地活下去了。

我的毛桃长高了。我把一个兔笼搬到它身边，组合成一篇童话，《小兔窗前的小桃树》。那是我在《文学少年》杂志上读到的童话，不知为何多年不忘。

但我忘了毛桃第一年结出的果子都给谁吃了。有我，还有谁？想不起来。

我能想起来的是，毛桃第二年结出的果子，谁吃谁没吃。

妈说是大嫂吃了。长到鸽子蛋那么大，大嫂吃了一个。长到比鸽子蛋稍微大点儿，大嫂又吃了一个。几天后，大嫂正要吃第三个，妈不愿意了，说，你就不能等它们长大再吃吗？

大嫂是头一年秋天来我家的。爹很兴奋。大哥更兴奋。大哥二十九岁才娶上媳妇，不容易。也不知怎么回事，几年前，大哥突然在二十九岁上停止了生长。今年二十九，明年还是，后年还是。等大嫂进了门，大哥的年龄才像其他人一样步入正常轨道，三十，三十一，三十二。

说不清那是大哥的第几个二十九岁，我只记得，那年有个瘦高的男人频频到我家，说是给大哥介绍对象。他一进门，我家的烟囱就开始冒烟。不是做饭。瘦高男人从来不在我家吃饭。饼子稀粥咸菜疙瘩，人家不吃。烟囱冒烟是做荷包蛋。两只。每次都是两只鸡蛋。害得我妈天天去摸鸡屁股。那时候母鸡不是天天下蛋，是隔两天下一只，不像女人，面黄肌瘦的，还一个接一个生孩子。

我为那瘦高男人开过三次门。我把柴门拉开，立在门边，仰脸看他。我不敢跟他说话，但我特别崇拜他。他能让我爹我妈心甘情愿地打荷包蛋。我就不行，有时装病才能骗到一碗，可碗里边只有一只蛋。

后两次开门，瘦高男人用手掌抚了抚我的额头，嘴角还轻轻扯动一下。一股暖流顿时涌遍我的全身，我激动得要出汗。

后来知道，瘦高男人一次次都是奔着荷包蛋来的，他挂在嘴角的张家闺女李家闺女，爹和大哥连影子都没见过。

否极泰来。《周易》就是这么说的，否极泰来。在经历一次次骗局之后，大哥陡然迎来了曙光。大嫂出现了。年轻，才二十岁出头，缺点是不识字。可是大哥说，居家过日子，识不识字有什么要紧。大哥还说，好看脸蛋有什么用，能出大米还是咋的？

妈对大嫂的到来几乎没有态度。她反应慢，从头一年秋天直到第二年夏天，她才终于有了反应，那时大嫂已经怀孕很久了。要不是爱吃酸，大嫂才不会一次次向毛桃伸手呢。妈跟大嫂斗嘴，斗不赢。说给爹听，爹无语。说给大哥听，大哥也无语。说到第三回，大哥气哼哼进了里屋，随即提了一把斧头出来。

一盆水，一块磨刀石，一只板凳，一把斧头。大哥坐在正午的院子里磨斧头。大哥很用力，嚯嚯嚯，斧刃越来越亮。爹、妈、大嫂，都趴在窗户上往外瞅。我走出家门，站在阳光下，想看清楚大哥究竟要干吗。

大哥用指肚试了试斧刃，大概觉得还行，慢慢起身，慢慢进了菜园，弯腰，对准毛桃的根部，嗖，一斧子砍下去。毛桃树的叶子、果子，都簌簌发抖。我的心，也簌簌发抖。毛桃歪到一边。大哥换一角度，嗖，又一斧。毛桃树倒地，果子到处滚动，一只、两只、三只……

一连三天全家没人说话，只有咳嗽声、咀嚼声、吞咽声、呼噜声。三天后，我听见妈跟大嫂小声交谈，声音很轻柔，是亲密无间的模样。

从那时开始，我远离童话走向人间。

夕　阳

如果有谁在抱龙山西侧半山腰的观景台上，看见形同父子的两个男人，面对夕阳长久伫立却又默默无语，那一定是老叔和我。

老叔退休后最喜欢的去处，便是抱龙山西侧的观景台。抱龙山的东侧，也有一方观景台，台上还建有避雨遮阳的长廊，是观赏朝霞和俯瞰瓦城繁华街区的最佳去处。可老叔从来不去。他只去西侧的露天观景台。除了阴雨天，他几乎每天都去看夕阳。我从没见过有人像老叔那样迷恋夕阳。

我喜欢穿越抱龙山步行上下班，回家的路上，常常会遇见老叔。遇见了，就到他身边站站，跟他一起看夕阳。这种时候，老叔很少跟我说话。他不说，我也不说，什么时候想走，走开便是。

看夕阳看的时间长了，我也看出一点儿门道。说出来你可能不信，夕阳不是每天都同样大小，而是时大时小，有时大得能吓你一跳。还有晚霞，变化更多。最绚丽的一次，我拍下来发到朋友圈了，起名叫“五彩云霞”，收获了三百多条点赞。

老叔不是我亲老叔，是叔丈。不知为何，他跟我很亲近。打第一次见面就跟我很亲。那时候，我只是政府办公室的一个小秘书，整天跟文字打交道。

老叔希望我能踩着他的脚印，一步一步走向仕途。副科长，科长，副局长，局长。在哪个单位无所谓，只要是政府部门就好，就有一番事业可干。

老叔退休前，是瓦城税务局局长。他退休后不久，税务局分成两个单位，一个叫国税局，一个叫地税局。当听到这消息时，老叔一整天不说话，跟谁都不说。老叔去世前不久，国地税合并了。我把这消息告诉他，他一点儿反应也没有。没有是对的，阿尔茨海默病，已经三年多了，他连老婶都不认识。

老叔在他退休后的第一天晚上，设了家宴，请了他哥他嫂，也就是我岳父岳母，还有我和妻子。席间他说了很多工作上的事，还对当时的局领导班子成员，就其工作能力和性格特点，一一做了点评。看得出，他对工作岗位有些恋恋不舍。可是有什么办法呢？政策摆在那里，不管姓甚名谁，只要到了年龄，都得退啊。

我岔开老叔的话头，问他退休后有什么打算。他愣了一下，说，打算？成了一块闲肉，还能做什么打算？我说，看您说的，好多退休干部都在学书法学绘画，您老也可以试试。老叔说，嘁！

散席时，老叔给我下达了一项工作任务，每个周六晚上都来陪他说说话。随后用下巴指了我妻子一下，说，你也来。

我岳母见状，赶紧说，你俩听见没？常过来陪老叔说话。

说起来还是岳母更懂人情世故，“常过来”和“每个周六晚上都来”，指向的内容是不一样的，口气上的轻重程度也不一样。

岳父在一边插话，一个“我”字刚刚出口，就被岳母给堵回去了。岳母说，他老叔的事，你就别掺和了。

我得承认，我岳母，这位退休多年的幼儿园教师，在智力上，比当局长的老叔和当科长的岳父，都要高出不少。

“每个周六晚上都来”最终成为一句空话，“常过来”则落到实处。毕竟我也有一些必要的社会交往嘛，总得应付下来才是。不过只要有闲暇有闲心，我总去老叔家坐坐。有时自己去，有时带妻子一起去。我一个人去的次数，相对多些。

有那么一段时间，我发现老叔的话题，总跟会议有关，什么综合治理的会，什么招商引资的会，什么扫黄打非防汛抗旱的会，什么名目的都有，什么名目的会都问我一句，你们单位开过了没有？开过了还好，要是没开，老叔一定会说，得抓紧时间啊。

我对老叔的言论有些不解，说，您老已经退休了……

老叔立马打断我的话，说，人是退了，但思想不能退，政治素质更不能退！

老叔有时会留我小酌。他酒量不大，但喜欢喝。说喜欢喝也不准确，他是借酒说话。

老叔有个习惯，每晚七点，准时打开电视，看《新闻联播》。有时不看，但要听。那天我和老叔正在谈论瓦城创建国家卫生城的事，《新闻联播》里边传出北京召开会议的消息，老叔立马撇下我，跑到电视机前，趴到茶几上做笔记。我怔怔地瞅着他。老婶碰碰我的胳膊，小声说，你老叔三天两头开会，有时开中央的会，有时开省里市里的会，有时开咱们瓦城的会。说完抿着嘴笑了。

当晚，我跟妻子说，明天你到单位带几个会议记录本回来。妻子说，干吗？我说，给老叔。妻子说，拿你单位的不一样吗？我说，不一样。

妻子那时候已经调到国税局工作了，三天两头做会议记录。国税局的全称是国家税务局。我想，“税务”二字一定会让老叔开心。

我把妻子带回来的会议记录本都送给老叔，老叔用右手大拇指的指肚摸了摸记录本封面上的“税务”字样，说了一个字，好。顿了片刻，又说，好。

老婶说自从有了国税局的会议记录本，老叔开会的劲头更足了。我不敢出声，在心里头笑，怕惊动正在开会的老叔。

老叔每次见到妻子都要询问她工作上的事。妻子在局里就是一个打杂的角色，事关全局的税收数字，在年终总结会召开之前，她很难说清楚。大事说不清就问小事，老叔每次都把局面弄得像听下级汇报工作似的。

老叔在临终前的三年多时间里换打法了，每天早晨一起床，就对老婶大叫一声，赶紧地，帮我把税服穿上，我去开会。

老叔是穿了一套崭新的税服走的。追悼会那天，我看见他躺在玻璃棺里，紧闭双眼，表情严肃，像是对谁的工作表达不满。

裕后街风情（三题）

王琼华

米饺味道

裕后街犀牛井左侧，有一间叫“老娘米饺”的店子。

下雨的早晨。袁小娟一开家门，便愣了愣。屋檐下站着一位瘦小的中年女子，手里拄着一根竹竿。袁小娟说：“婶子，快进屋躲躲雨。”瘦小女子犹豫一下，才“嗯”一声。袁小娟找来一块干毛巾，递给瘦小女子说：“擦擦头发，都淋湿透了。”瘦小女子接过干毛巾，却把它放到桌上，抬起衣袖擦了擦头发。很快，袁小娟端上一碗玉米粥说：“暖暖身子吧。烂冬天，没完没了地下雨。”喝完粥后，瘦小女子见屋外雨小了许多，便要离去。袁小娟说：“赶圩还早呢。”瘦小女子说：“我去找儿子。”

“找儿子？”

“嗯。”

“他在哪儿？”

瘦小女子摇摇头：“我也不晓得他在哪儿？五岁生日那天，他就不见了。”

袁小娟“哦”了一声。等她缓过神时，那瘦小女子已经不见身影。她望着细雨蒙蒙的老街，惆怅了好半天。

时光荏苒，一天黄昏，袁小娟去自家地里摘黄瓜。突然有人问道：“妹子，能给我一根黄瓜吃吗？”袁小娟扭头一看，嘴巴忽地张大了。刚才说话的这位瘦小女子，头一年冬天曾在自己家里吃过一碗玉米粥。瘦小女子叫道：“妹子，是你呀？”袁小娟没给瘦小女子黄瓜，而是拿起装满黄瓜的竹篮，把她领回家里。在路上，袁小娟晓得她姓陈。袁小娟猜到她还没找到儿子，便在吃饭时说：“陈婶，今晚就住我家吧。”“婶子一身脏兮兮的。”陈婶说。袁小娟说：“我也是种菜卖菜的人。你不嫌弃，就住下吧。”陈婶终于点头了。

陈婶忽然撑不起身子了。

袁小娟摸摸陈婶的额头，说：“好烫手呀。”她找来瑞草堂刘大夫。吃了他三剂中药，陈婶的病不仅没治好，而且还昏睡过去。袁小娟忙叫来几个街坊，把陈婶送到医院。整整过了七天，陈婶才算退烧了。可惜，她的双眼瞎了。

“老天爷，你让我怎么去找儿子？”陈婶撕肝裂肺地说。

袁小娟把陈婶带回家里，安慰道：“婶子，你就在这里住下。你的眼睛，一定能治好的。”

“我哪有钱去治啊？”

“我有钱！”

“不治，用你的钱我拿什么还。”

“婶子，你先放一万个心。”

半年后，袁小娟把所有积蓄都花完了。陈婶的眼睛仍然没治好，但袁小娟不想放弃。

晚上，她辗转反侧。第二天，她走进瑞草堂，跟刘大夫说明来意。刘大夫说：“别说借钱，连瑞草堂都可以是你的。刘某早有心愿，你能做我们刘家的媳妇。别再拒绝。”“你家公子结了婚。”袁小娟说。刘大夫说：“不是离了吗？”“女的生不出儿子，就跟人家离婚，我看不起这种男人！”袁小娟最终空手走出瑞草堂。下午，她接了一个活儿，给一名瘫痪男子擦身。后来，她到餐馆兼了一份职。

这日，袁小娟拖着疲惫的身子回到家，一进门，便耸耸鼻子说：“陈婶呀，你做了什么好吃的，这么香？”

“米饺！”陈婶答道。

果真，袁小娟看到锅里蒸着米饺，晶莹剔透。她刚咬一口，便尝到了清鲜香嫩的味道，还有绵柔爽滑的感觉。她惊喜地说："婶子，你眼睛能看见了？""自小，我就跟娘老子学做米饺。现在闭上眼睛也能做。"陈婶露笑，"我儿子啊，他最喜欢吃我做的米饺。"袁小娟说："这么香的米饺，你儿子一定会找回家来吃。"又说："要不婶子也教我做米饺？"陈婶爽快地说："好呀。这是我家祖传的手艺。"

很快，袁小娟做出第一锅米饺。

陈婶尝了尝，欢喜地说："你果真心灵手巧，这味道，很正！"

又遇圩日。袁小娟看到街口有一宽脸男子在摆药摊，便问道："你说专治疑难杂症，眼睛看不见，也能治好吗？"宽脸男子说："如果是先天失明，华佗再世，也不能让这患者见到光明。"袁小娟忙把宽脸男子领进自己家中，对陈婶一番诊断。宽脸男子开方子说："脑中枢受到损伤，我用的都是活血化瘀的药。"这时，袁小娟才想起自己掏不出钱给宽脸男子。宽脸男子顿时不开心。袁小娟忙说："要不我做一顿米饺给大夫吃吧。"

"米……米饺？"宽脸男子眼睛竟然闪了一下，紧跟着，他吁道，"天底下哪还能吃到那种味道的米饺？"

"尝一回吧。反正，你还得吃午饭。"

宽脸男子溜了袁小娟一眼，觉得自己竟被小女子骗了，算是倒霉。哪怕袁小娟把米饺端到桌上，他也是漫不经心地拿起筷子朝米饺夹去。他刚刚咬上第一口，眼睛便睁大了，似乎觉得自己这一口咬到了金子。第一只米饺被他很快吃掉，仅两口又将第二只米饺也吞下了肚子。

"好吃吧？"袁小娟笑眯眯地问。

宽脸男子反问："谁，谁做的？"

"我呀。"

"你？"宽脸男子看看袁小娟，非常失望地一叹，接着抬起头道，"你不可能做出这种味道的米饺。"

袁小娟乐了："果真神医，连这个你也能猜到。"

“因为这种味道的米饺，只有我老娘才能做出来。”

“你老娘也做米饺？”

“可惜，这味道只留在我的记忆里。”

“你老娘她不在人世了？”

“五岁时，我就走失了。转了好多地方，最后给郎中做了儿子。”

袁小娟瞪大眼睛。

“儿子，我儿子！”这时，陈婶从里屋摸索着出来。很快，袁小娟兴奋起来。陈婶描述，她儿子就是一张宽脸，左眼单眼皮，右眼双眼皮，耳垂还往内拐。宽脸大夫长相即是如此。宽脸男子也说记得老娘做米饺时，会捏出两只内拐耳垂，还会做“双眼皮”的米饺。袁小娟听陈婶说过，她做米饺时有这个习惯。宽脸男子说自己的小名叫豆豆。陈婶说：“没错没错，那天剥完黄豆，就把你生了，小名就叫豆豆！”

“娘——”豆豆叫道。

陈婶一把将豆豆揽进怀里，喊道：“我的豆豆！”

几天后，袁小娟听了豆豆的话，没再出去挣钱，在自家屋子里开始做米饺卖。豆豆给米饺店取名叫“老娘米饺”。很快，生意火了起来。豆豆则在楼上开诊所。平日，他最上心的事就是给陈婶熬药，再一口一口喂进陈婶嘴里。他怕烫着陈婶，每次都会先用自己嘴唇舔一舔。每当看到这一幕，袁小娟常常会心一笑，有时候却也露些苦涩，仿佛害怕这一幕会忽然消失。

陈婶经常摸着袁小娟的手说：“你一定是个小仙女。婶子眼睛好了，第一眼我不看儿子，第一眼我要看你。”

“会看见我的！一定会的。”

捡瓦匠

在裕后街，吴三两是个捡瓦匠。

吴三两喝酒上瘾，还有缘故。老娘生他时，接生婆将旁边一只木桶顺手提过来当了接生盆。这木桶是吴家平时装米烧酒用的，即便桶里没酒，也仍有一股酒的味道。吴三两来到人间用自己嘴巴吸到的第一口气，便混杂着浓浓的酒味。他七岁开蒙，但只念了十几天书。他偷校长家的米烧酒喝，之后在教室里拳打脚踢，甚至砸断了一张凳子的四条腿，便没被允许再进校门。

当然，再好的米烧酒摆到跟前，他也只喝三两。吴三两是他的绰号。大名叫什么，恐怕连他自己也想不起来了。喝下三两酒，当飘飘欲仙的感觉出来时，他才会顺着竹梯子爬上瓦背。在瓦背上，他身子左侧一下，右歪一下，仿佛随时会摔倒。见到这种场景，没一个街坊不惊呼。久而久之，大家都熟视无睹了。街坊早有一说法，吴三两不喝到三两，这瓦还真捡不好。

盛夏一日，吴三两捡瓦时竟然出事了。当时，他站到瓦背上，仰头看看天空。日头也太晒了，他小腿突然哆嗦几下。紧接着，一声哗啦，他与众多瓦片一块落进了屋里。

屋子主人秋月婶正在院子里喂鸡。她听到响声，着实吓一跳。但她马上明白发生了什么，忽地蹿进屋里。

她看到吴三两倒在地上，一时吓蒙了。还好，吴三两很快缓过神儿来。当他想撑起身子时，却发现腰间剧痛。秋月婶赶紧上前，小心翼翼地把他扶到沙发上。吴三两叹出一口气，很沮丧地说："这瓦我吴某赔。"

"你摔成这样子，还想着赔赔赔……莫非还想让我赔一个大活人给你不成？"

吴三两愣了。

秋月婶叫来几个街坊，把吴三两抬到竹躺椅上，嘎吱嘎吱地送回了家里。医生来看过了，称即便不残，也得有些耐心养一段时间。如此，秋月婶一日三餐给吴三两送饭菜。本来想劝吴三两这阵子别喝酒，但听医生说，喝点儿酒可以活血，秋月婶便把自己蒸的米烧酒拎进吴家。吴三两喝下第一口酒时，忽地张大了嘴巴。

“我……我蒸的酒不好喝……”秋月婶有点儿紧张。

“太醇了。”

“哟，看样子你想天天喝？”

“可……可我也不能天天帮你家捡瓦背。”吴三两有点儿无奈。

“你不用再从瓦背掉下来，多疼哪。我家那门一推就开。”秋月婶这话一出口，脸忽地红了。见她露出这脸色，吴三两说：“刚才在家里，莫非你先喝了三几两？”

“怕我把家里的酒喝完了，那门你就白推了。”

“哪是说推得开，就能推得开的。”

“你又不是神仙老子。推都没推，怎么晓得推不开？”

吴三两动动嘴唇，但没再答话，埋头喝了一大口酒。

他的伤很快养好了。街坊却跟他说：“你这老单身公的桃花运才刚刚开始走呢。”他哪能看不出秋月婶已经有了那么一点儿心事。那天说推门的事，过后让他掌心都冒汗了。他当然晓得，秋月婶曾是裕后街最好看又直爽的妹子。眼前，仍有一副比豆腐还嫩几分的好脸蛋。平时，街坊们也很怜悯她。因为那年春，她老公二牛出去放排，一个浪头打过来，把人打没了。之后，她一个人的日子清汤寡水地过，很少跟男人接触。谁也没料到，吴三两享受起了例外的待遇。街坊们想成全这么一件好事，纷纷帮着说媒。但吴三两的嘴巴好像忽然被缝了起来。

热脸贴上冷屁股！秋月婶受不了这委屈。那晚，她把吴三两约到河堤上，背着身子问道：“我配不上你……”

“你是一朵香喷喷的花，我是一坨刚屙下的牛粪。”

“我不嫌粪臭，你还怕花香……”

吴三两半天没动嘴巴。

“没被这花香呛死，却把三两呛成了哑巴。”

“我……我……”

“不是哑巴，是结巴。”

吴三两吁道：“今生真能娶你，我八辈子修来的福。但我眼前不敢娶你。”

“得找哪个半仙算算八字？”

“我不信命。但我晓得我是吴三两。”

“我当该拎一罐酒过来？你喝个六两九两，才会掏心掏肺说话吧？”

“怎么说……”吴三两仍吞吞吐吐。秋月婶忽地将身子一转，冲他嚷道：“快叫你老子从坟里头爬出来，给你说话壮个胆。”

吴三两用力拍了拍巴掌，才说：“二牛兄那年失踪了，却没得到一个确切消息。”

秋月婶瞪眼问道：“你到底想说什么？”

吴三两硬着头皮：“说一句不中听的话，活要见人，死要见尸呀。如果有个万一，吴三两就要钻进老鼠洞里去了。我……我不能愧对跟我一块儿穿开裆裤长大的好兄弟……”

秋月婶双手忽地捂脸。

“这辈子要是娶了别的女人，我吴三两就不是人。”

哇！秋月婶哭出了声。

“一个畜生，猪！”吴三两冲天大喊，吓得月亮忽地缩了半张脸。

很多年后的一个早晨，秋月婶去世。在街坊邻居的唏嘘声中，吴三两又爬上了瓦背，哪怕他累得气喘吁吁。也许是没喝酒的缘故吧。那年，秋月婶从河堤上跑回家后，就没再蒸过米烧酒。很快，吴三两也把酒戒了。没再喝酒的吴三两，像丢了魂一样，那张本该通红的脸也渐渐发青，爬个梯子上瓦背免不了要呻吟几声。但在街坊们注视下，他这次仍是一口气将每家每户的瓦背都上了一遍。被吴三两最后一次爬过的瓦背，屋顶上都被他压了一块砖。街坊们都晓得，在捡瓦行当中这一习俗叫压平安！当晚，熬病多年又一直未娶女人的吴三两也闭眼走了。街坊拿这事说了好些年。聊到吴三两，都会提及他闭目前留在人世间的最后一句话：“你今天早上还在骂我，你吴三两还不如一头猪！”

神补头

裕后街三百余户人家，开口即带一股浓浓京腔味儿的仅有叶家。这味道跟叶家的曾祖父，也就是叶蓝山有关。

裕后街重建前，叶家开有一间金银加工店，便是秉承了叶蓝山的手艺。其实，叶蓝山也是一个地地道道的裕后街人。看其留下来的画像，叶蓝山长得眉清目秀，尤其那双眼睛炯炯有神。当年，外婆见这个刚出生的小外孙所带灵气非同一般，便说他是一块念书的料儿。果真，叶蓝山上私塾时，当即讨了先生的欢喜。那年秋，先生托一衡阳旧友将叶蓝山带到京城。原来，先生从梦中得一预感，叶蓝山日后一定能飞黄腾达，不仅光宗耀祖，而且也给他这位做先生的脸上贴金。

叶蓝山抵达京城后，果真很快混出一个好名声，他写的几篇长赋被翰林学士广为传诵，视为“铺采摛文，体物写志”的范本。这日，一位大学士约叶蓝山上得月茶楼一叙。结果赴约途中，叶蓝山瞧见路边一老锔匠正在嵌补一件金器，颇为好奇，就凑了上去。没多久，他成了老锔匠的关门弟子。

这事在京城轰动一时。此后，他没再撰文，但书还是每日读几页。

仅过三年，他的锔活手艺就被誉为京城一绝，常被八旗子弟当成座上宾。那时候八旗子弟们陶醉于赏花弄鸟、玩瓷藏玉，青花、斗彩、紫砂、南泥等稀罕之物在赏玩中免不了磕磕碰碰，或破或裂，得找一位精细锔匠锔补。而且，他们乐意用金、银、铜锔补旧瓷器，以此比一比哪位更显阔绰。叶蓝山饱读诗书，又有不凡见识，自然更是懂得锔补之妙，不论嵌补、嵌口、包边、包嘴，还是镶边、嵌饰、做件、补件，功夫皆令人叫绝。所以当时有 说法，凡被叶蓝山锔补过的玩物都身价倍增。

这年，叶蓝山突然回到裕后街。原来，小皇帝被赶出紫禁城，八旗子弟们也四处散去，哪怕有些子弟仍滞留京城，也像缩头乌龟。叶蓝山看见城里乱了，便悄悄带着妻儿出了京城。但在南下途中遭劫，值钱的东西没带回一件。他回到裕后街的第二天，不得已重新起炉干起了锔匠活儿。裕后街哪有什么好宝贝让他锔补呢，无非街坊家里的锅碗瓢盆裂了缝或缺了口，拿给叶蓝山补一补。叶蓝山摇身一变，成了一个遁入凡尘的锔匠，但未见他有半分不爽。哪怕补一个碗，他也是倾神千万，无比专注。所以，叶蓝山很快获得一个叫法：神补头。在街坊眼中，街头巷尾开有七八家锔匠摊，就数叶蓝山手艺最精湛。得到如此赞誉，除了手艺好，还跟他待人和善的个性有关。

“神补头，补这三只碗，多少钱？”街坊问。

叶蓝山答：“你随便给。”

又有街坊叫道：“哟，忘带钱了。”

“先补呗。”

“好。”

即便赊了账，叶蓝山也从不会开口催街坊给钱。街坊改日来给钱，叶蓝山又会有点儿不好意思地说：“你竟拿这事挂到心头上。”如此，人家下次再来补东西，叶蓝山自然会少收些钱。

平时，叶蓝山既怕事，又胆小。如有街坊跟他嘀咕哪家琐事，他则会当即抬手一堵说：“别说别说，免得我走神！”遇到下雨天，他早早躲回屋里，似乎怕哪颗雷掉到地上一不小心砸到自己。还怕什么？怕虫子。什么虫子他都怕。记得那天补一只夜壶时，突然有一只指甲大小的蟑螂从壶嘴中爬了出来，吓得叶蓝山的手猛地一松，吧嗒，夜壶摔到地上，顿时碎成八瓣。叶蓝山只好掏银子赔了街坊一把新夜壶。

这日下午，一高一矮两个陌生男子走进叶家。

叶蓝山说道：“都收摊了。”

“神补头，这摊今天收得也有点儿早吧。”

“日头确是没落山，但人家早约了，稍后得上门去补一把烟壶。”

“是刘营长府上吧？”矮个男子说道。

叶蓝山侧脸扫上一眼，奇怪地说：“世上还真有人长了顺风耳呢。”

高个男子如实相告：“叶老板，不瞒你说，我们是从山上下来的游击队。他姓陈，我是老邓。这次，姓刘的带兵来‘围剿’游击队，又趁机搜缴街坊的粮食。姓刘的当年也追杀过我们受伤的红军战士。”

“你们是想让我帮个忙吧？”

“叶老板如此爽快，那我们把今天来意直说了吧。你将我们俩当成徒弟带进刘府。进去后，我们找机会用手雷炸死姓刘的。”

“炸……炸……”叶蓝山忽地瞪大了眼。

“我们手上没短枪，长枪又难带进去。所以，我们打算用手雷来完成这项任务。”

叶蓝山“哦”了半声。他沉思一番，摇了摇头。

傍晚，叶蓝山独自走进刘营长的府上。俩游击队员远远瞧见他进门，不由得吁道：“看来不假，叶老板真是一个天生没长胆的人。”然后两人带着一股遗憾匆匆离去。过了两个时辰，叶蓝山才从刘府埋头埋脑地走了出来。刚才，刘营长看自己的烟壶被修补得非常成功，便赏他一块银圆。出门时，叶蓝山侧头问送他出门的用人：“这烟壶就是刘营长一个人抽吧？”

“那还用说？谁碰这烟壶一下，恐怕就要吃他的子弹。”

“哦，那就好……”

叶蓝山便如此喃喃地往家里走去。待他回到家中，才发现攥在手里的银圆不晓得何时丢了。夫人一见，说他的魂今天被恶鬼扒走了。

半个月后，俩游击队员又出现在叶蓝山跟前。高个男子跟他说：“叶老板，上次说的事你别再惦记了。我们今日顺路来告诉你一个好消息，就在今天早上，姓刘的那坏家伙莫名其妙地死了。这是报应。”

“他应该今天死。”

高个男子愣了愣。

“而且真的死了。”

“哟，叶老板还学会了算卦——”矮个男子打趣道。

叶蓝山看了看左右，才压低嗓门说：“那天给他补烟壶时，我往壶缝里挤了些慢性毒药进去。吸半个月，便会走人。早年我在京城混时，曾听一个太监说过这种下毒法子。但我真没出息，那天我的手都在发抖，姓刘的以为我害怕他那支锃亮锃亮的驳壳枪，才没有怀疑。嗯，我真怕别人也抽他这把烟壶。还好，我问过用人，他一个人抽。”

游击队员惊呆了。

叶蓝山溜了他俩一眼，继续说道：“哪怕你们那天不来找我帮忙，我也起了下手的念头。我没瞎眼。姓刘的这次带兵驻扎裕后街，不到半年时间，就干了不少坏事。街上的女人都想扑上去咬他几口。但如果你们跟着进去扔手雷，恐怕不是万全之策，除了你们要被困在刘府，手雷还要伤到无辜的人。就说那用人，人家也是被姓刘的抓进去的。”

“叶老板，你立了大功！”

听到游击队员这么夸奖，叶蓝山欢喜十分。但后来，叶蓝山没拿到这功劳，口说无凭。游击队要去找刘营长那把烟壶做个验证，这事当然不能视同儿戏吧。很快，他们得到一个说法，那把烟壶早就莫名其妙失踪了。游击队没法给叶蓝山戴上大红花。街坊们则觉得此事匪夷所思，叶蓝山平时胆小怕事，不可能突然偷吃了豹子胆吧，便猜是叶蓝山瞎编了一个故事，趁机捞取名声。如此，叶蓝山便被一些街坊突然瞧扁了。“神补头”几乎也被“老叶”这一称呼取代，叶蓝山的生意自然也差了很多。

好多年后，叶蓝山病逝。在闭目前，他跟家人透露了一个秘密：“当时，我怕那把烟壶流失出去，会毒了无辜之人，便花了不少钱，偷偷找一个当兵的将烟壶拿了出来。当晚，我就把它毁了。”

叶家后来传下一个规矩：修补什么都可以，就是不能修补烟壶。

第2辑

满身枣花香

宾　至

喻永军

宾至是一座小城，北边是一条叫蟒岭的山脉。

跟许多秦岭山区的小城一样，宾至是盆地地形，四周崇山峻岭。这里是鄂豫陕三省交界处，经常有红军队伍经过。据统计，跟随部队参加红军的宾至人有四百多个。著名的中原突围后，中原军区的核心领导人由豫入陕，隐蔽在宾至，后来安全回到延安。我说这些的意思是，这里是有红色基因的地方。那时候，宾至城由国民党统治，但仍有中共的秘密基层政权存在，而且还有训练有素的武装游击队。

周子兴受伤被俘的时候39岁，他是山南游击支队的一个副队长。周子兴是个孤儿，后来成了一名出色的战士，令国民党宾至县政府的军警闻风丧胆。他和他的部下有极强的行动能力，有坚定不移的决战力。传言说他有一身武功，徒手搏击比使用枪械更厉害。历史需要真实的面貌。为此，我查过《宾至县志》和《上洛市志》，宾至属上洛市。两者说法一致：他小时候既没有机会读书，也未曾拜师学艺，但有一副超乎常人的健壮体魄。《宾至县志》记载，他第一次从地方联保处夺枪的时候，一人干倒了两个持枪的保丁。

周子兴被子弹射中了小腿。地点在蟒岭一个叫广东坪的山顶，那里偏僻荒凉。他藏身的那户人家养蚕，当时草房子里有成百上千条的蚕正在结茧，窗台上、地上、悬挂着的芦席上全是茧壳，一片雪白。房子四周是水桶粗的柘树，树皮开裂出的纹路像青涩的云朵，树叶子湿漉漉的。大概是农历八月末，周子兴被几个人用担架抬着下山。山顶是一片松树林，透过松枝错杂的间隙，能看到湛蓝发亮的天空。为了防止周子兴逃跑，他的整个身子被捆在担架上。

山路两边是密密的霸王箭草，坚韧无比，中间抽出棉絮一样的芯子。担架一直在这样的草丛间颠簸穿行，没有人说话，周子兴的脸上毫无表情。走过一段山路之后，他将身子尽量抬起来，脖颈挺直，沉默庄严。他头发有些长，汗水把头发湿成一绺一绺的，没刮胡子，面容虽有点儿疲惫，但那双天生的豹眼依旧眼神犀利。

关于周子兴的样貌，人们都是听周全说的。周全当时是“国军”长坪警备司令部的士兵，驻防宾至城。为了配合“剿共”，警备司令部派出了一个排的兵力，周全就在这个排的二班。他觉得自己一生最倒霉的事情是参加了对周子兴的围攻，而且最后自己成了周子兴的死刑执行人。周全那时 22 岁，是周子兴的邻村人，两人认识。

对周子兴的审讯，没有任何结果，这在国民党宾至县政府和长坪警备司令部的预料之中。县长拿出十根金条给警备司令，密谋之后，上报省府，除报告“匪首”冥顽不化之外，主要是提醒省府关押周子兴需要承担巨大风险。

秘密行刑是在宾至城外的一所小学校里进行的。这里现在已开发成一处景区——蟒山公园，紧挨着宾至烈士陵园，景色优美，经常能听到画眉鸟在树枝间婉转地歌唱。当时，在破旧的土房子里，周子兴戴着铁链，看见周全提着枪进来时，他知道最后的时刻到了，努力站直了身子，睥睨周全。周全畏畏缩缩。周子兴用方言骂了几声，然后大喊：“来呀！你杀死的是一个龙潭男人！”龙潭是周子兴和周全的家乡。周全慌乱得找不到中正枪的扳机，他不敢正视周子兴的眼神。周全把脸贴在冰冷的枪托上，嘴里毫无意义地“吧唧”了一声，然后端平枪，闭起一只眼睛，瞄准了周子兴。

关于周全行刑还有两个细节需要补充。当时，四个备选的行刑军人畏惧这位威名赫赫的人中豪杰，决定用捏草棍的方式选出行刑者。周全担心得咬烂了嘴唇，尝到了咸咸的血腥味儿。但周全还是捏到了最短的那根草棍。为了给自己壮胆，周全喝了半瓶白酒。但当他走进那间房子时，他已经忘记了嘴里的酒味儿。

行刑过程很糟糕，周全紧张得浑身颤抖，第一枪没有打准，子弹射在了周子兴的胳膊上，打断了一根动脉血管。周全走出房间歇了几秒钟，回身进去又开了两枪，一枪打中了周子兴的肩膀，另一枪从左肋穿过。

周子兴是被一名上士用短枪近距离补枪射杀而死的。

在此后的二十多年间，周全东躲西藏。他先是在警备司令部开了一个小卖部，维持生活。上士为了灭口，曾经追杀过他，为此他逃到太原。后来，他自毁容貌，在宾至城边的一个小村庄隐藏，一直到自首，最终被处决。岁月给周全留下了一副狰狞的面孔。

2017 年我陪同友人老李走访丹江，在宾至停留了一天，专门去了周子兴的墓地。大概因为他是这座烈士陵园中军衔最高的一位，所以陵墓位置居中。墓碑后，迎春花枝条上正鼓着一粒粒金色的花骨朵。

我俩下山的时候，县城塔楼顶端的报时钟敲响，沉郁昂扬，荡漾进心间，在头颅中共鸣，让人莫名地感动。

我俩的眼里含满了泪水。

宾至县城就在山下，江水依依。

老李说："宾至是个美丽的地方！"

临时党支部

安石榴

这二十个人是朋友，在广场上跳舞认识的。有几位跳舞明星，挺耀眼的；有几位很辣的大爷大妈，在保卫广场地盘上既有办法，又有作为；还有几位非常活跃，从年轻时就热情、随和，退休之后也一样，只要有人群，他们都是受欢迎的人。

也不知道从什么时候起，怎么磨合的，这二十个人从二三百人的广场舞队伍中悄悄分离出来，成立了一个“夕阳正红群”。他们除了在广场上跳舞，也抽空搞点儿自己的活动，旅旅游啥的。

群主石大爷是退休电脑工程师，电子类的东西玩得很溜。他还专门设了限制，搞得只有他可以拉人进群，别人都不好使。管理审核都挺严的呢。

话说这一次“夕阳正红群”组织了一场枫叶峡谷游。内容简单，吃吃农家乐，照照相，打打麻将，唱唱歌，看看星星。他们每人交 200 块钱，统一由军工厂退休出纳华大妈支配，租车用掉 1000 元，其余用来玩一天一夜，还算可以吧，不贵。

这个峡谷离城不远，区区三十五公里。夏天满目苍翠，槭树、桦树、橡树、蒙古栎、松树混种，负氧离子十分充足。又有一条大河穿谷而过，迂回曲折之间，大个儿岩石错落有致，野趣满满。

没想到，当晚暴雨如注。

起初，大爷大妈们并没紧张，只是觉得天空漆黑如墨，星星是看不到了。

大家隔着棋牌室的窗子看，路灯下，民宿广场积水已是汪洋一片，过了一会儿，又如激流一般奔腾起来。

民宿老板上来说："恐怕不妥。我听我妈说过，1960年，一场大雨下了不到两个小时就山洪暴发，把枫叶峡谷冲了个一塌糊涂。如果再这样下半个小时，咱们就得撤了。"他留了半句话没说，那场山洪据说死了不少村民，地方志上都有记载。老板说着就去找司机小樊。小樊正窝在单间玩手机，并未关注窗外的事情。

棋牌室里，石大爷沉思了一下说："看来情况不妙，我们成立个临时党支部吧，有个啥事儿的话还是得有主心骨。"大家齐声响应，一合计，二十个人当中有六名老党员。石大爷说："我1980年入党，在四橡胶厂当党支部书记二十八年。"另外五名党员说："老石，你就当书记，我们信任你。"

又选了赵大爷、张大爷当组织委员和宣传委员。没有考虑性别平衡的事儿，毕竟情况紧急，更需要身体强健、高门亮嗓、身手敏捷又理性冷静的人。

石大爷马上部署，一个宗旨：大家一个也不能少，都要平安回家。所以，凡事大家要齐心协力，听从指挥，绝不能哭哭啼啼、磨磨叽叽。然后赵大爷、张大爷带着另外三名党员组织大家马上收拾东西，穿好衣服，系好鞋带。

石大爷去找司机小樊，小樊还不太高兴，说："啥？现在就走？你们这算违约，钱怎么算？"

石大爷说："钱先别考虑了，命更要紧。"

小樊说："大爷你们夸张了，山里雨大、雪大，这些都是常识，下完了，也就完了，没有大事儿。"

老石正色道："小子，你听我的吧，现在就走！"

果不其然，旅游大巴已经找不到路了，勉强开了一公里吧，一股洪流冲来，雨水马上就漫上了车厢，车熄火了，车厢内外一片漆黑，很多大爷大妈立马发出尖叫声。

老石大声道："不要慌，稳住，我们都有应对，让你们干啥就干啥，我们保证把大家带到安全地带。”

赵大爷、张大爷拿出一根硬木棍子，把车门撬开。赵大爷先下车，手中挽着一根粗尼龙绳在前面带路；大爷大妈们一个个跟着下来，一律手挽绳子，张大爷殿后；石大爷在车门处，一边鼓励大家，一边伸手扶持。一个个跟着，从车头前横穿而过，慢慢向山坡上爬。

说起来好像挺容易，实则危险丛生，再加上天黑、水急、年岁大，既看不清情况，行动又吃力，大爷大妈们每个人都有各种基础病，万一谁没挺住倒下了，那就像是多米诺骨牌一样，整个队伍就要坏事。好在有组织、有预见，操作稳妥，这一队人，黑灯瞎火地竟然爬上了山，一直爬到了山顶！

到半山腰的时候，他们已经知道山洪暴发了。那一阵轰鸣来得猝不及防，回头看，虽然昏暗不清，那沉重的流体的巨力描绘不出来，却实实在在感受到了令人心惊胆战的恐怖。

石大爷清点人数，二十个，一个都不少。这时他忽然想起小樊并不在这一群人当中。石大爷心里一惊，但没有说出来。他带着三名党员点亮手机手电筒，收集干柴，燃起一个火堆，大家围坐在一起，烤火取暖，这样艰难地度过了一个山中之夜。

第二天一早，石大爷把大家背包里的食物和水收集在一起，做了早餐的分配。他又带领赵大爷、张大爷下山看了看路况，确定大巴车已经不见了踪影，小樊也不知所终，之前的路泥浆翻滚根本无法行走。三个人沉默片刻，返回之后，带领大家下到半山腰，一边行进，一边不断地用手机联系外界救援。一直走了五个多小时，在消防队的指挥下，才找到出口，踏上平地，成功获救。

石大爷获救后第一件事就是报告大巴车司机小樊失踪。等这二十位大爷大妈全员从医院平安出院时已经是一周之后了，这时候他们都知道了，小樊在那一刻，已经先于他们扒门跳车逃脱。他们乍一听说，立马长出了一口气。琢磨了一会儿方觉不是滋味儿，突然就不爽了，纷纷吐槽，要追究小樊的责任。有一位大妈说："我们不能就这么算了，最起码要给他曝光，让他遗臭万年。"

石大爷摆摆手，说："这件事你们还是听我的吧，我们就当什么也没发生，给他一次机会，毕竟我们也都年轻过。"沉默了一会儿，石大爷重复道："给他一次机会吧。"

中国地图

侯发山

爷爷曾是地图绘制工程师，绘了一辈子地图，对地图有着特殊的感情。退休后，大多数时间，就是每天对着地图默默地看，有时还自言自语，嘀嘀咕咕不知说些什么。家里有人的时候，不管是自家人还是外来人，总要给人家讲述地图上地名背后的故事。

其实，这些在别人听来都是故事，而发生在爷爷身上就是事故。那时候，技术条件差，别说是卫星，航空测量都还是空白，需要带上大平仪、小平板仪、经纬仪，实地走访，测量，标记。有次在山上测量的时候，被三只饿狼盯上了，饿狼嗷嗷地叫着，似乎不达目的誓不罢休。爷爷和几名同事当时还是小屁孩儿的年纪，都吓得哆哆嗦嗦，也没有应对之策。他们差点儿被狼当干粮的时候，附近几位砍柴的山民及时赶来，凭借手里的镰刀和棍子吓跑了野狼。在陕西榆林，他们正在工作的时候，天气突变，一时间飞沙走石，爷爷赶紧把衣服脱下来，打算盖到平板仪上，结果晚了一步，望远镜的一个镜片被石头打烂了。几乎是同一瞬间，爷爷下意识地扑到仪器上保护仪器，结果额头被飞溅的镜片给划伤了。他到当地医院治疗的时候，认识了那里的一名护士，后来他们结为伉俪。奶奶曾感激地对爷爷说，若不是嫁给他，被他带进城里，她早被风沙给“吃”了——她的家乡在毛乌素沙漠的边缘上，一年365天，有200天都是风沙……

这些有故事的地方，在地图上都被爷爷的指头给摸得黑乎乎的。可见，他分享的次数有多少。

爷爷九十多岁了，时而清醒时而糊涂，特别是奶奶去世后，免不了唠叨他的“想当年”，大家也就见怪不怪，没有人跟他计较。

后来，孙子小兵考上了武汉大学，学的就是地图制图学与地理信息工程专业，毕业后，干的正是地图测绘。比起爷爷，小兵这一代的测量技术有了飞速提升，除了航空测量，还利用人造卫星拍摄地貌代替测量资料。换言之，足不出户，坐在计算机前就可以测绘地图。

这天，小兵拿回来一张最新的《中国地图》。

爷爷两眼放光，兴奋地说：“赶快挂起来，挂起来！”

小兵就把那张老地图取下来，换上了新地图。

爷爷戴着老花镜，趴在地图上仔细瞅起来。他一边看一边念叨：“黑龙江，黄河，长江……小兵，伶仃洋上咋有一座桥？新建的？”

“爷爷，这就是港珠澳大桥，连接珠海、香港和澳门的。”

“这个桥建得好，建得好！”爷爷感慨不已，趴在地图上继续一点儿一点儿地瞅，“小兵，丹江口水库咋新增一条支流？我看看，河南，河北，北京，天津，不对吧，若是支流，到天津这里应该入海啊。是不是搞错了？”

小兵扑哧笑了，说：“爷爷，这是南水北调中线工程。”

“南水北调？就是当年毛主席提出的那个计划？”爷爷扑闪着昏花的眼睛，似乎有点儿明白了。

“对！”小兵忙不迭地点头。

爷爷满意地点点头，接下来又趴在地图上瞄起来。忽然，他叫道：“小兵，榆林，毛乌素沙漠咋没有了？是不是忘记标了？”

“是啊，毛乌素沙漠呢？”小兵也给吓了一跳。他认真地瞅了瞅地图，然后看了看刚取下的老地图，皱着眉头说：“爷爷，要不，咱到榆林去看一看？”

“好！古人绘制地图就是实地测绘，后人常常把地图命名为《禹迹图》，顾名思义，大禹的足迹。绘制地图就得眼见为实，哪像你们，唉！”爷爷说罢，又说，“只是我的腿不当家，怕是走不动。”

“爷爷，我开车带您去。”

“中。”爷爷爽快地答应了。爷爷退休后，几乎就没外出过。家人多次说要带他去旅游，他都拒绝了，说：“全中国我都跑遍了，山山水水都在我的心里。”

小兵开车带着爷爷，一边走一边欣赏沿途的风景。到了榆林，到了毛乌素，望着茫茫无际的林海，爷爷似乎不相信自己的眼睛。

小兵忍不住说道：“爷爷，是真的，这是绿洲，不是沙漠！”

爷爷回过神来，说：“小兵，你是不是早就知道，故意骗爷爷来的？”

小兵憋住笑，说：“爷爷，我是知道，但我还真没来过……现在都是通过遥感技术来测量和绘制的。”

爷爷问：“今天的技术就这么神奇？”

小兵点点头，用自豪的语气说：“当然啦，通过采用人工智能进行地图数据收集和分析，目前已经能够高度自动化地生成精度高、要素丰富的高精地图，甚至道路上的虚线都能显示出来……”

好半天，爷爷都没说话。

听着汽车收音机里播放的《向天再借五百年》，望着眼前的景致，爷爷不由得感慨了一句：“我也想再活五百年，在福窝里还没扑腾够呢。”

看着爷爷的精气神，小兵欣慰地笑了。

十三连

谢志强

我走出绿洲，进入沙漠，好像我身体里的水分迅速地被沙漠吸收了。烈日当空，热浪滚滚，沙地上的灼烫通过鞋底急速地传上来，我得避一避。

一片沙丘，像刚揭开锅的一笼窝窝头。我看到一扇门，一推，门是虚掩着的，圆拱形的屋顶。我喊了几声："有人吗？"没有人回答。屋里空空荡荡，连个凳子也没有。是给新的军垦战士（农场职工被称为军垦战士）腾出的房子？

屋里凉爽，似乎有一股风在屋内回旋。我想起曾经有一只麻雀飞进我家，满屋子盲目地乱飞，把尘土草屑也带动起来。当时，我关住了窗户。

忽然，外边仿佛也有一股风，来接应屋里被困住的风，门吃惊似的张开嘴。

我也惊了一跳。这时父亲出现在门口。他穿着厚厚的棉袄，缩着脑袋，双手对插在袖筒里，冷得发抖。我穿着一件的确良衬衫还嫌热。

父亲说："不好好上学，跑到这里干啥？"

我说不出到这里干啥，确实说不出。书包躲在我的屁股后边。我听见父亲的牙齿在打战，好像屋外已是寒冬。我也开始颤抖……我畏惧父亲。

有一天夜晚，没生煤炉，我冻得受不了，父亲要我到外边撒一泡尿，我返回后，被窝似乎暖和了许多。因为屋外比屋里更冷。

现在，父亲的身体舒展开来。他摆出父亲的威严，说："去给我打一瓶酒。"

我巴不得赶紧躲开父亲。父亲的棉袄给我造成了错觉，好像夏季一下子跳到了冬季。可是，我一出门，热浪便扑面而来。我背后响起关门声，像是屋里的风没来得及出来。

我已没汗可出了。我奔跑，因为鞋底传达到脚底的热，像烙铁一般，我尽量让胶鞋停留在沙子上的时间短暂些。我闻到橡胶的气味——恐怕是脱胶了。

我的脑袋像灌了沙子，却生出一点儿“绿意”——我没带钱。

我又往回跑。风正在抹去我的脚印。我看见沙丘上，风轻轻吹过，画出像波纹一样美妙的图案。

在绿洲里的农场，土坯垒砌的屋子都差不多。有一天半夜，尿憋醒了我，我像梦游一样出门，转到屋门前的高粱秆棚（每一家都有，灶间兼仓库）背后，又顺时针转回来，梦尾随着我。进了屋，钻进被窝，感觉被窝被人占了。有另一个人，那个人惊叫一声。灯亮。我糊里糊涂进了邻居同学的家，而且是女同学的家。她的床的位置也跟我的一模一样，只不过气味异样。那以后，我尽量避开那个女生。同一个教室，她一见我，脸就红。

我找不到那扇门，根本没有门的迹象，只是一片大小一样的沙丘。我最怕雷同、重复的东西，尤其是老师为纠正错别字而要我把一个字重写五百遍。我几乎要崩溃——这是最厉害的惩罚。

好像我和父亲处在两个季节。想起那件棉袄，我几乎要燃烧。父亲想以酒驱寒，可是，他一向是滴酒不沾的呀。

我在沙丘群里兜圈，不时拍一拍、推一推沙丘。要是凑巧，就能推开一扇门。沙丘毫无反应。只见风在沙丘之间吹过，吹起轻烟似的沙尘，又将我的足迹抹掉。

我终于发现一块木牌，木牌上没有油漆，上面用墨汁写着：十三连。

十三连显然已有历史，那墨迹已淡，仿佛要隐去，只留着风吹日晒的痕迹。我到过农场的许多连队，还是第一次知道有个十三连。连队看不出人迹。我猜，是不是本来开垦出了绿洲，后来沙漠又反扑过来，收复了失地？

我不敢久留。我害怕十三连的寂静，像要出什么事一样的寂静。我朝一抹绿奔跑，那绿色仿佛从地面升了起来，不断地加厚加宽。我恨不得跳进连队的涝坝，如同一片果干放进水中，吸收了水分，恢复原样。

我听见哭泣声，我家门前聚集了许多人。

父亲死了，冻住了一样。

母亲说：“你还不过来哭！”

我说：“爸爸要喝酒。”

母亲说：“你过来哭。”

我哭不出来。我逃了学，父亲已没能力揍我了。我的心在颤抖，那里像是风口。

夜晚，我坐守在父亲的遗体前。我担心他可能突然坐起来，板起脸说：“怎么还没把酒打回来?！这点儿小事你都做不好?！”

我问已哭不出泪的母亲：“十三连？”

十三连不在农场的正式编制之内，正式编制的连队里，都是活人。农场把埋葬死人的地方称为十三连——无碑的墓中大多都是跟父亲一样的老兵。风过大漠，他们把他们的故事都带走了。

小伙伴里，只有我知道十三连的秘密。一个人死了，大人就说他去十三连了。那以后，我就忌讳“十三”这个数字，却常常绕不过去。

十八岁的李响

蔡　楠

说实话，我比较讨厌李响。我这些天很忙，正忙一件大事。我越忙，他越来添乱，冷不丁就会出现在我的办公室，还一直蹦来跳去的。他耳不聋眼不花，就是说话含混不清。我就讨厌他这一点儿，有话就说，说完就走不好吗？还有，我怕他蹦来跳去的，他要是摔坏了，我可没时间送他去医院。李直也没时间。李直比我更讨厌他。

于是我想赶他走。我泡上一杯茶给他端过去，他却轻飘飘地躲开我，像个气球一样飘到了窗户前。我赶紧关严了窗户，我真怕他飘出去。

我把茶水送到了他的嘴边，说，喝点儿茶吧，喝了茶哪里来的你就回哪里去，我明天还要出门呢！

李响就把一杯茶喝光了。喝完茶，他不蹦不跳了，稳稳当当地站在了那里。

我知道，茶水冲掉了这些年堵在他喉咙里的东西，他的声道开始通畅了。我拿出一把宜兴紫砂陶壶，又拿出一罐好茶，一并递给他，说，你可以走了。

李响却没有要走的意思，他把东西扒拉到一边，说，我不是来要东西的，我想跟你出门，一起去南泥湾！

我吃了一惊，他怎么会知道我要去南泥湾！我赶紧去扶他，我怕他说胡话犯病啥的。我把座椅搬了出来，放到他的屁股底下。他却不坐，腰板挺直了盯着我，大声说，李游，你说，到底带不带我去？

我去是有项目做，你去干什么？

我给你当向导，我熟悉那里，我在那里打过仗！李响一字一顿地说。

快别说你打仗的事了，你当年是瞒着父母偷着跑出去的，连新婚十天的媳妇都瞒着。知道李直为什么讨厌你吗？就是因为当年你偷着离开家。

我那不是偷着跑出去，而是当兵抗日去了。贺龙在冀中打了齐会战斗，大获全胜，部队需要补充兵员，我就跟上队伍走了。李响争辩着。

那你打仗了吗？

打了，不过……

李响这回坐下了，他的眼神有些黯淡。他缓缓地说，我跟上队伍走的第三天，就在石家庄附近的陈庄和鬼子打了一仗。可还没冲锋，我的腿就中了一枪，后来腿瘸了，我就当了炊事员。

我扑哧一声笑了，刚喝进去的一口茶差点儿喷出来，问，那后来呢？

后来我参加了百团大战，跟着部队去了晋西北，再后来就去了延安。说到这儿，李响的眼神突然有了光芒，慢慢地说，我是跟着部队一瘸一拐地来到延安的。那时候，我和战友们都觉得这回可有仗要打了，我们得保卫延安啊！可是……上级却让我们去南泥湾种地了。

你是说，你去南泥湾开过荒？怎么这些年没听你说过呢？我觉得李响的话有点儿离谱。

这有什么好炫耀的，我在老家又不是没种过地！再说了，你和李直哪里关心过我啊，啥时候耐心地听我说过话啊！

李响说得对，我和李直确实不大关心他。他十八岁就扔下媳妇偷着跑了，李直出生的时候都不知道他爹是谁。李直和他娘在动乱的时光里能熬过来就不错了，哪里还会关心他！

李响叹了口气，接着说，你们不关心我，可我惦记你们！原来我想打完鬼子就回来，后来我又想等南泥湾的地种好了再回来，可南泥湾很难缠啊……

你就别找理由了，你根本没想过要回来！我对李响喊道。

别……别瞎说，我李响不是那种人。那时候的南泥湾确实难缠，天寒地冻，荒无人烟。部队开拔到那里，啥都没有，我当炊事员还不知道吗？红米饭、南瓜汤，那是后来才有的。挖野菜也当粮，可是大冬天的到哪里去挖野菜啊？反正，炊事班里也没饭可做，我就拿起做饭的铁铲，穿着单衣，去开荒了……

听到这儿，我不说话了。听李直讲过，他两岁的时候，县上的干部把李响的包裹送回来时，里面确实有一把铁铲，不过铲子只剩了个破片片。

见我不说话，李响来劲儿了，说，你相信我说的是真的吧，那就带我去吧！

我凑近李响，把他抱住了。他的身体很轻，我知道我抱住的不单是李响，还有李响的故事。我决定带李响走，不乘飞机了，我要亲自开车去南泥湾。

李响跟着我来到了南泥湾镇，却蒙了。他怎么也找不到当年开过荒的地方在哪里了。他不吭声了，任由我给他当向导。

我开着导航，带他去了三五九旅旅部旧址、南泥湾垦区政府旧址、党徽广场、稻香门广场，还带他去了南泥湾风景区，参观了南泥湾特有的民宿……

看，我就是在这里开过荒，还在这里住过！李响在一个被改造成农家院的窑洞前站住了，大呼小叫起来。

我知道，我应该办我的大事了。

我走进窑洞，一群人早已等在那里了。这些人是南泥湾开发区的领导，我从电脑包里拿了一份签好字的合同，说，这是我们公司引进的石墨烯技术，现在我把它无偿献给南泥湾，用上这种材料，不仅窑洞加热快，而且也非常环保。再有，我的集团公司想捐赠一批环保充电车，方便南泥湾的旅游，第一批已经在路上了……

办完这件大事，我回头再找李响，却看不见他的踪影了。

这下我可急坏了，弄丢了李响，我没法向我的父亲李直交代，他正在家辛苦地帮我带孩子。

我猜到李响可能去了哪里。我急匆匆赶到九龙泉烈士纪念碑前，果然看到李响一动不动地站在那里。确切地说，是他的名字嵌在了纪念碑里。

这时，我听到了导游的讲解：李响，河北雄安人，曾经创造一天开荒四亩的纪录，他用铁铲和镢头连续开荒一个月，最后累倒在了地里，那年他只有十八岁……

我的眼泪急速地涌了出来，我大声喊道：爷爷，你的孙子来看你了！

幸福二号

周耘芳

立冬刚过，小雨也停了。幸福二号市场旁浓绿的草坪，被一场白霜盖得严严实实。

嘎吱，嘎吱。马二福脱下棉袄，穿着单衣，挑着满满一担青萝卜、红辣椒、大白菜、小白菜，大摇大摆地来到幸福二号街道路边，把蔬菜摆得整整齐齐。

一口气忙完，马二福刚用毛巾擦了把汗，戴着大盖帽、穿着蓝色制服的城管员郝将急急忙忙赶过来，大声说，老马，摆不得，这里摆不得，赶快收起来吧！

郝城管啊，今天这里摆不得，明天那里也不能摆，这些新鲜蔬菜，难道烂在家里酿酒喝？见到郝将摆手摇头的样子，好似一盆凉水泼来，马二福心里顿时凉了半截。

想来想去，这么多年，郝将对自己也不坏。前年冬天因疫情封城，菜园子里萝卜、白菜大丰收，却进不了集市，马二福在家里急得团团转。这时，郝将走进门说，老马，你家的蔬菜我全部包销。十几天时间，郝将把马二福园子里的蔬菜卖了个精光。可今天郝将怎么了，难道有什么地方得罪了他？

马二福家离县城较近。家里几亩责任田，开春种上瓜瓜果果，秋季种些小青菜、大白菜、大蒜、大葱。这几年，小菜价格像坐火箭似的，一路飙升，大担小担挑进城，一袋烟工夫，就被城里人抢光了。

菜好卖，可这么大的城市，找个卖菜地方却比登天还难。起先卖菜，马二福看中一家商店光溜溜的大门口，菜篮子刚落地，店老板红着脖子喊，店是我开的，房子是我租的，你走远些去发财吧！

城里马路宽，来来往往人多，是卖菜的好地方。马二福刚把一担菜摆开，身穿警服、套着黄马夹的交警走过来，腰挺得笔直，上前敬个礼，说，老人家，安全第一，这地方不能卖菜，到菜市场卖吧。

幸福二号紧靠城市边，以前是块空地，到处是垃圾、废旧砖头瓦片。平时路过这里，马二福也看上了这块宝地，心想，商店门口不能卖，马路边上也卖不得，这里远离城市中心，冷冷清清的边角地段，容得下我老马吧。一天早上，老马挑着一担菜，顺便带着锄头、铁锹，放好菜篮子，脱下衣服，扒平垃圾，挖土平地。不一会儿，一大块空地平整出来了，马二福把蔬菜稳稳当当地放在地上。

去年夏季，一个大清早，天上乌云滚滚，空中燕子低飞，马二福挑着一大担豇豆、西红柿、苋菜，刚刚摆好摊，城管员郝将车子开过来，下车走近说，老马，这个地方不能卖蔬菜。

郝城管，出了邪了，不占马路，不占商店，怎么就不能卖菜？马二福不解地问。

轰隆，噼啪，雷鸣电闪，雨来了。坏了坏了，这一百多斤菜，又要见鬼了。暴雨来临，马二福急得直跳脚。不要急，不要急。郝将三步两脚跑到车上，拿出两把大雨伞，撑起一把大雨伞，交给马二福。

老马，不是不让你卖菜。这地方早就规划好了，要建幸福一号、幸福二号市场，马上就要开工。靠近马二福，郝将慢慢地说。

建市场？马二福偏着头问。

是的，老马，城里做买卖人多，市场太少。郝将笑着回答。

不摆了，不摆了，城市搞建设，我就不碍你们的事儿了。马二福回答。

轰轰隆隆，市场建设动工了。平基，打桩，砌墙，粉刷，工地上人来车往。哎，城里人多钱多，几栋楼房，一年多时间就盖好了。

那天中午，卖完菜，马二福挑着空篮子，在新市场上转了一圈。哎呀，我的娘，幸福一号市场里，卖什么的都有。一旁的幸福二号，屋内空荡荡的，几个工人正在刷墙。

这时，郝将递给马二福一张纸条。

幸福二号？这，这是……二福摸着脑壳问。

看到马二福疑惑的样子，郝将说，老马啊，这是幸福二号的准入券，今后卖蔬菜，做小买卖，都可以去幸福二号，不再让你们东躲西藏了，还免缴半年摊位费。

幸福二号，幸福二号。马二福捧着准入券，左瞄瞄，右瞧瞧，脸上堆满了幸福的笑。

满身枣花香

李 方

体育馆后面是湖滨巷。巷不长，也就百八十米，两侧全是沙枣树。树不高，耐寒，适宜在北方生长；开花迟，花骨朵小，如米粒一般，金黄色，但非常繁密。夏夜走进湖滨巷，有一种甜蜜的眩晕感。走出巷子很远，身上还有淡淡的香气。小巷的尽头，是农科所的家属院，一幢四层小楼，十六家住户。我结婚后搬进了新房，这里成为父母的二人世界。四年前母亲离世，父亲独居。

在我心中，父母可做天下夫妻的楷模。尽管他们的学历只是中专，算不上高级知识分子，但他们的恩爱，在这幢家属楼里是公认的。从小到大，我一直都沉浸在他们所营造的温馨和睦的家庭氛围中。令我不解的是，学财会专业的父亲，业余爱好却是音乐——古典的、现代的，中国的、外国的，甚至那种让年轻人浑身扭动的摇滚乐，也令父亲沉醉。他不光是聆听和欣赏，还动手演绎优美的旋律。冬日飘雪的傍晚，他坐在阳台上用手风琴演奏《三套车》；夏日落雨的黄昏，用小提琴演奏《梁祝》。没有哪位住户对此提出抗议。

和父亲如此大动静的爱好不同，学养蜂专业的母亲，业余生活却是那样安静：读书——全是文学类，四本一套的《静静的顿河》，各种版本、不同译者的，家里有五套。最独特的一套，是父亲出差时买给母亲的礼物。当时母亲亲过父亲，接过书刚翻看了两页，就笑得直拍大腿，说道："都说艺术是相通的，但隔行如隔山，喜欢音乐的搞不懂文学。这是盗版的。"那一套《静静的顿河》，母亲对照人文社版金人译本，用红色中性笔将差错逐一勘正，并指给父亲看。这让父亲在谈论音乐之外，对文学也有了谈资。

他们就这样度过了大半生，直到母亲离世。

我不知道母亲的离去对父亲造成了怎样沉重的打击，但他把所有的乐器、唱片、功放、音响，都赠给了他和母亲曾就读的中学。业余时间，父亲就读母亲勘误过的那套《静静的顿河》。

父亲退休的前一年，我差不多有十个月时间没有见到他。打电话给父亲，要么不接，要么就回复两个字：在忙。直到今年六月的一天，父亲发短信给我：来家。

沙枣花全开了。

父亲坐在阳台上，小桌上反常地没有摆放《静静的顿河》，而是其他的东西。他递给我一张纸。我吃了一惊：大粗黑的边框内，是纪委约谈父亲的通知书。我心惊肉跳地看完，发现日期是一年前的，这说明事情已经过去了。我轻轻地放下了那张千斤重的纸，愕然地望着父亲。

父亲微笑着问："你看它像什么？"

我无语。

父亲说："有时候我想，如果我真的做了错误的事情，这张纸看起来就会像一张讣告啊！你看抬头直呼其名，连'同志'两个字都没有！是啊，谁会称呼一个疑似贪污犯的人为'同志'呢？但是儿子你放心，爸爸是干净的，组织上对我的工作是肯定的，我是对得起你妈和你的。"

父亲将小桌子上的两本荣誉证书打开递给我，一本是嘉奖令，一本是三等功证书。他又把一个细绒包面的精致小木盒打开，里面是一枚三等功奖章。

父亲站起身，打开窗户，望向湖滨巷。沙枣花的香气扑进屋来，四处弥散，倒像是奖章证书自带香气，肃穆而严正，逼退了其他的任何气味。父亲坐下盯着我说："我学的是财会，干的是会计，工作几十年，坚持原则，得罪人是免不了的。有人告我的状，纪委查我的账，这很正常。关键是，自身要干净。现在有了结论，连续三年考核优秀，嘉奖和三等功，也补发了。昨天，办理了退休手续。做人，要像你妈，把所有的错误都剔除干净，这样手脚才会干净。如果要贪，就要贪读书，像你妈一样，那样你的心才会纯净，才能安稳。讣告和奖章，我希望你都带走。这两样东西，就是生与死的界限。你干警察，应该比我更懂得它们的意义。”

走出湖滨巷，满身枣花香。不用回头我都知道，背后，是父亲站在阳台上深情注视的目光。

活界碑

丁迎新

将军来了，年逾九旬的将军脱下军装已久，心中仍装着千军万马，装着边疆，人人还叫他将军。将军是来验证一件事、一个人，他不相信媒体上看到的，唯有目睹，必须目睹。

这是新疆毗邻某国边境几十平方公里的无人区，之所以无人，是因为环境恶劣，根本不适宜人生存。寸草不生的戈壁荒滩一望无边，夏天蚊虫独霸天下，号称“十个蚊子一盘菜”；冬季零下四十摄氏度，狂风暴雪是主人，积雪深达一米。这一切，将军再熟悉不过，五十年前的亲身经历至今难以忘怀。

面前的人让将军吃惊不已，没想到他会如此老相，看上去跟自己一样老。面色黑褐，石般质地，满是皱纹如刀刻，腰背略显佝偻，步伐却矫健，精神抖擞，面对将军，他显得格外地兴致勃勃。

这是一个难得的好天气。将军放眼望去，有变化，也有些没变，是他熟悉的地方，也有他陌生的事物。只有他俩，在偌大的天地之间巡视。

居住的屋，石块垒砌，不大，但牢固，坚不可摧。屋有些年份了，一次次发黑，又一次次刷白，在荒原上格外醒目。荒凉已属于过去，如今有绿草茵茵，似一张破损的绿毯向四方铺陈。环屋而立的是树，一排排，一行行，个个精干，像严阵以待的士兵，不分昼夜站岗放哨。

最夺目的是屋门正前方场地边的旗杆上，那面鲜艳的五星红旗，从不停歇地飘扬。旗杆是一棵削枝去叶的树干，下接大地，上顶蓝天，虽不够光滑，不够笔直，但绝对直立向上。何止是旗杆，还是卓越的指挥官，四面八方的树木草茎随时听从号令，向它看齐。

屋里屋外忙碌的女人，同样苍老，手脚却没闲的时候，总是有事在做。偶尔远眺，天地全在视野的范围，无物可以躲避。男人嘿嘿地笑，向将军介绍，还是她，也是山东临沂的，中间曾后悔，受不了苦，跑回了家，我又把她追了回来。跟我一样，如今死都不想走了。将军的目光投注到女人的一刻，有了温度，不再冷硬。

有草了，在原先风卷沙土扬的荒原上，虽不茂盛稠密，但毕竟是有了斑斑驳驳的草。男人指着那些草说，种的，一次不行两次，一年不行两年，我有的是时间和干劲，它耗不过我。

有树了，稀稀拉拉，像针插在地上，偶尔会成排，那肯定是在特定的位置上。男人说，种树更难，我对儿子和女儿都没对它们好，眼睛盯着，用手扶着，怀里搂着。水，我舍不得喝，一口口喂给它们。搬石头围成圈，天天守着它，它不敢不活，不活就对不起我了。

将军有新的发现，这里或那里，同样是树是草，长在那一块范围的是一个国旗的形状。另一块是党徽的形状，又一块是“八一”的形状。平原广阔平坦，土黄草青树绿，站在远处高处看，异常醒目。以将军一生的经历，这是三个再熟悉不过的图案，也时时可见，可此时的注目，自然而然叠加到根深蒂固的荒凉背景上，心潮涌动，不能自已。男人不在意，只是嘿嘿地乐，说，反正是植草，是栽树，不如一物多用。让那边的人一眼就能明白，这是咱中国的地盘，不但我在坚守，而且一草一木都在坚守。

眼前是边境线了，将军看到了界碑。界碑只有一块，可沿着界碑，是一排长长的石头堆出来的长城，两端看不到边际。石头有大有小，有方有圆，但相互咬合穿插，像无数个人相互握手拥抱，肩腰搂缠，汇聚成强大的壁垒，生根兀立。这是什么样的工程？这里最多的是土，仅仅是土，鸡蛋大的鹅卵石都不易发现。男人凭借一个人的力量，花费了多少时间，花费了多少心思，又是什么样的毅力、斗志和干劲？

它们跟界碑一样，比我尽责多了。男人有点儿不好意思。不过，关键时候还得靠我。五十来年，劝返制止临界人员有上千吧，不多，一年不过二十次，没发生一起涉外事件。说到这，男人的自豪感又上来了，还有自信。

男人领着将军攀上一个高处，方圆几十公里尽收眼底。石墙，树木，草丛，早已置换了曾经的荒凉，处处生机。男人的大手从左指到右，转了一圈，骄傲地对将军说，我官不比你小啊，它们都是我的兵，是祖国的兵，白天晚上都在站岗放哨，戍守边疆。当年建制撤销解散，我让您犯了错误，特批我留下，我没愧对您吧？

将军忍不住了，闭了半天的嘴发出一声干咳，喊出了立正的口令。男人发愣，怎么还要挨训？小时候，一喊立正就意味着训斥。将军的眼里隐隐闪烁着泪的珠光，说，你站好，我给你敬个礼。

这一个军礼，沉重庄重，蕴含无限。男人的回礼是颤抖的，礼毕，哽咽着说，抱歉！我不能陪您终老了。我要在这儿守下去，死后的骨灰也埋在这些树根下，让树继续长，再壮些直些，陪它们一起往下坚守。

将军好想说，儿子，还有我呢，我们一起。

冰雪国境线

何君华

作为驻守在祖国北疆冰雪国境线上的边防连队，一旦到了冬天，我们就要甩开膀子修筑我们的“钢铁长城”。

我所说的冬天，实际上刚刚入秋就开始了。通常是在秋分，有时甚至是白露前后，寒冷便已笼罩黑龙江两岸。

我们这里的冬天长达八个月，这从集中供暖的时间就能看出来。我们通常在9月中下旬就开始供暖（一直持续到次年5月），彼时南方的朋友们尚在毒辣的日头下大汗淋漓呢。这真像小学课文里写的：“大兴安岭，雪花还在飞舞。长江两岸，柳枝已经发芽。海南岛上，到处盛开着鲜花。我们的祖国多么广大……”

我所说的“我们这里”，正是大兴安岭最北部的漠河市。漠河南与内蒙古自治区根河市交界，北隔黑龙江与俄罗斯外贝加尔边疆区和阿穆尔州相望，是中国最北端的县级行政区，我们便是驻守在中国国境最北端的边防连队，因此我们的哨所也是中国最北部的哨所——中国北极哨所。

是的，我们这里是当之无愧的中国北极，年平均气温零下5.5摄氏度，最冷时气温降至零下50摄氏度以下。

我所说的我们连队的“钢铁长城”，不是矗立在地面上的长城，而是修筑在黑龙江冰面上的一段铁丝网栏。

众所周知，我国和俄罗斯东段边界主要是以黑龙江主航道中心线作为天然分界线。也就是说，越过黑龙江主航道中心线就是俄罗斯国境。因此，每当冬季来临，江面结起厚厚的一层冰，我们连队就会提前组织全连官兵（承担值班和巡逻任务的除外），在严寒中修筑起一道横亘在江面上的铁丝网栏，防止有人越过国界。

“钢铁长城”的名字不是我起的，也不是战友们起的，而是当地老乡们起的。这道“钢铁长城”也不知道是从哪年开始修筑的，但一年一度“修长城”的规定动作却在我们连队传承下来。都说铁打的营盘流水的兵，可我们这儿是铁打的“长城”流水的兵。

此刻南方的朋友们正大汗淋漓，我们也大汗淋漓。他们是被太阳晒的，而我们是干活儿累的。通常需要一个月，如果气候条件不好，甚至需要一个半月，这十多公里的“钢铁长城”才能完工。

说起来，我还是我们连队的第一个南方人。刚来时，我连什么是暖气都不知道，也不明白为什么漠河人家的门窗都是两层，门上还要加挂一层门帘子，直到切身体会了漠河冬天的冷之后才“啥都懂了”。

指导员说，现在条件好了，门窗门帘都能加固加厚，不像以前物资匮乏，连张桌子都没有，只好将炮弹箱当办公桌，把新来的战士弄得怪紧张，以为这边防哨所到了枕戈待旦、随时准备战斗的地步，哪知这炮弹箱仅仅是一张桌子呢！

我们听后哈哈大笑，大笑过后，又投入到紧张的“修长城”任务中去了。

有人说，现在有了电子监控系统，还用得着修筑“钢铁长城”吗？的确，现在跟以前大不一样了。用军迷网友的话说，以前我们只能靠“人肉巡逻”，现在有了电子监控系统，不出营房就能将边境线的情况尽收眼底。一旦出现紧急情况，连队的快速反应分队乘坐巡逻车或摩托雪橇，几分钟就能到达事发现场。

虽说如此，但“钢铁长城”我们还是年年照修不误。指导员说，我们国家幅员辽阔，地大物博，却没有一寸土地是多余的。指导员这么一说，我们就甩开膀子干了。

雪花在我们头顶飞舞，看着我们亲手修筑的“钢铁长城”，心底还真有一股“不到长城非好汉”的豪迈劲儿呢。就像漠河老乡说的，矗立在黑龙江主航道中心线上的铁丝网栏并不是真正的“钢铁长城”，而驻守在漠河冰雪国境线上的边防连队才是真正的“钢铁长城”！

柳林春雨

刘　帆

老游在乌蒙山区扶贫。

乌蒙山位于滇东高原北部和贵州高原西北部，这里的山连着山，一眼望不到头。

老游说山区孩子们缺书，缺好书，他说第一件事是要文化扶贫。收到他的想法和请求后，我决定去那里看看。单位的小谢和小莫跟着我，我们几个人带着一大批书、写字本和文具，前往老游所在的扶贫点。

老游的扶贫点在乌蒙山区一个叫乌峰山的地方，此处有一个叫“柳林春雨”的景胜之地。满天的乌云，细密的雨丝，穹宇之下，雨滴声滋润心灵。

这些优美的描述是一群孩子你一言我一语说的。我们到达之后，老游安排了一场赠书仪式和一堂课。赠书仪式后，老游跟学校联系请我讲一堂课。面对一双双渴望的眼睛，多年没上讲台的我，那天居然滔滔不绝，讲得十分出色，孩子们听得也很兴奋。看到激动万分的孩子们，我觉得我们为孩子们做的事太少了，一种愧疚之情油然而生。

那天，老游还给我讲了一个真实的故事：红军在扎西会议后不久，有一支长征小分队经过“柳林春雨”，一个不愿意说出自己真实姓名的女子给红军带路。红军走后，女子被恶人告发，当地的头大勾结民团抓她，女子只好连夜出逃，跑到一个人烟稀少的地方，跟一个只知道种玉米疙瘩的老实男人成亲，后来生下一个儿子，女子给孩子取名叫“望红”。

岁月如风，很快望红长大了，结婚后生了一个女儿，女儿长大后嫁到邻村，但隔一座山和一条河。望红跟女儿虽然隔山隔河，但行政上却同属于一个自然村，这个村就是老游蹲点所在的扶贫村。望红给女儿讲过外婆的故事，望红的女儿生了一对儿女，她又给儿女们讲红军和祖外婆的故事。

扶贫工作组进驻这个村，村民们非常欢迎。由于自然条件限制，包括望红在内，他们都没有读过什么书。老游走访中听说了望红的故事，觉得自己无论如何都要多帮助他们。

老游东奔西走，联系单位，因此就有了我们的乌蒙山之行。老游特意带着我们将书、课本和文具送给望红女儿的两个孩子，孩子们像过节一样高兴，脸上阳光灿烂。

我们在乌蒙山里穿行攀爬几十里山路，那一刻我忽然觉得很值。

当我们告别时，孩子们依依不舍。回来后老游给我打过几次电话，他说你们走后，几个散落的村不再是一个个孤岛，已经联合起来了，这个联合村取名叫望红村。

从老游那里回到单位后，一忙，时间一眨眼就溜过去一年多。

当我沉溺于庸常俗事又脱不开身时，没想到老游又寄来了包裹。

我打开封口，剪掉外包装，挺沉的一袋东西。说老实话，我是有点儿好奇，难道寄的是土特产？上次带回来的玉米棒子、甜高粱、马铃薯，大家都说好吃。我说，那里空气好，没有污染，绝对的健康食品。

在乌蒙山的几天，老游带我们去过一个地方，他说跟当地人学会了用土法酿酒，他酿的土酒绵软不上头，我们喝过，比贵州茅台酒也不差。

想到这儿，我的眼前似乎出现了幻影，看见老游穿过一片玉米地，慢慢地，影儿不见了，阳光下，一棵挺拔的玉米秆在眼里晃动。老游就那样站在地里，朝我微笑。

我一边想一边打开包裹。包裹里面有包裹，包得很严实，我小心翼翼地一层层剪开，竟然没猜准。

老游寄的不是土特产，而是一堆作业本。在作业本上面他写了一段话，他说记得我是语文老师出身，水平高，帮孩子们改改作业吧，看看孩子们进步没有。

我的鼻子猛地一酸。

老游心细，作业本码得整整齐齐，有十多本，看得出，这是课外作业，不像是课堂作业。老游搞什么鬼？批改作业也轮不到我啊！但老游的信，还得继续往下看，看着看着，玉米秆子又在眼前晃动了。

那是老游！

老游说，你给孩子们上课，还带给孩子们书、笔、写字本，孩子们想着你，念着你，每个孩子不约而同地做了这些作业，是在向你汇报呢。

我翻开一个本子，第一页就说：刘老师，您好……

多好的孩子啊！很多年没有人这样亲切地称呼我了。

都说距离远了人容易生分，但我怎么不觉得呢？“柳林春雨”那个地方，总是时不时让我想起。

老游啊，老游！面对那个曾经舍生忘死为红军带路脱险，还给孩子取名叫望红的老妈妈，我惭愧啊！请转告他们，她后人的作业，我要永远地看下去。

我提笔给老游写回信，我说我忘不了“柳林春雨”那位好妈妈，忘不了望红村，我希望我们和望红村结成对子，世世代代走动下去。

第 3 辑

去上海

老赵和小李

石钟山

老赵是他们处室的头儿，样子和蔼得很，一天到晚总是笑眯眯的。老赵这几年多了一个爱好，就是讲段子。他的段子很丰富，也很接地气，从隔壁老王到跳广场舞的大嫂，从公交车上的小偷到世纪大盗，总之，逮到什么讲什么。老赵讲段子时，不时地加进自己的注解，像网络视频中不时跳出的“弹幕”，效果总是出人意料。

老赵以前爱看报纸，处室订了几种报纸，只要他有时间，报缝中的一则广告也舍不得落下。这几年报业萎缩了，他就打开手机，把字号调到最大，端着手机如同当年端正地捧着报纸。老赵每天都会有几个时间段讲段子。老赵是领导，一个人一间办公室，就显得很孤独。起初，老赵会叫路过他门口的同事进门，还要给同事用一次性杯子倒上一杯水，然后就开始讲段子。同事便笑得前仰后合，酣畅淋漓。久了，处室的人总是在不忙时聚到老赵办公室里，有的坐在椅子上，有的倚在墙壁上，还有的一脚门里一脚门外地站在门口，听老赵讲段子。老赵讲到关键点上，大家都要笑。男人的笑，放肆直接；女人总会用手掩了嘴，意味深长地笑。不论同事们怎么笑，总是很开心的样子。老赵见同事们笑，自己就很满足，将带着笑意的目光依次在同事们脸上掠过。同事们就用开心的目光回敬他。老赵就一副很有成就感的样子。

这一年，处室分来一个研究生，姓李。小李似乎总是“离群索居”，每天上班，走进办公室和大家伙儿点头打过招呼后，便坐到自己位置上，打开电脑开始忙手头工作。闲暇时，小李会走到窗子旁，透过窗子向外面看。其实外面也没什么好看的，除了车流人流，还有马路对面的高楼大厦，并没有什么新鲜景致。人们理解，小李这是在发呆呢。人总有发呆的时候，可现在的人，发呆的时候越来越少，能发会儿呆也显得弥足珍贵。

小李是处室唯一一个不听老赵讲段子的人。每当人们聚在老赵办公室时，小李就望着窗外发呆。对门不时传来的欢声笑语，似乎和小李无关，他完全沉浸在自己的世界里。

老赵每次讲完段子，仍然会将幸福的目光依次在每位同事脸上扫过。可当扫到最后一个人时，老赵的目光变成了逗号，脸上一副意犹未尽的样子，然后把自己的目光从众人身上扯开，越过人们的头顶望向对面办公室窗前小李发呆的背影，目光就跳了跳。人们就转过头，齐齐地把目光冲向小李。小李背对着大家，浑然不觉的样子。

一日，又到了老赵讲段子的时间。办公室的马大姐就招呼小李道："小李，听赵头儿讲段子吧，可好玩儿了。"他们都亲切地把老赵称为赵头儿。小李摇摇头，头也不抬地说："我对那些段子不感兴趣，你们听你们的。"又走到窗前，固执地把后背留给大家，任凭身后的笑声一浪高过一浪地传来。

久了，小李在众人心里就异样起来，人们望着他的目光就虚虚的，成分复杂，只可意会不可言传的样子。马大姐是个热心肠的人，小李刚报到时她就知道小李没有女朋友，曾热心地为小李介绍过两三个女孩儿，不知什么原因，都是无果而终。这一日，马大姐来到小李面前，拉过一把椅子坐在他对面道："小李，你这性格得改改，太不合群了。"小李满脸问号地望着马大姐。马大姐单刀直入地说道："比如你不爱听赵头儿讲段子，总是一个人发呆。"小李似乎有所悟，说道："咱们赵头儿很孤独，离开办公室一定连个说话的人都没有。"马大姐把手拍在大腿上，发出响亮的声音，众人都把吃惊的目光望在小李的脸上。马大姐说："小李，你是不是会算命呀？怎么说得这么准？老赵前些年老伴儿患癌去世了，儿子在加拿大读书，后来就留在了国外，老赵孤单地生活有些年头儿了。”小李淡淡地笑一笑道：“有你们当听众就够了，也不差我一个。”众人的目光从小李的脸上扯开，一时不知如何安放的样子。

马大姐劝不动小李，小李依然我行我素。众人去听老赵讲段子，小李独自发呆。井水不犯河水，大家彼此相安无事。某天，处室来了上级通知，要抽调一个人去乡下扶贫。老赵把大家叫到一起，把通知说了，目光又依次从众人脸上扫过。这一次众人没有把笑意充盈到目光中去迎合老赵，而是避开了老赵的目光。大家伙儿都知道，下乡扶贫并不是好差事，年纪大的有一家老小，年轻一点儿的，还要谈恋爱、张罗结婚什么的。老赵最后把目光定在小李脸上，小李的目光没有逃避，而是迎着老赵的目光望过去。老赵先避开目光，望着某个物件说：“我琢磨了，咱们处室，只有小李最合适。”老赵说完，目光终于坚定地望向小李。小李似乎不假思索地说：“我服从安排。”老赵离开后，马大姐走到小李身旁小声地说：“小李，你傻呀！怎么这么快就答应了？你还没找对象，去乡下一待就得两年，好多事都耽误了。”小李淡然一笑道：“谢谢马姐，我没事。在这座城市里我就一个人，我去正合适。”人们都知道，小李是研究生毕业后考进机关的，他家是外省的。小李这么说完，众人都醒悟过来，纷纷冲小李投去友好又亲切的目光。

小李走后没多久，处室新来了一位领导。老赵快退休了，便从领导职位上退下来，连同他单独的办公室都交给了新来的领导，搬到了大办公室。新来的领导不苟言笑，自己工作认真不说，还不时地到大办公室抽查大家的工作进度，所有的人都会真真假假地做忙碌状。

因新领导的到来，老赵没机会讲段子了，每到以前讲段子的时间，他都会拿着保温杯走到饮水机前去接水，然后把目光望向大家。众人避实就虚地把目光移开，投向对面办公室。新来的头儿伏在案前，一丝不苟地忙工作。老赵只能又落寞地走回到自己桌前，把椅子弄出些声响。

两年很快就过去了，小李完成了扶贫工作。这时的小李似乎变了样，比以前成熟了许多。小李回来后不久，就向大家宣布了一条好消息，自己要在这个

“五一”劳动节完婚。人们这才知道，小李这次扶贫下乡，交上了一个女大学生村干部做自己的女朋友。众人都真心祝贺小李。马大姐拍手打掌地说：“小李呀，你这是塞翁失马呀！”小李并不说什么，只是很幸福地笑。

小李结婚不久，老赵被宣布退休了。老赵离开处室时，怀着不尽的留恋和不舍跟众人道别。

老赵退休后无事可干，转来转去总是会出现在单位门口。退休了，交回了出入证，老赵只能停留在大门口，向工作了大半辈子的机关张望，不舍和失落溢于言表。

有一日，工间操时间，马大姐透过窗子意外地看见老赵和小李正坐在机关门口的长椅上。两人似乎在下棋，不时地还有说有笑。小李是以取快递为借口出门的，半晌之后，才见他抱着快递回来。从那以后，每当老赵出现在大门前，小李总会站起身冲大家说：“谁有快递？我帮着去拿。”众人拿起手机把快递通知信息转发到小李的手机上。小李就乐颠颠地外出取快递，到了门前，总是会和老赵说上一会儿话，这才带着包裹回来。

马大姐不解地来到小李桌前：“小李，以前老赵讲段子，你听都不听，现在怎么又和老赵打得火热？他都退休了。”小李眨着眼睛，真诚地说：“老赵退休了，一个人太寂寞了，他每天来，就是想找人说说话，讲讲段子。”众人把目光齐聚在小李脸上，脸上都是不解的神情。

小李清澈的目光望着大家，众人躲闪着收回自己的目光，无处安放的样子。

去上海

房　伟

李江华踏上去上海的绿皮列车。他坐在靠窗的一张卧铺上，试着向外望去，鹅毛般的雪花把这个偏僻的北方小城笼罩起来。

这里有人吗？一个中年男人彬彬有礼地问。李江华说，没人，坐吧。中年人报以微笑，自然地说，今年冬天真冷呀。李江华漫不经心地说，谁说不是。

车厢的广播正播央视春节联欢晚会，依稀传来诗歌朗诵的声音。李江华笑了笑，都什么年月了，大家还喜欢诗歌？李江华曾有一段时间迷恋诗歌，工作后曾出过一本诗集。现在他虽成了私企老板，但喜欢别人称呼他诗人而不是老板。现在他把当年的诗集又印了千把本，专门送给领导和朋友。这一招还真灵，在圈内混得儒商称号。

除夕之夜不能和家人团聚，总觉得空落落的，他看着对面的老兄，心想不如和他聊聊天，打发打发时间。

听你口音是南方人吧？李江华问。中年人也在发呆，听到李江华问他，有些激动地说，我老家是南方的，但来北方工作多年了。李江华笑着说，南方好，你看南方人就是和北方人的气质不一样，南方人温柔含蓄，北方人虽豪迈但粗疏有余。中年人说，南方有什么好？虽说我老家是上海的，但地方小，不够舒展。你做什么工作？李江华又问。我是机械学校的老师。先生你是什么职业？中年人反问。小商人，做点儿小生意。李江华说。做生意不容易呀，大年三十才往家赶。中年人同情地说。

李江华为自己的谎言感到有些得意。毕竟他这个老总不是白当的，哪能让人一眼就认出身份。可不是吗，他煞有介事地说，现在生意难做，钱难挣呀。都过年了还得出差，舍得离开家人吗？中年人问。他干笑了几声说，我也是没办法，人家催得紧呀。中年人的目光变得有些忧郁了，慢慢地说，这个时候出差老婆会很挂念的。女人的心软，一听到鞭炮声，眼睛就会落泪。

女人心软吗？李江华暗暗想，要心软就会和儿子一起回老家过年了。李江华说，你们南方人就是多愁善感。我羡慕你们。不瞒你说，年轻时我心目中的女孩就是江南女子。又似笑非笑地说，南方女子都是水做的，北方女子是泥做的。中年人说，此话怎讲？李江华说，南方女子水一样的皮肤，水一样的性格，泥嘛，自然是又粗又裂。中年男人的脸羞涩了，温和地笑着说，还是你们北方女子好。南方女孩太爱钱，喜欢编织一些虚幻的东西。北方女人也做梦，但结婚后就踏实起来，一心一意过日子，不像有些南方女子，一辈子都在做梦。我妻子也是南方人，她一直都像个做梦的人。

做梦不好吗？李江华听了中年人的话，心中也有了一点儿感慨。他年轻时也有许多梦想，他想做北岛和顾城一样的诗人。现在连做梦都是商场竞争，哪还有什么浪漫？哪还有什么诗情？

中年人看李江华不说话，连忙说，北方的女人大方，我妻子就总和我闹别扭，每次都是我给她赔罪。还是南方女子好，会保养，懂生活。李江华有一点儿强词夺理的味道，我老婆是北方人，原来还有点儿淑女的样子，现在简直是一塌糊涂。中年人苦笑说，有时候我倒希望有一个北方妻子，多一点儿活泼的生活气息。

两人正在有一搭没一搭地闲聊，不知什么时候，火车在一个小站停了下来。车厢广播也停了，两人把车窗打开，猛烈的北风闯进来，不过雪停了。披着雪的火车，温顺地趴在站口，就像一位多情的南方女子在小睡片刻。

中年人放下杯子，望着窗外景色，若有所思地说，我听列车员说，大年三十晚上，鬼魂就会在铁路四周游荡。它们会聚在一起，寻找回家的路，和自己心爱的人团聚。李江华不禁向铁轨的方向看了一眼，身上不由自主地打个冷战。他摆了摆手说，老兄，你别疑神疑鬼。今天可是除夕佳节，就算没鞭炮，也该高兴才是。再熬些时间就能到上海了。想想吧，上海多有意思。我最喜欢去浦东开发区，南方的城市就是好，又干净，又文明，美女也多。中年人垂下眼睛，平静地说，春节的上海也很冷清。清晨的寒风吹来，你独自在外滩走着，望着连绵的江水，心情就会像枯黄的叶子一样落寞。不是有许多游客吗？不是有许多人吗？李江华忍不住纠正中年人的错误。人多有什么用？人多了反而感觉冷清。中年人淡淡地说。李江华突然对这个中年人有点儿刮目相看。他佩服地说，南方人就是南方人，说出的话都是那么饱含诗意和内涵。

中年人的目光直直地盯着车窗，像没听见李江华的话，而是在自言自语，其实每一年除夕这天我都要回南方，十几年了从未间断。

你是回去和老家的亲人团聚吗？李江华问。我在上海早就没什么亲人了。中年人说。那你为什么还往上海跑？你舍得家中的妻子儿女？李江华好奇地问。中年人摇摇头，想了想，像下了很大决心似的说，我恨南方，我更恨上海，我的妻子就埋葬在那里。

二　叔

岑燮钧

二叔瘦成了一把骨头。

祖母在世的时候总是说，要是换成现在，你二叔也能考上大学。这只要看看堂弟，就能推知一二。堂弟是我们镇上唯一考上北大的人，如今在北京一个机关单位工作。农家子弟能走到这一步，还不是全靠脑瓜灵。

二叔只读过小学，可是他心灵手巧，什么都会。家里坐的藤椅，是他自编的。藤椅的纹路，一丝不乱。桌子、柜子，也是自敲的。自敲并不稀奇，稀奇的是连木工的刨子也是自制的。至于泥水匠、水电工的活儿，更不在话下。他几乎样样都会，反正力气也不值钱，能自己搞定的，就绝不叫外人，能省点儿是点儿，五十多岁的人，能到哪里去挣钱呢？

他挣的都是小钱，“总要靠他自己”，话虽这么说，但到底惦记着堂弟。可是，北京的房子是几个小钱能搞定的吗？人家都说，儿子这么有出息，你就等着享福吧。他只能苦笑，就是儿子有心接他去，睡哪里？要知道，北京一间单身公寓，一月房租就得三千多，他想想都心疼。等什么时候自己有房了，才不花这冤枉钱。

正月里，亲戚走拢，说起这事。妻舅说，买房子最不值得了，人家外国人一辈子租房，在北京这样的人多着呢。听话听音，无非是暗示他不愿借钱给外甥。否则，他自己买那么多套房干啥？二叔脸皮薄，就不好意思再开口。他自己的外甥也很有出息，做了大官。他托过一件事，没成，就再不说第二次。“大不了人家吃饭我喝粥。”他总是这样说。可是，自己能喝粥，难不成让儿子也喝粥？

妻舅没指望，外甥更远了。眼下之计，就是把老家能租的房子都租出去，与儿子的房租对冲一下。

可是，乡下的房子租金不贵。本来嘛，就不在一个档次。只能多租，租一百是一百，租两百是两百，加起来，不就有一千多了吗？他连杂货间也租出去了。当年，这里放过祖母的寿材。祖母高寿，活着时，二婶念叨过祖母住的那间房，说租给外地人，每月起码也有五六百。二叔瞪了她一眼，没言语。祖母过世后，做满“七”，二叔开始合计这间房。这是正楼里的一间，要租给外地人，须得重开门户，中间再打一堵墙，把它隔成两间——两间的房租比一大间只多不少。正好，村里一个老板拆老房子，旧砖不要了，二叔就借了手推车，拉回好几车。他一个人搬砖，一个人捣灰沙，一个人砌墙。砌到顶时，也是一个人爬上爬下，把灰沙砖头放到几个桶里，用吊钩吊上去，一会儿这个，一会儿那个。一堵墙，他整整砌了三天。

这间房的南北两面，原先是窗，现在得改成门。二叔想想心里有点儿舍不得。尤其是南墙，四开窗，亮堂堂的，做得考究。现在儿子去了北京，家里只剩两口人。房间闲着浪费，他也只能忍痛割爱。他借来电锯，也没戴个头盔，锯窗棂上的钢筋，火花直溅。二婶几次叮嘱他当心，别伤了眼睛。好歹，他拆下了其中两扇，开出一个门洞。他又拿出自制的刨子，做了一个门框，把内墙上的老门卸下来，装到外墙上。如此折腾，搞得他腰酸背痛，灰头土脸。

“样样都会，是劳碌命。”二婶说。

出租房还没整好，早有外地人来看过好几趟了。早日完工早日出租，时间都是金钱。二叔心里急，一不小心，削一根楔子的时候，刀锋划过食指，血流如注。二婶见了，叫他赶紧去医院。二叔沉着脸，一声不响。他到处翻东西，二婶问找什么，他也不说。终于，他翻到一盒云南白药，打开胶囊，用酒调和，敷在伤口上面。然后缠上布条，继续削楔子。到晚上，出租房总算搞定了。一看布条，已成血红。他只吃了一碗饭，话也不说，一个人躺下。二婶过去，一摸额头，滚烫。他让二婶去保健站买了几颗阿司匹林和一板其他的消炎药。第二天，二叔的脸色很难看，像从棺材里扶出来的一样。

“要不要去医院看一下？”二婶小心地问。

“看个啥！一点儿皮外伤，碍什么事！”

到下午的时候，租房的搬了进来。二叔提着一只手，在门口，为他们装上了自来水龙头。

二叔一合计，这七八间房的房租，还是不及堂弟在北京的房租。

到了晚上，二叔瑟瑟发抖。他很奇怪，这么一点儿外伤，咋就这么厉害？他摸索着起来，找出那盒云南白药，仔细一看，这药都过期大半年了。

也是，儿子都快两年没回家了，这药还是他带回来的呢。

二叔解开布条包着的手指，里面有点儿血肉模糊。二婶又是怜惜又是埋怨：“这么不小心，伤口这么深，起码得缝好几针……”“什么好几针，你拿白酒来。”二叔拿软布在酒里蘸了一下，轻轻地擦拭伤口，疼得他咬紧牙帮嘶嘶响。“把胶囊里的药都倒出来，敷在上面，我就不信没效果。”“你不是说过期了吗？”“过期也随它，以前没药时，草木灰敷一敷，不也好了吗？”

二叔用嘴咬着布条的一头，轻轻地缠着手指。最后，他打了个重重的结。

洒在雪地上的泪珠

胥得意

冷静这辈子最讨厌的事是被人逼迫着做不愿意做的事。

6 岁那年，她第一次到乡下的爷爷家过年。去爷爷家的路上，她已经想好了，见了爷爷奶奶要问好，她要给他们敬一个标准的少先队队礼，或者拿出画的画给他们看一看。

结果到了爷爷家，冷静刚刚笑着和爷爷奶奶打过招呼，妈妈的手就按在了她的头上，妈妈一边说着快给爷爷奶奶鞠躬，一边把她的头往下按了一下。冷静把头倔强地挺了起来，转过身有些愠怒地看着妈妈。妈妈的脸色顿时有些不太好看，给爷爷奶奶解释说，孩子小，不太懂事。

吃饭的时候，冷静给爷爷倒酒，给奶奶夹菜，爷爷奶奶叫得亲热又甜蜜，爸爸和妈妈觉得冷静挺懂事，脸上的笑也自然多了。

冷静读初三那年，参加了学校举办的才艺比赛。为了取得好成绩，班里的老师特意请了一位在文化宫工作的家长来辅导参加比赛的学生。冷静参赛的节目是独唱，歌名是《我和我的祖国》。每一次歌唱之时，她都觉得自己和歌曲所表达的意境完全融合在了一起。尤其是唱到结尾之时，每一次她都觉得眼泪在眼眶里含着，歌曲唱完，她总要短暂地沉浸在情感抒发后的感动之中。她静静地站着，仰着头，目光注视着斜上方，她似乎能够看到那里飘着一面鲜艳的国旗，而她的心和那面国旗正一起舞动着。她觉得自己以这样的姿势结束比赛很好，但是辅导老师却要求她在唱完之后，要深深地给评委鞠躬，等掌声差不多结束的时候再挺起腰来。

冷静不喜欢这样的安排。她认为，比赛就是比赛，她可以用尊重的目光注视评委，把最好的状态展示出来，但她不想用鞠躬的方式赢得评委们的印象分。比赛那天，冷静就用凝视的方式完成了舞台的造型。那次比赛，她获得了第一名。

冷静太有个性了，妈妈早就发现了，也曾试图让她有所改变。但是冷静有自己的认知，她反驳妈妈：我认为发自心底的尊敬才是最真诚的尊敬，只有主动地去做，才是最好的。妈妈看着已经大学毕业的冷静，觉得她说得没有错。

28 岁那年，冷静结婚了。两年之后，冷静有了自己的儿子。从儿子懂事起，冷静就教育儿子，人活着要懂得感恩。感恩并不是形式，不是给爷爷磕头有多响，也不是给姥爷鞠躬有多弯，而是真心在心里装着他们。

那年元旦放假，冷静到北京出差。这是她第一次到北京，她想到向往了多年的天安门广场看一看，但结果忙了一天，直到晚上十点多她才有点儿空闲。想到第二天就要返程，她还是决定去广场看一看。然而让她没有想到的是，刚一出门，天上便飘起了雪花。纷纷扬扬，好大好大的雪。

冷静到达天安门广场时，长安街上已经没有多少行人和车辆，广场上的灯亮着，只有个别游客还在空旷的广场上，亮晶晶的雪花在空中飞舞着。

刚走进广场，冷静一眼就看见多次梦到的国旗台。国旗早已降落，只有那高大的旗杆矗立在广场上。而她的眼里，似乎看到旗杆顶上还飘着那面旗帜。

雪似乎覆盖了整个世界，城市进入了香甜的梦境。多么静谧的夜晚呀，冷静的耳边响起了自己最喜欢的《我和我的祖国》这首歌。当她在心中刚刚哼起旋律时，却看到旗杆下的雕像轻微地动了一下，定睛一看，原来那是站立的哨兵。哨兵像是雕塑一样静止在那里，身姿挺拔，像是青松在那里静静地守着。一瞬间，冷静停住了，她感觉自己的呼吸一下子变得不够通畅，刚刚涌出来的泪水在眼缝中结成了冰碴，扎得眼皮有些疼。

冷静用手轻轻地拭掉了泪珠，调匀了呼吸，把身子挺直，对着那看不清面孔的哨兵，深深地把腰弯了下去。当她的腰弓到最深处时，几滴泪水又从眼里涌了出来，在雪地上砸出了一串深坑。

她听到了心脏剧烈跳动的声音。

蓼子花

戴智生

范笑江退休后携妻回到老家，是长住。他们同儿子商量好了，有事打电话，没事时儿子也可随时来探望。老两口就这么愉快地决定了，回老家颐养天年。不过，每年的 10 月份，老范又想躲远去。

妻说：“你是小气！”

老范说：“我怎么是小气呢？你不懂我！”

准确地说，老家是老范的老家，在鄱阳湖东岸的一个小镇上，祖上的瓦房还在，出门上堤便是烟波浩渺的湖面，水天一色。湖面早不是从前的湖面了，水位下降，湖滩一年比一年宽阔，进入枯水期，湖滩长满野草，盛开紫红色的小花，一望无垠。野草学名蓼子花，与湖水交相辉映，形成独特的景象，如一幅美丽的画卷，吸引了一批批休闲观光的游客。

其实，有些游客观光只是个由头，约上三五知己，打卡拍照，放松心情，为的是找个地方相聚一下。

妻在小镇没有熟人，时间久了，人老恋旧，所以待蓼子花开时，总想邀请几位好姐妹过来碰碰头。也有花期抵达小镇的老战友、老同事给老范打电话，他免不了要做一次东道主。

老范真不是舍不得一顿饭，现在有这个条件，他手头上就存了不少的私房钱。再说来的都是至交，叙叙旧，碰碰杯，相见甚欢。如果其他日子来客当然就更好了，老范打心里抵触蓼子花，秋风裹挟淡淡的花香，他感觉特别不舒服。

上了年岁的人都知道，蓼子花俗名半年粮，虽然常见，但只有久旱年份才会大面积生长。久旱必有大灾，粮食绝收或歉收，米价飞涨，早先本地人扒树皮或出远门乞讨，后来发现蓼子花可以充饥，根茎晒干磨粉做粑，度过来年春荒，满打满算应付六个月，所以叫它半年粮。

范笑江曾吃过这个苦头，那是“三年困难时期”，当时他正值入学年龄，饿得面黄肌瘦，个头缓长，以致参军时身高只有一米五九，勉强过关。

因为个矮，年轻时范笑江压根儿没想过去当兵。

小镇靠水吃水，居民多以打鱼和水上运输为业。父亲是驾船的，年轻时帮有钱人家驾船，后来进了合作社，虽然依旧驾船，却是自己当家做主人。当时一条船一个作业组，大凡以家庭为单位。父亲驾船，娘在船上，姐在船上。他除了念书时跟在爷爷身边，其他时间也是在船上度过的。

他们以船为家，酷暑严寒都在水上漂，风里来雨里去，艰辛是肯定的。古人言：世上活路三行苦，撑船打铁磨豆腐。然而，新中国合作化的水上船工，精神面貌焕然一新，吃苦耐劳，你追我赶，一心为公，虽苦犹荣。

父亲是驾船的一把好手，年年被评为先进，去县城开过表彰会，让人羡慕。范笑江从小耳濡目染，也有驾船的打算，并且学会不少本领。

起锚、开船、扯篷、扶舵，从饶河始发，经磨刀石、古县渡、凰岗、沙子头、鲶鱼山，到景北码头，一百八十里水路，百舸争流，恰逢小暑南风，一篷走到头，朝发夕至。

最显驾船技能的是“打欠”。所谓打欠，就是逆风中满帆呈“之”字形航行。一拐舵，一转脚，人船合一，船如离弦之箭在来往船只中穿梭，令人目不暇接，刺激快活。

枯水期驾船就是力气活儿了，斗风逆水，滩多河浅，每过一滩必搭伙结班，或拉纤或绞车，缓步慢行，船若搁浅，还得肩扛、背驮、舵棍撬，丰水期一天的航程需耗时五六天。

范笑江读高中，学校开门办学，他干脆跟着父亲干活儿，俨然就是一名船工。

没承想，河床一年比一年高，不是枯水期船也会搁浅，而且事故频发。先是客船停航，接着是河道只有小船游弋，不见了大帆船的踪影。

范笑江是十九岁离家的，当兵三年，退伍分配在省城工作，结婚生子，几十年过去，刻骨铭心的还是儿时记忆。湖水煮活鱼，味道极其鲜美，这也是老范回老家的一个缘由吧。

每天午休起来，老范照例搭条毛巾、夹着“跟屁虫”气囊去湖边。他水性很好，习惯春夏秋冬游泳，当然更喜欢在老家的大河里畅游。

家乡变化是巨大的，瓦房大都改建成了楼房，河堤铺了柏油路，岸边建了休闲长廊，环鄱阳湖大力整治生态环境，推行人与自然和谐共生，湿地公园初见规模，景色宜人。

是呀！老范何苦还跟蓼子花过不去呢？

称　粮

田洪波

那年月日子过得苦。

赵建福是响当当的一家之主，粮本上每月定量最高的人。家里吃粮的事都要由他说了算。

日子虽过得穷，但总会有亲戚往来。待客那几天，全家人目光始终盯在他身上，妻子孙晓梅更是在饭点上两眼不离赵建福，要做什么吃的，吃多少，都要等赵建福发话才行。

这不是抠，毕竟谁家也不富裕，都是牙缝里抠食，你不能说我来你家就是为了解馋，就是要填饱肚子。那不现实，尽主家最大的努力就是了，你待我不薄，兴许你来我家我也会这样回馈你。

因此说，赵建福在这方面拿捏得很好。他既不会让家里因来亲戚而使粮食紧张，也不会让亲戚受到怠慢，往后不愿再来了。

如果让孙晓梅做面食，赵建福就会用盆掠好面，如是三番用手捣弄几次，觉得差不多了，才会让孙晓梅做。对于掠米也是这样，会用手抖抖，反复抖几次，才两手掸掸，告诉孙晓梅可以了。

赵建福这气度，不是一般人会有的。全家老少三代六口人，只有赵建福是正式职工，其他人的粮食都属于低定量，没个人把舵，真就不行。

去粮店买粮，赵建福指定老二老三去。稍后估摸着排队排得差不多了，他也跟去了，腰后别一把扫炕用的短扫帚。

俩孩子撑开面口袋，等着粮筒出面，那时候付粮都是人工操作，由一个带有敞口的椭圆形薄皮筒倾倒而出，买家须撑紧袋口，防止粮食外漏。

白白的面像雪一样滑进面袋，开始出得很快，后来就滞住了。也不是滞得很多，一般情况下，付粮人会下意识敲敲皮粮筒，让滞住的面顺利滑下去，或者买家自己动手，抖动几下面袋，带动粮筒顺利出面。搁在平时，根本不是个事。赵建福可不管别人怎样，他把扫帚拿出来，一只细胳膊伸进粮筒，很仔细地往下扫面，一点儿痕迹也不会留，同时故意问孩子，看干净了没？

孩子们受他的影响也很爱惜粮食。平时，粮食撒在地上或犄角旮旯里，孩子们也会各显其能，小心地把它们捡拾起来。这时赵建福就会很得意，在院子里高声喊，看看我家孩子，有多能！

当然了，偶尔也会用旁门左道弄到一点儿粮，会偷着存放在仓房的木箱里，门上再加两把锁。

赵建福买了一杆带秤盘的杆秤。他的意志变得坚定，每天做饭前，要按当天的定量把粮食称一称。每次称完粮食后，还要把称好的粮食抓回一小把。

孩子们不明白，便私下问母亲这是什么意思。孙晓梅叹口气说，因为大秤进小秤出，如果都按足秤吃，没到月底就亏空了，你们就要饿肚子了。

孩子们把父亲比作大英雄，认为他真了不起。每次抓称粮食，三个孩子会围在一旁，眼睛先专注在秤杆上，再盯紧父亲要抓回粮食的手。这样的场景，似乎成了家庭欢宴。

日子毕竟苦，你家能吃饱，能有粮食吃，别人家就未必有这个条件。邻居郝婶有一天就犹豫着来借粮了，身后跟着俩孩子，四五岁的年纪，鼻涕流得很长，眼神怯怯的。她不要赵建福周济，就是借点儿粮缓冲一下。

于是，称粮的戏码在厨房上演，这次围的孩子更多，显得更热闹。赵建福称得很认真，到关键时刻，也就是自家孩子认为他们的父亲应该抓回一些粮食的时候，赵建福却没有那么做，反而多添了一把。郝婶不明就里，一个劲儿弯腰致谢。

晚上睡觉时，孩子们问起缘故。赵建福眼望天花棚，幽着气说，我就在乎那么点儿粮食吗？谁家不会碰到个沟沟坎坎？嘁，睡觉！

孩子们似乎没听出这话有多少玄机。

祖父瓷

张建春

那年，大雪封了门。天黑下来，祖父去关门，见场地下沿，有一个黑黑的影子躺在地上，在雪地里特别戳眼。祖父冒雪走向前去，竟是一个倒卧的人。

祖父并不吃惊，那年头饿殍不鲜见。祖父还是低下身子，用麻木的手探访倒卧人的鼻息。还有口气！这倒让祖父大吃一惊。

祖父一把拖了倒卧的人向家门拽去，雪地上留下了一道深深的犁痕。

不用说是饿坏了。祖母看了祖父一眼，再望了眼倒卧的人，忙去缸里抓米，先抓一把，想了想，又添了一把。祖母生火熬米汤，火在灶洞里急急地舔着锅底。祖父也忙，把倒卧的人平放在床上，不忘给他盖上家中唯一的一床薄薄的被絮。

祖父撬开倒卧人的牙关，祖母把米汤一勺勺倒进他的口中。一碗米汤灌下去，倒卧的人长长嘘了一口气，哦——啊，醒了。

祖父和祖母互望了一眼，他们虽也饥肠辘辘，但还是会心地笑了。

倒卧的人开口了：我叫羊，多谢了！

祖父回了句：哦，羊朋友。再也没有一句多余的话。

羊朋友摸摸周身，把手指向门外。祖父明白了，走进黑了的雪地，随之拎回一个蓝花布包袱。羊朋友一把搂进了怀里，搂得紧紧的。

羊朋友在祖父家住了三天，祖母还是天天熬米汤，一顿两把米，先尽了羊朋友喝。羊朋友也不客气，一口气喝一碗，再一口气喝一碗。喝完了，再紧紧地搂着包袱。

第四天早晨，羊朋友不见了，门口的雪地上的脚印深深地通向了大路。

羊朋友走了，祖父发现堂屋的桌子上多了只青花瓷瓶。其实祖父早就发现，羊朋友搂着的包袱里是个瓷瓶。

瓷瓶留下了，青花的包袱带走了。

祖父望着雪地，野外一片白茫茫，不见个尽头。瓷瓶立在桌子上，冷冷地泛着光亮。

祖父自言自语：放这吧，存着，存着呢。祖父年轻时，走南闯北，知道青花瓷瓶的分量。祖父也因此指望着羊朋友回头。

但羊朋友没有再回头，一年，两年，三年，五年……

吃饱饭了，祖父开始谋划，将家中的土墙草顶的房子翻建了，这是祖父的一个梦想。

没钱，去不远的山上割荒草，一担荒草能卖上八角钱。祖父思谋，割上几个冬天，或许能攒上买瓦的钱。

瓦买了一堆，就差买砖的钱了。不可预料的是祖父吐血了，再也割不动荒草、挑不动荒草了。

还是冬天，一个人进了祖父的门，说想买祖父手中的青花瓷瓶，开口出价五百元。祖父把青花瓷瓶从旮旯里取出，灰积了一层，擦干净后，还是清朗明丽。祖父心中算了一笔账，五百元是六百多担荒草，足能盖三大间一砖到顶的瓦房。

祖父的三间草房都快趴架了。祖父望了眼透亮的屋顶，长叹了一声。祖母也在边上，续上了一口叹息。

祖父紧接着回了句话：不卖。祖母摇头：不卖。来人以为给钱少了，忙加价，八百，一千，一千五……五千。祖父和祖母还是不卖，祖父既态度坚决，又含糊不清：不值钱呢，两把米的钱。

祖父没住上瓦房，在土墙草顶的屋子里咽了气。临死前指着青花瓷瓶，说：

存着，存着呢。祖母懂得祖父的意思，说：说不定，羊朋友会回头的，人家的东西。

祖母也是想住上大瓦房的，她接着做添砖加瓦的事。不过祖母不卖荒草，祖母身子弱，只能从牙缝里省，从鸡屁股里抠。砖添置了些，但离砖墙瓦顶远着呢。

打青花瓷瓶主意的人又来了，张口给一万。祖母惊得合不拢嘴，鸡蛋一角一个，一万元可是十万个鸡蛋。一万元如若盖砖瓦房，可盖一溜儿十多间。

祖母不置可否，来人急了，一五一十加价，加到了十万元。祖母还是决绝地摇头：不卖，不值，两把米的事呢。来人骂了一句，悻悻地迈腿出门，不忘回头，就这一回头，虚弱的门差点儿被刮倒了。

祖母决心起房，房翻建了，但仅是土坯，半瓦半草的房子，可也明亮结实多了。

祖母死在她翻建的“杂交”房里。死前，祖母没忘青花瓷瓶，擦亮了，放在她的面前。祖母交代：存着，存着，两把米呢。

青花瓷瓶传到了我的手里。我早住进了单元房，窗明几净，青花瓷放在了耀眼处。依然有人上门，开口五百万。不卖，给价千万，再不卖，又升价。

我哈哈大笑：不值钱的，我爷爷奶奶说，两把米的事呢。我把故事和来人说了，来人眼中有泪，说：存着吧，祖父瓷。

祖父瓷放在耀眼处，我常听到两把米相互摩擦的声音。

孤独的月亮

王伟锋

傍晚，忽然落下一场雨，工地上全是水。

那天是中秋节，我和三皮还有陈晓东，我们本来是打算出去聚聚的。用三皮的话说，让丰满的理想照亮一下我们骨感的胃。这话不一定是三皮的原创，不过因为三皮是诗人，他说出的话，我们听起来都很文学，够味儿!

工地上放假一天，离家近的工友都回家团圆了，我们刚来，又心疼来往的路费，只好留下来。每人两包方便面、一块月饼，就是中秋节的豪华版盛宴了。我们狼吞虎咽地吃完饭，拃着腰披着衫子，学着工头的样儿，组团骂了一声，这鬼天气！之后，便没什么可干的。三皮就倚在架子床上看诗集，陈晓东一把扯过去，喊，喂喂，你要看，外面全是湿（诗）——能当饭吃吗!

偌大的工棚空荡荡的，外面还在下雨，真让人心烦。三皮文雅地笑笑，诗人嘛，自是不跟我们一般见识。

那时还没有微信，智能手机谁也没见过，我们三人中间，唯一有手机的三皮，手里拿的还是二手货。工头是他姑父，新买了翻盖的手机，就把这个通话时断时续、听筒里面好像刮大风的东西撂给了三皮。

因了他姑父的关系，三皮在工地上干记工员的活儿，算是我们中间的白领。

我和陈晓东是小工，要搬砖，和水泥，是实实在在的蓝领，一天下来，累得半死，于是看三皮的眼神就有了异样，总想找点儿啥刺挠他一下——不能让他太舒服了。

好在诗人有涵养，从不跟我们计较。

真没什么可干的，那就低头思故乡吧，可天上连半个月亮也没有。那就聊天呗，瞎聊，聊着就聊到了吃。

也不是偶然。在工地的半个月，我们的胃明显受了委屈。原本我妈还说：工地伙食比家里好，指望我能长膘呢。

三皮先说，真想吃我妈做的烙油馍，我们家姊妹多，我是老小，我妈总偷着给我烙油馍吃。有一次，都半夜了，我妈摇醒我，塞给我半张葱花油馍。那个香啊，尿床还在吮指头呢。我妈心疼我，是想让我考上大学，替她争气。我连着两年都没考上，要不是迷上了写诗，也不至于……

三皮叹了一口气，又咂巴咂巴嘴，一副回味无穷的样子。

陈晓东不说话。因为陈晓东的爸没了，他妈又找了个人家，不好带上他，初中没毕业，他就四处打零工，风里雨里，吃不好是常态。

见陈晓东不开口，我就说，我也喜欢吃葱花油馍，不过，我觉得最好吃的还是我奶奶蒸的焖子，尤其是刚出锅的，那才叫好吃。

其实，我奶早就过世了，怕引起陈晓东难过，我才故意这么说。

三皮挺艳羡，你们家经常吃蒸焖子啊？

也不是，过年的时候，才能蒸上一锅两锅的。蒸焖子，得是纯正的大肉鲜汤，撇去上面的浮油，放上纯红薯粉、猪肉、大葱、香菜，全部剁碎一股脑儿掺和了，上锅蒸……好吃！

你呢？三皮艰难地吞咽了一下口水，转脸问，老陈，你喜欢吃什么？

陈晓东不说话，歪着头瞪着三皮，冷笑。我知道，那是一种无声的对抗或者故意挑衅。他是犯毛病了，想往三皮的肉里扎一根刺。我忙打圆场说，过节呢，老陈在想事情呢，就让他想去。三皮，咱俩聊。

不，陈晓东突然冒出来一句，我喜欢吃的，你俩都没吃过！

是什么，快说说看。三皮忍不住问。

陈晓东说，我喜欢吃小豆腐脑儿。长这么大，我只吃过一次。我爸，我说的是我亲爸，还在煤矿上那会儿，他还没出事儿。我爸骑车带我去矿上，在门口的小吃摊，吃到了那种小豆腐脑儿，好吃，过瘾，舌头特别舒服。我爸出事儿后，我就再也没吃过。陈晓东的眼神黯淡下来。

他接着说，后来吧，和我妈碰巧路过矿上，我嚷嚷着要吃小豆腐脑儿，我妈不理我，然后就凶起来，恶狠狠抽了我一巴掌。陈晓东说着，不自觉地摸了摸脸，好像那一巴掌的手印还在脸上。

我和三皮沉默了。外面的雨，不知什么时候停了。

被妈妈亲爱的手臂所拥抱，其甜美远胜过自由。三皮喃喃道。

我知道他在说什么。陈晓东却不知道，冷冷地斜视了三皮一眼。

三皮兀自说下去，你妈……

别说我妈，陈晓东突然暴怒，再说，我揍你！

三皮委屈道，我说的是泰戈尔的诗句呀。

我妈也不容易。陈晓东哽咽了，我知道，我在她那个家，也确实待不下去。她跟我说，我爸矿上赔的钱，她一分没动，都留着给我盖房娶媳妇。真的，我妈让我看过存折的……我弟他爸几次想打存折的主意，都让我妈挡了。我妈说，那是晓东他爸用命换来的钱，谁也不能动！

一时无话。夜很静，很静。

月亮出来了，外面的水洼，亮晃晃的。

手机突然响了，三皮对着手机喊，喂喂……挺好的……吃月饼，在聚餐呢！

我突然伤感得像个诗人，从工棚里走出来，举头望，是一轮昏黄的月，不太亮，但老天够用心，老天用一支残缺的笔，把那枚孤独的月亮临摹得特别圆。月亮好孤单，我想抱一抱它，于是就张开双手，伸向遥远的苍穹……

没过多久，我和三皮都向工头辞了工，回学校复读了。

陈晓东送我们的时候说，你俩是读书的料，如果考上大学，别忘了请我吃顿大餐啊。

我说，面包会有的，放心吧。三皮晃晃那部破手机，有事儿打电话……嘿，还是发短信吧！我们都流着泪笑了。

三皮特意把那本诗集留给了陈晓东，记得那本书的名字是《新月集》。

1977 年的酒

唐波清

五年前，55 岁的李教授主动申请退休。李教授没有留恋她所在的繁华城市，而是背起行李悄悄地离开儿女，毅然决然地赶往生她养她的故乡，她要回村子里头去酿谷酒。

儿不嫌母丑，狗不嫌家贫。李教授回到那个偏僻而又穷困的村子，走进父亲病逝前留下的三间瓦房。房子低矮破旧，屋里长满青苔藤蔓，屋顶挂满蜘蛛网。李教授放下行李，撸起袖子，收拾房屋，令她兴奋不已的是那套酿谷酒的老设备依旧还在。

缸、甑、灶、蒸馏槽……李教授触景生情，眼前似乎又浮现出父亲当年酿谷酒的场景。满屋子蒸气腾腾，父亲光着膀子，汗流浃背，筛稻谷，漂洗，去瘪谷，浸泡，蒸谷，出甑，泡水，复蒸，摊凉，拌曲，培菌糖化，落缸发酵，蒸馏，出酒。父亲熟稔地操作酿谷酒的每个环节。

浸谷。头天下午，父亲忙着给选好的稻谷加水，水面浸过稻谷三到五个手指头。父亲说，浸谷的时间要花整整一个晚上。等到稻谷完全浸泡透心之后，慢慢放去泡谷水，再用清水洗净。

蒸谷。父亲将泡透的稻谷装入甑中，灶膛里上猛火，锅里冒出大气，先是蒸上半个钟头，再揭开盖子往甑中泼入四五瓢清水。父亲说，这是让稻谷粒吸水膨胀。待到水汽冲顶以后接着蒸半个钟头，再泼一次水，再蒸半个钟头。

出甑泡水。父亲将初次蒸好的稻谷从甑中撮出来，倒入装有凉水的泡谷缸中，水面盖过谷面。父亲说，估摸着也就是一刻钟的时间，谷皮就会冷却收缩，谷尖就会自然开口。

复蒸。父亲将润好水的稻谷再次装入甑中，大火复蒸。前一个钟头加盖蒸，后半个钟头敞开蒸。父亲说，只有如此，稻谷收汗才会均匀。

…………

从李教授懂事开始，父亲就手把手地教她酿谷酒。父亲说，谷酒是古老的传统酒种，用稻谷作为原料，用纯种小曲来糖化发酵，用蒸馏槽逼出酒水。父亲还说，早籼谷是酿谷酒的好材料，百把斤稻谷，八两酒曲，便可酿出四十到五十斤好酒。

闻着父亲的酒香长大，女儿出落成十七八的大姑娘。1977 年，父亲的酒香给女儿带来好运，那年国家恢复高考。女儿虽然只读过初中，但她聪明好学，仅仅复习了两个月就考上了。1977 年冬天的高考成就了她，红色的大学录取通知书飘然而至。女儿欣喜若狂，父亲愁眉苦脸。上北京读书开销大，路费、生活费，粗略算下来也得百十块。父亲手头最多也就能够拼凑出二三十块，家里虽然有现成的谷酒，可一时半晌也卖不出现钱来。

生产队的刘队长曾经当过代课老师，算是村子里的半个文化人。他对父亲说，大学砸锅卖铁也得上。刘队长在高音喇叭里搞动员，挨家挨户上门做工作，东家拿出三块，西家凑齐五元。父亲说，你们的血汗钱，咱该咋还呢？村里人说，用谷酒还嘛，拿三块的换十斤谷酒，出五块的换十七斤谷酒。还有的人家实在掏不出现钱，就先从父亲那里领取十斤谷酒，拿到村外帮着去卖，回来再将钱交给父亲。

谷酒换钱。村里人用这种淳朴而又独有的方式，将村子里的第一个大学生送进北京城，这才培养出了如今的李教授。

回首往事，李教授摘下眼镜，眼前一片模糊……

村里人帮着李教授收拾好三间瓦房。李教授请匠人修整好酿酒设备，按照父亲的每一个环节开始酿酒。

摊凉，拌曲。李教授将复蒸好的稻谷摊凉至三十五六度，加入适量酒曲粉末，反复拌匀。李教授说，用酒曲的量很关键，一般为稻谷重量的百分之一。纯种小曲用曲量要少些，传统酒药用曲量要多些；夏季用得少些，冬季用得多些。

培菌糖化。李教授将拌好曲的谷粒堆在竹垫上，扒平，谷粒堆放厚薄要均匀。谷粒上再铺盖一张竹垫保湿，冬季还要在竹垫上加盖一层干净的稻草保温。李教授说，培菌糖化时间要拿捏准，夏季一般一天一夜，冬季则要两天两夜。当谷粒表面长满菌丝，口感香甜且微带酸味，便恰到好处。

落缸发酵。李教授将糖化好的醅料装入缸中，添入八九成的清水，再用塑料布封缸，发酵一个星期，即可蒸馏。

蒸馏。李教授说，谷酒蒸馏一般不去酒头，直接接酒到45度为止，尾酒倒入下一锅复蒸。

村子里又飘出了谷酒的香味儿。青出于蓝而胜于蓝，这种酒香比李教授的父亲酿的谷酒还要香，还要醇。

可是，这些年，村里人都不愿酿谷酒。据说，一是费力不讨好，手工谷酒卖不出商品酒的价钱，酿得越多，亏得越多；二是年轻人外出打工，村子里没人愿意学酿谷酒，这门手艺也快失传了；三是人穷志短，俗话说得好，越有的越奔，越穷的越困（懒）。李教授看在眼里，急在心里，在她申请退休之前，四处拜师学艺，集中精力研究手工酿酒技术。

回归故里，感恩乡亲。李教授拿出她一辈子的积蓄，当作扶贫启动资金，带领村里人盖上新酒坊，教村里人酿酒新工艺。李教授酿出的谷酒口感醇厚，香味独特，回味无穷，易下喉，不冲头，喝一回，就上瘾。供不应求。酒好，销量自然就好。

村里人很感激，因为李教授让他们分享了红利，当年为她拼凑过学费的人家，每户无偿持有新酒坊的股份。据说，每户的股份是当年学费的一百倍。村里人很是感动，因为李教授为新谷酒取了个好听的名字——1977年的酒。

哭　鱼

刘　泷

阿良被送到铜台庙里来了。

那年阿良年方七岁。

七岁的孩子想家，想山下的铜台沟，想铜台沟那些在一起玩耍的伙伴。

人小，有了心事，就愁眉苦脸。此后几年，烧火，劈柴，提水，诵经，燃灯，打扫庭院，乃至下山化缘，他都愁眉苦脸，就像连阴的天，没有一点儿笑模样。

师父禅照，和阿良相依为命，谆谆开导他，云在青天水在瓶，你是出家人的命，你不要心事重重，要一心向佛，在青灯黄卷里安身立命。

阿良想想家中的七个哥哥和一个妹妹，想想那座一阵风都可以吹倒的茅屋，不由得低下了自己的头颅。那一刻，他觉得自己的脖颈很软，像被人掰断的树枝，径直垂向了地面。

后来，再下山化缘，他哪里都不去了，总是去铜台沟。虽然那里有他的家，但他不回家，也刻意地躲避着爸爸妈妈和家人。他就去一个地方，那是地主朱善荣开办的私塾。朱善荣是个文盲，他出钱请一位落第的举人给家族里的孩子们授课。

阿良闭目端坐在朱家私塾的窗下，风也不怕，雨也不怕，霜也不怕，雪也不怕，骄阳也不怕，寒冷也不怕，谛听着老学究的声音，入定一般。

老学究给学生诵读的《千字文》《弟子规》《百家姓》，他都会背诵。他还学了很多的古诗词，什么“床前明月光”，什么“松下问童子”，滚瓜烂熟，甚至模仿老学究摇头晃脑的腔调，也惟妙惟肖。

总是下山，却化不来一分钱、一粒米，禅照师父对此很是狐疑。于是，就悄悄跟踪阿良下山去了铜台沟。那所私塾是孤零零的一座三间西厢房，门扉紧闭，且糊着厚厚的褐黄色草纸，根本看不到里面的情景。难道，阿良在闭目参禅？

禅照颇愤怒，脱下僧履，挥舞着，照准阿良的后背捶打了几下。他斥责，真不争气，不堪造就！你在这里干什么？偷懒吗？不化缘，没有供养，我们怎么办？铜台庙怎么办？

从此，禅照再不让他下山，把他留在山上，自己去化缘。

那日，禅照回寺，见不到阿良，就漫山遍野寻找。

在山后的小溪旁，见阿良躲在无人处合掌祷告。趋近细看，他的面前竟有几条煮熟的河鱼。

一条较大的河鱼已干硬了，在砂锅里翘着尾巴，仿佛河里的鱼跳到干裂无水的岸上，大睁着眼睛，眼白很多，眼黑很少，无奈地望着天空，犹如八大山人笔下白眼向人的鱼儿，很自负的样子。

禅照师父上前问阿良这是怎么回事。阿良并不害怕，回答说这是自己在河边捉到的几条小鱼，刚刚煮了，正准备吃。

禅照说吃就吃，刚才祷告又是怎么回事？

阿良说，于心不忍，故有此举。

禅照又问，那你是怎么祷告的？

阿良说，愿来世你不为鱼，我不为僧。

阿良哽咽，泪流满面。

禅照脱下僧履，想想，又穿上了。他手捻念珠喃喃地说，日本人烧杀抢掠，民生凋敝，今天下山，又是无缘可化。

阿良用木棍儿夹鱼，递给禅照，说师父您吃。

禅照直摇头，说我不杀生，更不吃鱼。

几天后，禅照回山，对阿良说，你去朱财主家的私塾吧，我和他们说好了。

阿良说我两手空空，没有束脩人家不收啊。

禅照说我把那串楠木念珠给了私塾的先生。

果然，禅照手上那串让人心心念念的念珠不见了。

阿良眼含热泪，回铜台沟，登堂入室，得以聆听老学究的教诲。

三年后，解放了，土改了，阿良分到了房子，也分到了地。

斯时，禅照还俗，也回了铜台沟。

朱善荣呢，被清算了，一贫如洗。

老学究跟随做国民党军官的儿子去了台湾。

村里办学校，招聘教师。少年阿良经过考试，拿起教鞭，为人师表。

阿良崇尚俭朴，也未婚娶。他把自己的钱私下接济了禅照和朱善荣。

有一年，各地闹饥荒，阿良去乡里开会回来，却在柳条河边看到禅照和朱善荣在煮鱼，手抓着半生不熟的河鱼，狼吞虎咽。

禅照指着砂锅里的半条鱼说，熟了，可香呢，你吃?

阿良摇头说，师父，从铜台庙回村那天，我就发愿吃素，再不吃鱼了。

第 4 辑

阳光或者一米阳光

黄河捞

金　光

黄河大坝每年7月泄一次洪，以排除库区所积聚的泥沙。泄洪的场面十分壮观，闸门一开，库里的水裹带着浑浊的泥沙顺着泄流孔喷薄而出，在洞口扬起近百米高的水浪，远远望去像一柱腾起的云烟。

大坝泄洪冲走了泥沙，也冲走了库区里生长了一年的各种鱼类，它们身不由己地被巨大的引力吸进泄流孔，再通过水流冲向空中，继而重新落入河道。大半的鱼不是被冲击力击昏就是被泥沙呛昏，落到河道后就完全失去活动能力，随波逐流一段，慢慢地被带到河边浮沉着，多数因经不起折腾而死亡。

于是每当大坝泄洪的时候，人们会形成一支捞鱼大军，拿着自制的鱼捞子，骑着摩托车或电动车到大坝下游捞鱼。他们赤膊上阵，站在河岸上用捞子不住地在滚滚河水中探捞。运气好的话，一晌可以捞几百斤大鱼，拿到集市出售。然而，捞鱼是危险的。黄河岸边的石头经过泥沙浸泡，变得又光又滑，捞鱼者一不小心就会掉进水里，沉没在滔滔黄水之中。每年泄洪期，总会有人葬身黄河。

余振东就住在黄河南岸的东坡村，前两年也曾去捞过鱼，但觉得太危险便不再参与了。他说，就算捞上几百斤鱼卖上千儿八百的，万一把命搭上了，总是不划算。但别人不算这笔账，依然兴致勃勃地扛着捞子去捞鱼，依然有因追鱼而被河水吞没的悲剧发生。去年夏天他在河边锄油葵时，就曾救过一个人，但眼睁睁地看着另一个人被水冲走了。

今年的大坝泄洪还像往常一样，提前一周对外通知，政府再三强调不准人们私自到下游捞鱼，还安排了社区干部到几个主要路口值班，阻挡那些不听话的人。但是，泄洪的第一天似乎就放蜂了，许多人半夜起来打着手电往河道跑，与社区人员打起了“游击”。想起去年救人的情景，这天一大早，余振东就站在他家田边不住地劝说，可没人听他的话。他只好摇摇头，无奈地钻进油葵田里除杂草。

这时，他听见有孩子的声音：“爸爸你走慢点儿。”余振东心里一紧，透过面前的葵花，看见一个十一二岁的男孩子跟在大人后面，也许是没有走过鹅卵石的河滩，一颠一颠儿地歪着身子。他赶紧出了地，对大人说：

“大哥，捞鱼太危险了，你咋把孩子也带到这儿？”

那人不以为然地看了他一眼：“没事。”

“咋会没事呢，你们真不知道害怕。”

“我们不下水，就在岸上捞。”

“那万一有个闪失呢，你们还是回去吧。”

那人只对他笑了一下，转身拉着孩子继续往河边走去。

余振东也跟了过去，盯着孩子不说话。

一条鲤鱼翻着白色的肚皮向河边漂来，孩子看见了，喊大人快捞，大人把鱼捞子一甩，罩住了。孩子高兴得接了鱼，放进了编织袋里。

余振东望着远处滚滚的河水，又看着全神贯注捞鱼的一对父子，心想：万一他们真滑进水里咋办？于是他飞快往家跑，拆了院边瓜棚上的长竹竿扛到河边。那捞鱼人笑话他：“竹竿不绑网子咋能捞住鱼？”余振东绷着脸不说话，找了个石头平面坐了下来。

河边，有喊声，有笑声，还有浪漫的歌声。有捞满了一袋鱼离开的，也有拿着空袋子刚来的，谁也不在意坐在石头上的余振东。

不知过了多久，有人高声喊道：“快看，一条大的！”

河道里，一条足有五六十斤重的大鲤鱼横着身子从上游漂了过来，岸边的人都举起捞子，等到大鱼漂到跟前狠劲甩去。但大鲤鱼忽然一翻身，又沉到水里，继续往下漂，人们甩下去的捞子都落了空。

那位父亲有点儿不甘心，举着捞子沿河边追去，儿子也跟着往前跑。不料，大人脚下一滑，扑通一声跌进了河里，他虽猛力挣扎，可水里的石头太光滑，不但没有爬到岸上，反而往深水里漂去。

“爸爸，爸爸——”儿子撕心裂肺地叫着，不顾一切地在河边追。

余振东霍地站了起来，提起竹竿追了上去。他先用竹竿把孩子拨到安全的地方，又将竹竿伸到河里，顶住挣扎的落水者。那人摸着竹竿后，拼命地抓着，余振东顺着水劲儿，慢慢地往岸边拖动。几个回过神来的捞鱼人也跑过来帮忙，终于将落水人捞上了岸。

那人浑身泥巴，先是瘫睡在那儿，不一会儿吐了几口黄水，抬身坐起，抱着大哭的儿子一言不发。良久，他踉跄着站起身，拉着儿子向余振东深深鞠了个躬，离开了河岸。

起初，余振东也瘫坐在那儿，看见那对父子走远了，才提着竹竿又回到那块平面石头上，死死地盯着河边的捞鱼人。

他打算这几天不干农活儿了，就在这儿坐着。

你看你看这蜂鸟

戴　希

我们谈笑风生，穿行在亚马孙河的热带雨林。

一只色彩鲜艳、美丽可爱的蜂鸟，热情地当起我们的向导。

它就在我们眼前，扑棱着翅膀，嘎嘎嘎地欢叫，飞得平稳轻快。如果离得不远，蜂鸟会悬停在空中，等我们赶上；一旦离得远了，它就会倒飞过来，迎接我们。当地人称蜂鸟为“神鸟”，因为它，是这世界上唯一能倒飞的鸟儿；也只有它，能长时间地扑棱着翅膀，悬停于空中。

蜂鸟还一会儿向左飞，一会儿向右飞，怎么顺当就怎么带我们行进。

它飞行时拍打翅膀发出的嗡嗡声，几乎和蜜蜂飞行时发出的声音一模一样。

可爱的小天使，它要带我们去干啥呢？

答案很肯定：找树上悬挂着的野蜂巢呗！因为它最喜欢吃，自己又摘不了。

亚马孙河热带雨林中的野蜂蜜，不仅甜得不得了，而且营养价值极高，既能增强人体免疫力，据说抗癌效果也相当不错。

当地人一样喜食野蜂蜜。他们与蜂鸟是十分亲密的伙伴关系。

果不其然，蜂鸟很快带我们找到了那个宝贝，它就悬挂在一棵大树上。

蜂鸟嘎嘎嘎地欢叫着，绕树环飞三圈，然后悬停在空中，等待我们采摘蜂巢。

我们在大树下左顾右盼，觉得爬树采摘很危险。一旦野蜂发现，成群结队攻击我们，后果不堪设想。所以最后，我们手疾眼快，用长竹竿直接将野蜂巢戳了下来。

蜂鸟又嘎嘎嘎地在我们头顶上空盘旋，眼巴巴地等着我们分出一小块，放在地上，让它享用。

“你们最好给它留哪怕一丁点儿，否则它真的会记恨并报复你们的。”我们才不相信当地人的忠告，故意把整块蜂巢都带走，以此试探蜂鸟的反应。

还好！蜂鸟丝毫没有争夺蜂巢之意。它在空中悬停片刻，又嘎嘎嘎地欢叫着，继续向前疾飞，为我们当向导。而且，仍像先前一样，一会儿向左飞，一会儿向右飞，一会儿倒飞，一会儿悬停空中，很平稳很轻快的样子，让我们能跟得上。

我们因此天真地认为，它不仅不会闹情绪，而且还会继续带我们去寻找其他的野蜂巢。

哪里会像当地人描述的那样！我们暗自庆幸。

不知不觉地，蜂鸟就把我们带进另一片林区，它嘎嘎嘎地叫唤了几声，便如离弦之箭，疾飞而去。转眼，无影无踪。

“唉！不带我们去找野蜂巢？或者，不给我们当向导啦？这——就是蜂鸟对我们的报复？”有人笑问。

可笑声未落，我们就听到了狮子的吼叫，隐隐约约看到了狮子的身影！

天啊！我们个个面如土色、魂飞魄散，记不起最后我们是怎么逃出来的。

那一块野蜂巢，也不知丢到了哪里。当我们汗淋淋地快要走出亚马孙河那片热带雨林，正后悔没听当地人的忠告时，一只蜂鸟忽地又出现在我们头顶的天空，扑棱着翅膀，嘎嘎嘎地欢叫着……

我闻到油香了

刘国芳

他退休后经常往老家去，很偏僻的一个小山村，有些远，但对他而言，远不是问题，他开着车，半个小时就到了。在老家，他把老房子打扫了一下，还种了些菜。做这些的目的，就是要打发时间。但大多数时间，他还是觉得闲，觉得无聊。村里没什么人，有时候他在村里走来走去，也看不到什么人。偶尔看到一个，也像他一样是上了年纪的老人。老人当然会跟他打招呼，跟他说："又回来啦？"

他说："回来啦。"

老人说："大家都往城里跑，你却往乡下跑。"

他说："在城里也没什么事，闲得慌。"

老人说："反正你有车子，方便。"

他后来经常往外走，当然在乡下走。通常，他会开车出去，把车停在某一个地方，再漫无目的地走着。这天走着走着，就到了凤岗镇。在街上，看见做棉被的，便在那儿看，一看许久，还跟人家说话。他说："以前棉花是用弓弹，现在是用机器弹。"对方说："时代不同了。"

他问："哪样好？"

对方说："都好。"

他仍在那儿看，又问："蚕丝被、丝光棉被、棉花被，哪样好？"

对方说："你要我说，我还是觉得棉花做的被子好。"

他说："不是说蚕丝被好吗？"

对方说："你看见哪里有养蚕的？"

他忽然明白了，说："你是说没有真正的蚕丝被？"

对方说："真正的蚕丝被很少。"

这天，他整个下午都在那儿看人家做棉被，天快黑时才离开，走的时候，他忽然觉得这样打发时间挺好的。

又一天，他看见凤岗街上有一家榨油坊，他又在那儿看，也是一看许久，还跟人家说话。他说："这榨的是什么油？"

对方说："山茶油。"

他说："还榨什么油？"

对方说："菜籽油、花生油都榨。"

他说："哪种油最值钱？"

对方说："当然是山茶油。"

他说："这山上漫山遍野都是山茶树，满树的茶籽，它榨的油会更值钱？"

对方说："山茶油对身体好哇。"

这天也是一看许久，一个下午，就这样打发了。

回去的时候有一条山路，山上真的是漫山遍野的山茶树，秋天了，满树的山茶籽。他停下车，去看那些山茶树。忽然，他发现好多山茶籽都落在地上。他有些不解，不知道这么好的茶籽为什么没人摘。正在迷惑时，有人走过，他便问："这树上的茶籽怎么没人摘呀？"

来人说："乡下人都出去打工了，没人顾得上这些。"他"哦"一声。

这天，他在老家山上也看到很多茶籽落在地上，他觉得很可惜，一一捡起来，捡了许久，竟捡了好多。

这些茶籽，后来都晒在他家门口，有人见了，问他："你捡这些茶籽做什么？"

他说："榨油呀。"

这些茶籽，后来还真被他拿去榨油了，提着油回来时，他跟村里的老人说：“这是我捡的茶籽榨出的山茶油。”

他又说：“你们山上就有茶树，去摘呀，不摘就浪费了，山茶油是好东西。”

老人说：“镇上才有榨油机，那么远，我们怎么去？”

他说：“我开车送你们去。”

听他这样说，村里的老人便去摘茶籽。他说到做到，真的开了车，送老人去镇上榨山茶油。不仅如此，每次去榨油时，他都认真地看，还问：“榨油机要多少钱一台呀？”

对方说：“几万吧。”

他问：“哪里有卖？”

对方说：“你也想开榨油坊呀？”

这话说对了，他真想开个榨油坊。

他后来真在村里开了榨油坊，这下村里人榨油就不用去镇上了，不仅是村里人，而且附近村里的人，也会拿着茶籽来榨油。油香氾满了整个村子。

这时候，山上的茶籽有人摘了。有一天他出门，看见山上到处都是摘茶籽的人。这天又有人来榨油，是两个人。一个说：“这么小的村子，还有榨油坊？”一个说：“有，我闻到油香了。”

蝴蝶庄之树

司玉笙

满身浮土的乡邮员在路边喊："恒子，你的信！"

那时候乡邮员都骑着一辆自行车，每天走村串户的，很多人都认识他，他也能叫得上很多人的姓名。恒子的父亲当时是蝴蝶庄小学校长，新中国成立前曾当过中共地下交通员，新中国成立之初在外省任地方区委书记，提拔他当副县长时，他坚持要回家乡办小学，因而在这一带名气挺大。

小学建起来后，周边的闲地就被栽上了树。人们常常看见老校长领着孩子们在地里忙活，渐渐地那里就有了一片清凌凌的绿色。而长得最快的就是那三棵法国梧桐。那树是六十多年前老校长到北京参加全国英模代表大会后带回来的，刚栽下时只有大拇指粗细。其实，他总共带回来四棵，有一棵可能水土不服，连个芽包都没拱出来。但老校长舍不得丢，拔出来把两头削去，刮掉皱皱巴巴的硬皮，就成了一根教鞭。

20 世纪 70 年代末初春的一天，已到中年的乡邮员给恒子送来一封信函。已是代课教师的恒子接过信函，瞄了一眼便掖怀里了。照旧请乡邮员到屋里喝水，对方说忙，一蹬车就走了。乡邮员并不知道，此时老校长已重病卧床，很少能见到他的身影了。

不久，老校长去世了。临终前对恒子说："照顾好你娘，还有那几棵树……"

父亲去世后，教鞭就到了母亲手里。老人家也是手不离教鞭，只是拄在了身前。天气好的话，她就踅摸到那三棵树下，来回走着，拍拍这一棵，再拍拍那一棵，侧起耳朵细听，眼睛里就有亮亮的晶体浮动。

有这根教鞭撑着，老人家比老校长晚去世十一年。她生前对恒子说得最多的一句话就是：“你要是教不好孩子，瞧俺用这硬棍棍儿敲你的头！”

接了父亲的班，恒子一干又是几十年。其间晚婚晚育，生有一子，他给儿子起的乳名叫学儿。

树长大了，学儿也长大了，人大了，心里就有了膨胀的枝枝叶叶。有一次他问父亲：“有人说您连个大学文凭都没有，您是咋当上这校长的？”

恒子想了想，对儿子笑了：“我没想当什么校长，只想照顾好你爷爷奶奶和那些树……”

18岁那年，学儿考入外省一所重点大学。临走时，父亲让他去看看爷爷栽的树。看过那些树，学儿带了一片硕大的树叶去报到了。到大学后没几年又考取了硕士研究生，毕业后留在一家科研单位工作。

一晃，又十多年过去了。那一天是周五，母亲突然打来电话说：“你爹想你了，赶紧回来一趟……”

学儿匆匆赶回家，见父亲躺在床上，脸色蜡黄。旁边除了母亲，还有乡邮员老赵。见到他，父亲伸出一只手笑了笑，说：“学儿回来了，好，好。”

被父亲紧紧地抓着，学儿止不住泪水外涌，低泣道：“爸，我这就带您去省城看医生……”

“我没什么大碍，就是垒院墙累了，歇歇就好了。”说着，他缓缓地坐起来。

扶好父亲，学儿转而问母亲：“妈，垒什么院墙能把我爸累成这样？”

“有开发商出大价钱要挖走你爷栽的那几棵树，你爹死活不让，围墙都扒开几回了，回回得补，补好了又给扒开，还不止一处……”

“甭说了，我也想去垒墙——走，看你爷栽的树去！”乡邮员拉起学儿往外走。

出了门，学儿问：“赵叔，您又给我爸送信来了？”

“只要是你家的信，别看我退休了，也必须亲自送到，交给年轻人我不放心……”

“赵叔，我的大学录取通知书还是您给送来的哩。”

“还有你爹的！”

“你说我爸也考上过大学？”学儿一脸惊诧，“我怎么不知道？”

“那是 1978 年，四十多年过去啦……”

学儿猛地一愣，桩子一般立住了：“真的？”

从小学校回来，母亲已将几个菜做好，让学儿陪乡邮员喝几杯。

乡邮员喜滋滋地说：“再喝，您家三代的酒我都喝了，越喝越有滋味儿！”

席间，话题都离不开那几棵树。喝到动情处，乡邮员突然站起身，说：“放心吧，谁也弄不走那三棵树，还有我老赵哩！”

送走老赵叔，学儿问母亲：“妈，我爸考上大学的事您咋瞒了这么长时间？”

“你爹接到通知书时你爷病得正厉害，他对谁都没吐一个字。前年俺拾掇旧书时才翻出来的，当时恼得俺真想一把掐死他。拿给他看，他瞅了瞅，不急不躁地说，啥也不能比照顾父母更紧要！”

“妈，那张录取通知书还在吗？”

母亲起身到里间拿出一本旧杂志，怕惊动躺在床上的恒子，悄声对学儿说：“就是这，就是这……”

打开杂志，一张泛黄的纸页无声地飘落到地上，学儿俯身拿起来仔细一看，落款正是他就读的那所大学的前身！

学儿喉咙紧抽，喘不过气来似的。明亮的灯光下，他像小时候一样默默地卧在父亲的怀里，抓起父亲的手贴在泪水横流的脸上。

“爸，我也要保护那些树……”

此刻，外面下雨了，是春雨。

蜗牛角

宗玉柱

老陶打来电话说，有一个摄影活动，问我参加不参加。我想了想说，还是不参加了吧，最近也没拍啥作品，就拍了一些虫子。

你在拍虫子啊？老陶惊喜道，虫子可是新近热起来的题材，咱这边几乎还没人专门拍呢。

这样啊，我还不知道，这个拍着玩儿还行，要想拍出彩，怕是不容易，咱没有相关知识，还得现补课。说完，我眼前还是一亮，居然误打误撞了一个热门。

前面一辆我叫不出名字的轿车行进得缓慢，我轻点油门，超了过去，继续和老陶聊天。耳麦里，老陶抱怨说，影协组织的活动太少了。我说，为啥非得影协组织啊，你看我，自己行动多任性啊，马上就到地方了，就是咱们一起拍秋沙鸭的地方。前阵子，我在那里看到几只蜗牛，很小，今天来看看，有没有大一点儿的。蜗牛嘛，你上网查查就知道了，它可是世界上牙齿最多的动物，牛吧？古诗词里也有蜗牛的位置呢，我给你背一首啊：蜗牛角上争何事，石火光中寄此身。随富随贫且欢乐，不开口笑是痴人。

我这人不喜欢热闹，只和几个人，包括老陶，聊起天来肆无忌惮。肆无忌惮时难免有些张扬，这不，脚底下一用力，超过了好几辆车。等我意识到的时候，已经有一辆车反超了过去。接着，有电话打进来。我对老陶说，有电话打进来了，先不聊了，改天你请我喝酒。

挂掉老陶的电话，再接通，那边不耐烦地问，你啥意思？跑那么快干啥？

号码虽然陌生，但一听声音，我就知道是孙警官，就问，怎么又换电话号了，过去的那个号不用啦？

单位才配发的，你快存好了，以后有事就打这个电话。你小子胆子练成啦，竟敢超我的车？

超了吗？我倒没注意啊，刚才和老陶聊了几句。你没开警车吧？肯定没有，借我胆子我也不敢超警车啊。

没开，我开自己的车，前面有个案子，你提提速，把相机准备好了，没准儿还能帮上我。

好嘞。听到有案子，我好奇心大增，赶紧加快速度，又超了几辆车，看到了孙警官的越野车停在山下转盘道的拐弯处。一辆豪车突然超车，在我前面停了下来，吓得我赶紧急刹车。

一个戴着墨镜、穿着华贵的女人径直来到车窗前。我惊魂未定，摇下车窗大声喊道，你有毛病吧，你知道这有多危险吗？

女人面无表情地问，认识那车吗？

不认识，咋了？我没好气地说。心想，这是啥车我还真叫不准。

戴墨镜的女人说，你超车，崩起的石子砸我车子了，你以为一跑就算啦？

我没跑啊，我一直正常行驶。你说我弄伤了你的车，得有证据，你想咋办吧，要么报警。

戴墨镜的女人扑哧一声乐了，骂道，死样，好好看看老娘是谁。说着，摘下了墨镜。

胡花啊，可吓死我了，你这眼镜也太大了，都赶上面具了。胡花是我同学，大名叫胡春花，她爸是开矿的，家庭条件好，我们就针对她消费的方式，都叫她胡花。

你要去哪儿？我问她。

蜗牛角。

什么蜗牛角？你啥时候也对蜗牛感兴趣啦？

山下那个叫蜗牛角的山庄，是我家的。胡花趴在车窗上，笑嘻嘻地看着我。车里顿时满是异香。

孙警官停车的地方是块平坦的草地，往里走，不到百米，就是那个叫蜗牛角的山庄，我经常路过，却不知道有这样一处幽静之地。孙警官在门口冲着我招手，我和胡花一起走了过去。我悄声对胡花说，当心点儿，里面肯定出事儿了。胡花说，没事儿，我爹在里面赌钱呢。

赌钱咋让警察逮着了，有人举报？

胡花说，有啊，我举报的。

你举报你爹？这才多久没见面，你就变得这么有正义感了。赌资加罚款，得扔进去多少钱哪！

孙警官朝里面晃了一下头，说，你赶紧帮忙取证吧，有事待会儿再说。

我举着相机闯了进去，四个人里倒认识三个，胡花他爹、老廉，还有小计，另一个比较富态，看着像是他们仨的老板。四个人都很镇定，反倒是我紧张得出了一头的汗。

老廉一直跟着胡花他爹干事儿，也算是企业的“老臣”了。按照胡花的说法，小计从下面刚爬上来，据说正在追她。

我发现另外两名警察没带警务通，估计是走得匆忙，否则孙警官也不会抓我当劳工。取了证，我就不适合待在里面了，送我出来后，孙警官问，你要去哪儿？

我说我就到这附近拍照，没想到这里另有一番天地。对了，这里咋会叫蜗牛角呢？

不知道，大概是与世无争的意思吧。胡老板信风水，不知道哪个高人给起的。孙警官说高人的时候，明显带着讽刺的意味，我看他心里好像有事，赶紧走了。

没有找到那几只蜗牛，我便没了拍摄的兴致。半路上碰到这件事，挺闹心的，我决定回去。路上，给胡花打了个电话。胡花说，谢谢啦，改天请你。

我没好气儿地说，要请也得你爹请，他不是要与世无争吗？我给他拍了照，可不能太抠门儿了。

胡花说，我爹不愿意搭理你，说你活得太失败了。不过也给你准备了个红包，只是没有其他人的红包大，你是后加进来的，白捡一个。

哦，我突然明白了。之前胡花说过，有人欠她家巨款的事，看来今天是收回来了。

猪蹄的故事

宋以柱

老沈是煮下货发家的。下货就是猪的心肝肺头蹄肠。

老沈从不多煮，一天煮一锅。煮好了，捞到大盆里。大盆放在石案上，冒着热腾腾的香气。桥上走着的人，一耸鼻子，嘿，老沈的下货出锅了，一拐弯，就下了桥。

不是每天都能卖完，天有小雨小雪，或者逢二七赶集日（集市在另一个方向），会剩下一点儿，两只猪蹄，一块猪嘴，大半块猪肝，老沈自己下酒。剩下的多了，第二天也不再卖，家里人心疼，老沈就生气，把剩下的猪下货，嗖一声扔河里了。河里的鸭子嘎嘎嘎叫起来。河边溜达的黑狗，一个鱼跃跳进水里。

老沈赚了钱，盖起了二层小楼，像模像样开了酒店。盖楼欠了不少钱。他那白胖媳妇着急，一天天叹气。老沈不急，用地瓜干辣酒，把自己的脸喝得红通通的，对他媳妇说，人活着就是要不停地忙，忙地里的粮食，秋收冬藏，忙开酒店开小卖店开油坊理发修车，不能闲下来，早早地还完欠账，那不就闲着了？如果整天闲着，那不就是没用了？没用了，那还让你活着干吗？

这番话，被来啃猪蹄的镇党委书记听到了，在职工大会上，拍了好几次桌子，说你们还不如一个煮下货的人思想水平高，如果一个人没事可做了，那还让你活着干吗？

那时候，我在那个镇上班，单位不大，七八个人，只有我是外镇的，一下班，其他人都纷纷回家，或是被拉出去喝酒。唯有我，站在院子里看会儿夕阳，顺着一条土路，向南，走十几分钟，过十字路，就到了老沈的店。老沈看到我，知道我不是买猪嘴猪蹄，是闲了找乐的，就拿过马扎、茶碗、纸烟，我俩也没多少话。我抽烟就是从那时候开始的，一直抽了二十多年。

那一次，看到老沈的店里坐着一位老哥，前胸阔大，裤脚在膝盖以上，腿肚子凸出紧绷，脚脖子得俩手掐过来。低头朝外，脸黑红，一件粗布上衣布满白碱，是个下苦力的人。他左手掐着一摞煎饼，右手举着一个猪蹄，面前的桌子上，一块乌黑的辣疙瘩咸菜，一缸子茶水，缸子还是老物件，上面红色的“为人民服务”，是伟人的笔法。

我说他的左手掐一摞煎饼，一点儿也不夸张，至少是三个以上的煎饼，被他掐在手里，一口下去，就把三个煎饼咬透了，嘴稍微一撇，把一大块煎饼，咬在嘴里，剧烈地咀嚼起来。待他一抻脖子，咽下去，端起茶杯，喝一口，水在嘴里转了一个圈，咕咚又咽下去。他举起右手里的猪蹄，认真地看着。那只猪蹄，已经被他啃得没有猪蹄的样子了，猪蹄的脚脖子位置，已经被他啃完了，森森的白骨，被当作了把手。他短短的五指，牢牢地抓住猪蹄的白骨，现在他要啃猪蹄的脚心。我还是第一次见有人如此啃猪蹄，他把猪蹄的脚心放到嘴上，狠劲儿咬一口，就把猪蹄心连同肉筋咬下来，毫不客气，也很果断，像老虎钳夹断一根钢筋，嘎嘣一下，就把一大块猪蹄心肉，裹进了嘴里，他先是用力咀嚼了一阵，待完全咽下去后，不等喝水，就骂开了：“× 个巴子，老沈你能把猪蹄煮得再生点儿吧？”那意思是，根本就没有煮熟。老沈嘿嘿笑了，却又被旱烟呛了一口，吭吭吭咳了好一阵，使劲儿喘上口气，才说：“肉有六分熟，才能啃出香味儿来，十分熟，就没有香味儿了。”那人不再说话，开始咬煎饼，一口咬透三个煎饼，像一条小蛇咽下一只大老鼠，眼看着煎饼从脖子里往下落。

接下来，他吃猪蹄的脚趾，简直是在表演啃猪蹄。

他干脆放下了煎饼，还是用右手抓着猪蹄，把猪蹄送到嘴上，一口咬住一个猪蹄趾，咯吱，从筋骨连接处，干净利索地咬下来，在嘴里转一圈，把猪蹄趾上的碎骨头，一一吐在地上，再去吃下一个猪蹄趾。待全部啃完，啪，把整块的骨头扔脚下。骨头上不见一丝肉。这才拿起煎饼继续吃。一只玩骨头的小土狗，悄悄地凑上去。

老沈把卷烟搁在桌子一角，站起来，到碗盘架上，拿一只大海碗，舀上一碗肴肉老汤，想了想，又抓一把碎肉放进碗里，撒点儿芫荽末，搁到那人面前。那老哥把半摞煎饼摁进碗里一蘸，煎饼软了，塞嘴里咽下去，三两次吃完，端起碗咕咚喝下去。拿搭在肩上的汗衫，擦一把嘴脸，骂了一句："× 个巴子，汤齁咸。"把老沈递过去的烟挡住，站起来往外走，这才发现他这么矮，像是在往外滚。

"不给钱？"我给老沈递烟。

老沈笑一笑说："三五天来啃一个猪蹄，半年结一次账。"

老沈看他拐过屋角去，便收一下碗筷，撵走了小土狗，打扫一下地上的碎骨。老沈看了看我，说："是个下苦力的，两千斤石头，从山上推下来，安乐镇上没几个。俩男一女三个孩子，可没一个是自己的，都是老婆带来的，一个高中一个初中一个小学，老婆还是个痨病秧子。慢慢熬吧。"

调离那个单位，又回去公干。想老沈了，去那儿坐了坐。抽了很多烟，说了很多话，才知道那个人推石下山，车闸断线，被车拖倒了。

"临咽气时，还托人把我喊去，给我二百块猪蹄钱。"老沈看着马路那边的河汊。河汊里有几只鸭子，一会儿把鸭头插水里，一会儿抬起头看着我们。

"收了？"我看着老沈。

"收了。"老沈说，"前年，他家二小子考上了学，我托人送去三千块钱。"说完撮起嘴唇笑了笑。

我冲老沈抱抱拳。

乡贤赵五爷

薛培政

在平安镇方圆的村子里，村人多称赵五爷为先生。

五爷年少时，曾上过三年私塾，那在当时的乡下就算是有学问的主儿。

乡里人读书少，却素来敬重读书人。每当遇上操办红白喜事这等大场面，总少不了邀请五爷当执宾先儿，这种角色好比城市里的司仪，是村里主持红白喜事的头面人物。

说来也怪，尽管五爷对场面上的事驾轻就熟，却极少主持嫁娶类的红喜事，乡邻找上门时，他都推让给村西头执宾先儿张二爷。五爷道："手里若有一碗饭，就要匀给人半碗。"张二爷笑允："这个赵老五啊，心里清楚着呢。"

如此一来，主持白事就非五爷莫属了。他拿手的有三招：写家祭、待娘舅和陪酒宴。

这家祭犹如官场上的悼词，自然写的都是故人的功德。对五爷来说不过举手之劳，可他从不敷衍，总是搜肠刮肚归纳逝者的优点，征询过主家的意见后，再仔细斟酌遣词造句。五爷说："人来世上走一遭，混好混差总要留个名声不是？"孤寡老人李三爷生前乐善好施，曾供着十几个贫困人家的孩子上了大学。李三爷走时，五爷憋足了劲儿为他写家祭，硬是关在屋里一天没出来，时而号啕大哭，时而小声啜泣，吓得家人敲门不应，劝解也不管用，心疼得老伴儿在室外边落泪边数落："你个死心眼的榆木疙瘩，写几笔尽尽心意就行了，还真拿个棒槌当针使嘞？别没哭活李老三，倒把你个老东西搭进去啊！"等他哭够了，家祭也就脱稿了，写出的家祭让全村人听了都会哭得荡气回肠、昏天黑地。在外打工长了见识的几个后生见此情景，也擦着眼泪转个新词道：“咦——老五爷比张艺谋大导演还会煽情哩！”“看这话说的，”旁边上年纪的人就不乐意了，“这是哪跟哪的事啊，情到这份儿上还用煽吗？五爷这家祭是用心蘸着血写成的，字字血，声声泪，都是戳人心窝子的话啊。”家人透露，五爷写过那份家祭后，伤感得病了好一阵子。

说到待娘舅，五爷曾赌气，我宁愿一口气往犄角岭上的田里挑两担土肥，也不愿在白事场上见娘舅一面。旁边的人听了都点头称是。乡村里规矩多，那娘舅就是一铁帽子王，处理家事说一不二，且个顶个地难伺候。那年腊月，铁蛋娘说不行就不行了。平时兄弟仨都把她当累赘，相互推脱不愿赡养。等到老娘奄奄一息时，那几个货却都包了。你说为啥？那一溜儿摆开的五个娘舅，长得就像庙里的凶神恶煞，都是野惯了的主儿，那火暴脾气上来，不把几个小子揍成柿饼才怪哩。人刚咽气，兄弟仨就齐刷刷跪倒在五爷家门前。“早知今日，何必当初啊。”五爷那花白的胡子气得一撅一撅的，末了还得硬着头皮去料理丧事。发丧那天，果然就遇上难劈的柴了。到出殡的时辰了，几个娘舅硬是压着不让发丧，有意让铁蛋兄弟在众人面前丢丑。数九寒天里，费尽周折的五爷，对几个娘舅晓之以理，动之以情，苦苦斡旋，最后虽口干舌燥，对方却依然不依不饶。“动家法——”五爷无奈之下使出撒手锏。随着他一声厉喝，铁蛋兄弟瞬间便被几个壮汉踹跪在老娘舅跟前，捣蒜似的磕头还不算，直到答应把爹孝敬好，让他颐养天年才算完事。那场面，倒也劝醒了不少人家。

都说文人好酒，五爷自然也不例外。可到了陪酒宴的场面上，五爷却十分谨慎，私下里嘱咐帮忙的人道：“大家都放机灵点儿，这白事宴办好了是续情酒，自然为主宾延续情分；若办砸了就是散伙酒，咱替主家受过事小，有些主宾定会以此为借口断绝来往，万万不可小觑啊。”那年春上，办完张寡妇的丧事，几个娘家人心里觉得亏，就趁着酒宴拿执宾先儿出气，要与五爷斗酒。只见几大海碗烧酒一字摆开，面对几个气势汹汹、跃跃欲试的娘家人，坐在酒桌边的五爷气定神闲，再三规劝不下之后，便苦笑着接招了。待到碗空酒下肚，望着被扶出门去的宾客，五爷仍不忘起身相送，之后什么话也没说，回家连睡了两天。

近些年，年逾八旬的五爷就不做执宾先儿了，但每遇场面上的事，仍拄着拐杖前来，指点些礼法习俗。平时也没啥嗜好，闲了就爱喝两口，喝多了酒话就稠，能从前朝古代讲起，一直讲到当下。五爷嘴里的故事就像村边那汪泉水，总也讲不完，都是得理让人、扶弱济困、教人向善的故事。

去年秋后的一天夜里，做了一辈子善事的五爷如一片风中飘零的树叶，无声无息地去了。家人说，老人没有病，头天晚饭前还要着喝了一小盅烧酒，就是老死的。乡邻们说，老五爷一辈子行善积德，走也走得安稳，不折磨自己，也不折磨儿女，终归是善人有善报啊。

出殡那天，前来奔丧的人排了整整三里路长。

阳光或者一米阳光

安晓斯

席娟太喜欢那暖暖的阳光。

现在，席娟就躺在315病房2号床上，距离南边的窗户只有一米多。那暖暖的阳光照在1号床上，让席娟好生羡慕。

两个月前，她第一次发生脑梗时，连她自己都不敢相信。她才50多岁，胳膊腿好好的，平日里风风火火的，能吃能喝，咋就会得脑梗呢？救护车把她拉到医院，做了磁共振，确诊为轻微脑梗。错过了黄金溶栓期，脑病康复科专家对她实施紧急救治，72小时连续使用输液泵均匀泵入盐酸替罗非班氯化钠注射液，加上另一路液体，两根输液管同时输液治疗。她的身上装了心电监护仪，鼻子上插了氧气管，浑身上下都是管子。那情景，很是让人揪心。

三天后，护士长青青来到病房，详细地给席娟和家人讲解病情，撤掉了输液泵。随着康复治疗的深入，席娟的病情渐渐好转。

半个月后，青青告诉席娟，可以办理出院手续了，并送来后期康复药品。席娟紧紧地拉住青青的手，禁不住泪水奔涌。住院，出院，仅一字之差，可对病人来说都是沉重的字眼。

谁会想到，距上次住院仅仅75天，席娟竟然再次在家中昏迷。磁共振显示，她右脑大面积梗死，左半身上下肢都受到严重影响，再加上舌头后坠，言语不清，神志迷糊，病情十分危急。再次错过黄金溶栓期，脑病康复科专家在对她实施紧急救治的同时，向家属详细地介绍了她的病情，并下达了病危通知书。

脑病康复科病人很多，大都是中风、偏瘫患者。病房楼三米多宽的楼道里放了加床，楼道显得有些狭窄。有人按响了床头呼叫器，过道上方的显示屏频频闪烁，这是315病房的1号床在呼叫护士更换液体。护士站里传出响亮的女声：315房1号床。就见一名女护士手拿塑料液体瓶匆匆走出，迅速来到1号床前，抓过悬吊的输液架更换液体。此时，躺在2号床的席娟就看见一缕阳光照在1号床患者和护士身上。那阳光，肯定暖融融的。席娟想。

病床上的席娟时而清醒，时而迷糊。她的床上铺了气垫，身边塞着翻身用的三角形海绵靠枕。护士长青青不厌其烦地交代陪护的家属，在这个节骨眼上，要多给她翻身，要多扶她坐起身给她拍背，拍背时要用空心掌力度均匀地从下往上拍，防止因卧床而生出褥疮。一旦生出褥疮，并发症就会不断出现，对后期治疗和恢复就会产生严重影响。

输液泵还在均匀泵入盐酸替罗非班氯化钠注射液，加上另一路液体，两根输液管同时输液治疗。这次住院，席娟的病情比上次严重得多。输液泵连续均匀泵入液体第7天，主治医生决定再次为席娟做一次磁共振。磁共振片显示，席娟的右脑梗死部分出现不少明显缝隙，梗死面积奇迹般地缩小了三分之一。

住院第12天，护士长青青遵照医嘱为席娟撤掉了输液泵，再次做了磁共振，恢复情况良好。那天，灿烂的阳光从病房的窗户照在1号病床上，清醒后的席娟不停地用右手指着透着阳光的窗户。

距离只有一米多远，席娟的病床上却没有暖暖的阳光。

拉开1号床和2号床间的隔帘，席娟目不转睛地望着南边的窗户。

往日的漫长时光里，在村里做妇女主任多年的席娟，每天不仅风风火火地为村里的事奔忙，而且还得抽空侍弄家里的几亩地。院里有个小菜园，她种了黄瓜、丝瓜、葫芦、瓜蒌、梅豆和不少青菜。平日里，无论多强的阳光，无论流下多少汗水，她都满心欢喜。庄稼人，谁没被日头晒破过皮，谁没被太阳晒得黑汗直流。没有阳光照射，人咋活？庄稼咋长？

想着，想着，席娟的脸上就有了些许笑意。她多想自己走到窗户边，就晒一秒钟阳光，就要一秒钟幸福。可她现在却起不了身，走不到暖暖的阳光里。

住院的日子，最可怕的是黑夜，席娟的夜就更显得漫长而无奈。

护士长青青是最懂席娟的人，俊美圆润的脸上永远都镶嵌着让人舒心的笑意。青青来更换液体的时候，席娟就会说起她的宝贝儿子。我儿子和你一样大呢，他在外地读研，过段时间就会回来。

那天查房时，青青在席娟的耳边说，姨，1 号床的病人就要康复出院了，到时把您调到 1 号床。

病床上的席娟倏地就浑身燥热起来，就有了一种在庄稼地里辛勤劳作的冲动，仿佛看到浩瀚无垠的天宇上，一轮火红的太阳正洒下万道金光。庄稼人，谁不喜欢汗流浃背的感觉呢。席娟想起年轻时读过的一首诗：如果再给我一天的时光，我会奋不顾身地冲破黑暗的束缚；如果再给我一秒钟的时间，我会尽情地享受温暖灿烂的阳光；那么，我就是离开这个世界前最幸福的人。这是谁写的诗呢？席娟想不起来了。

好在席娟的病情慢慢地好转，虽然说话还不太利索，但她能用手在笔记本上写些文字了。那天在病房，席娟让青青看她写的日记。那字体虽歪歪扭扭，青青却看得泪流满面：健康的人，其实并不真正懂得一米阳光的重要。那短短的一米距离，可能就是人的一生。

每天都同病人打交道的护士长青青，太熟悉病房里的各种故事。虽然过程可能不一样，但结局大都一样。

阳光或者一米阳光。走过去，暖意融融；走不过去，一生就过去了。

山上有双眼睛

海　华

乡下老家的外甥打电话来，说是这些年搞种养，做生意，挣了点儿小钱，盖了新楼房，且定好日子在家里摆几桌，请亲友们聚一聚，乐和乐和，叫我回老家一趟。

这天刚一到家，外甥满面春风地领着我参观完他的新居，在三楼喝茶时，神秘兮兮地跟我说起村里近日发生的一件怪事。

那是十多天前的一个中午，三叔公悄悄拿起钢钎和凿子，正准备出门，五岁的小孙女突然一声惊叫，爷爷，眼睛，爷爷，后山有双眼睛在看着你……

有双眼睛？三叔公猛地一愣，随即往后山望去，啥也没有，再摸摸小孙女的额头，并没有发热。他心想，小孩子净说瞎话。他迟疑了片刻，便把小孙女送回屋，还是悄悄地上后山挖山取石去了……

第二天中午，小孙女一见三叔公拿着那把钢钎和凿子准备出门，又朝着他直嚷嚷，爷爷，眼睛，好像老伯公的眼睛在看着你，血红血红的，好吓人呀。小孙女边说边紧紧地依偎在三叔公的身旁，一只手拽着三叔公的衣襟，一只手微微颤抖地指着后山的方向。

三叔公满脸惊诧，咋又在说眼睛？便看了一眼后山，见没有啥，再摸摸小孙女的额头，体温正常，犹豫了一阵，又悄悄上了后山。

让三叔公感到蹊跷的是，此后一连几天中午，只要他一拿起钢钎和凿子，小孙女就朝他大声嚷嚷，爷爷，眼睛，老伯公的眼睛在看着你……

外甥皱了皱眉，嬉笑着说：“事后，三叔公跟我说起这些事时，还是满脸错愕。”

“老伯公是谁？”我悄声问。

外甥说：“是三叔公的邻居，咱们村的老村主任石大伯。”

“石大伯不是已经走了两年多了吗？”

“是。要是石大伯还在，唉……”

外甥一声叹息，不禁使我想起数月前回老家时，从老乡口中得知的村里的一些往事。

咱们村叫石头村，是个偏僻的小山村，村后有一座大山，山上杂草丛生；山坡上除了一些零零散散的乱石和树木，就是每隔几百米，就有一块篮球场般大小、寸草不生的空地；山顶上光秃秃的，全是黄土，是远近闻名的光头山。咱们村因此被外村人戏称为光头村，每年雨季，大雨一下，山脚下，农田里，山下那条小河，尽是些夹带着粗沙和碎石的黄泥水，村民们叫苦不迭……

那一年，四十开外的石大宽当了村主任，每当镇里开会，好些人都调侃他是“光头村长”。第二年起，石主任憋着一肚子气，横下一条心，带头捐出十万元，同时发动村民捐资，请来县林业部门的技术人员帮忙做好规划，采取“因地制宜，划定地段，包干到户，责任到人，确保成活”等措施，带领大伙儿年复一年地在光头山上植树造林。从山顶到山脚，村前村后，凡是宜种树的地方都种上了树，经过十多年的艰苦打拼，硬是给光头山穿上了绿衣裳，村容村貌从此变了样：山绿了，小河水清了，农田不用再喝黄泥水了，也再没人把石头村叫光头村了。

然而，就在镇委镇政府向全镇推广石头村植树造林经验，石主任第三届任期还有个把月时，石主任不幸得绝症走了。临终前，石主任嗫嚅着交代古副主任，守住了青山绿水，就是守住了金山银山。他叮嘱老伴儿，他走后，把他的骨灰撒在后山上。老伴儿与子女们一合计，在殡仪馆买了个金斗瓮，把他的骨灰装进金斗瓮里，安葬在后山上。

没承想，石大宽走了不到一个寒暑，有个村干部竟鼓动三叔公和五六位村民，打起了后山的歪主意，串通外地的啥老板，偷偷地在后山又是挖，又是凿，又是炸，发了疯似的窃取山上的石头，做起了石材生意，同时毁坏了不少树木。不到半年光景，后山已是满目疮痍，伤痕累累……

“舅舅。”外甥一声唤，把我的思绪拽了回来。“哦，你说。”

外甥嘿嘿两声，突然压低嗓音道，昨天，三叔公又私下跟他嘀咕说，老侄呀，你不是外人，跟你说过的小孙女那事，把我弄得头都大了，思来想去，前几天还是跟那帮人说了。紧接着，我又说，也怪，这几天一到山上，老觉着有双眼睛在盯着我……话音还未落地，那帮人都抢着说，是呀，是呀，这些天只要一凿石头或者毁坏了树木，好像立马有双血红的眼睛在紧瞪着自个儿似的，心里直发毛，同时也觉着亏心。说真的，我早年干过石匠活儿，原本就不太乐意参与这事。这时，只见那帮人一个个像霜打的茄子——蔫了。我便提出就此收手。他们听后使劲点头。

一直没吭声的那个村干部一脸尴尬，他忽然想起新上任的古主任曾多次找他谈话，近日又下了最后通牒：别以为这里山高皇帝远，如不尽早收手，并做好复绿工作，就上告镇里。他轻叹一声说，那……就都散了吧。

舅舅，你在省城工作，见多识广，你说，这事怪不？外甥认真地看着我问。

我笑了笑，似不经意地说，也怪，也不怪。

阿紫的直播

刘向阳

“家人们，这是我的家乡贮月古村，我脚下是青石铺成的老街，若是细雨绵绵，撑一把伞独自行走，你会想起戴望舒的诗吧。那边一排上百年的老宅子，清一色青砖灰瓦，屋顶的苔藓，门前的石狮，四方形天井，见证了古村的沧桑……”阿紫沿着老街，边走边直播。街坊乡邻好奇地走过来，还有人凑到镜头前，腼腆地笑着。

“感谢关注，请点亮红心啊。你想把古村录下来保存，没问题啊。家人们，想录视频的，开始录吧。贮月位于湘潭、娄底、宁乡三地交界处，过去车马喧嚣，商贾云集，无比繁华。如今，一些老屋及老街的铁铺、榨油间、酿酒坊都被保存下来了，好有历史的厚重感啊。”阿紫支好三脚架，镜头对准屋舍，趁粉丝录视频的空隙喝口水，再瞧一眼两个淘气包的去向。

每天下午 5 点，阿紫准点在贮月老街开直播，一前一后跟着两个小子。平常，小儿子细树怀抱小凳子走在前面；大儿子镜天不情愿地落到后边，裤子松松垮垮的，随时会掉下来的样子。与以往不同，今天，镜天打头阵，骑着新买的玩具车，飞快地奔向老街，细树哭闹着要“骑车车”。直播时间快到了，若不及时更新，就会大量掉粉，急得阿紫脸面绯红，额角冒汗。镜天偏要跟阿紫唱对台戏，仿佛细树不哭，他就不舒服。阿紫“赏赐”镜天一巴掌，兄弟俩和解了，村部广场传来嬉笑声。她重拾心情，迅速进入角色，笑迎屏幕那边的“家人们”。

阿紫年轻时姿色出众，可谓百里挑一，不乏追求者。最有实力抱得美人归的应属杨公子，其父乃贮月最高行政长官，家庭条件令其他对手望而生畏。杨公子志在必得，走路威风八面，处处照顾阿紫。阿紫家境贫寒，父母身体不好，杨家不认可这门亲事，强迫拆散了他们。阿紫恨杨公子软弱，叹古村贫穷，决定到城里学裁缝。半轮月影下，阿紫步出老街，发誓不再回来。后来，阿紫认识了一个城里男人，和他结了婚，羡煞古村人。他们夸阿紫父母八字好，生了个好女儿，掉进了蜜缸里，吃穿不用愁。然而世事难料，当阿紫挎着旧皮包、怀里抱着细树、拽着镜天回到古村时，好端端的晴天突然下雨了，母子三人淋成了落汤鸡。

尽管古村如此贫瘠，让人生厌，却是阿紫心灵的栖息地。

阿紫的母亲遭此打击一病不起，父亲面朝城市方向谩骂，骂着骂着哭成了泪人。伴随着街坊邻里异样的目光，两个孩子的抚养，一地鸡毛琐屑，阿紫从万念俱灰到慢慢习惯，又渐渐露出了笑脸。与其窝在家中自暴自弃，不如正视现实走出去，到村子里逛一逛，阿紫这样想着，马上付诸行动。古朴的青石老街，阿紫生于斯，长于斯，四十载光阴倏忽远逝，阿紫似乎还没好好看过，如今洗尽风尘，一步一步丈量，才发现它的每一块砖、每一片瓦都那么朴实亲切。溜达一圈，阿紫碰到杨公子，想躲躲不开。杨公子向阿紫道歉，建议她开直播，好好推介家乡。受他的启发，阿紫衣着朴素，素颜出镜，干起了直播。

清早 6 点半，手机闹铃响起，阿紫一骨碌下床，给孩子们做早餐，送他们入园、上学，然后急匆匆赶往食品厂上班；中午，她回家给母亲做饭；下午 4 点半下班后准备晚餐和直播，每天忙得像陀螺。起初无经验，直播间人数少，显得冷冷清清。

“快看，这不是老街阿紫吗？”

“哇，咱们贮月好美啊。”

“阿紫独自带两个孩子，真不容易。”

村里人刷到阿紫的直播时都很兴奋，纷纷到她身边为她捧场——戏迷嗓子痒，唱起了《刘海砍樵》，还有人朗诵《雨巷》，阿紫一一满足，慢慢积攒了一些人气。粉丝们争相留言，有口无遮拦者，有建议她走开放路线的，只有老乡湘音最诚挚。湘音少小离家，对贮月思念无限，是阿紫的直播勾起了他的乡愁。湘音特别想吃老家的薯粉，阿紫马上给他快递。还有人要米酒、腊肉……阿紫豁然开朗，卖力吆喝家乡农产品，譬如春天的新茶，夏季的瓜果，秋冬的板栗、茶油、花生。粉丝越聚越多，关注人数逾十万，带动了乡邻发家致富。还有火龙灯、狮子舞等民俗文化，抛秧、收割等劳动场景，都让阿紫的直播间热热闹闹。杨公子离婚多年，没有孩子。镜天、细树一天天长大了，杨公子便送他们进城读书，放假再接回家。

不知不觉，贮月古村有了名气，游子们都想回家乡看看，周边县市的人们也过来参观，餐饮、住宿等行业应运而生。游客们踏足青石街，感受着古村新旧风貌，不忘拍照、发抖音、开直播。笑靥如花的阿紫频频出镜，她也同步直播游人风采。

第 5 辑

孤独的庄稼

松　鸡

陈　毓

老王老张退休前在同一局两个科室。老王早一个月退休，退休的第二天就报了老年大学学摄影。老张退休后完全把老王做过的事复制了一遍。再说购置摄影器材，老王选尼康D6，老张也选，四万多，镜头另置。总之，如果从前他们活得拘谨，现在就要活得洒脱，要放开敞亮地活。加入老年摄影班，他们当然希望以后的日子新异、有趣、开心。

很快，他们就不满足那被他们戏称为“老年人游戏”的拍摄，比如对着一只关在笼子里的鸟抓拍，旁边摄影助手不断逗鸟起飞，边上一圈摄影者围着笼子，动用他们最好的设备，也许就能抓拍出鸟儿在广阔森林、无边原野飞翔的感觉。但他们知道那不是原野，很快就不喜欢了。

这时他俩的团队来了一名女生。请同意他们以女生称呼那个新近从职场下来的女人吧。女生的到来叫他们的组合生机勃勃。

他们已经第五次同行去户外拍摄了，虽遇见过一些困难，但更多的是趣味。即便这趣味现在多了一些能说清，但说清很费神劳心，又可能打破某种美好稳定局面的元素。去的次数多，他们就知道原野的规则，到什么时候开什么时候的花，到什么时候结什么时候的果。

这一次，他们组成六人团。六人团在谷口分成两个三人团，说定返回聚合的时间地点之后，他们一队沿山左小路上山，一队沿山右小路上山。

老王、老张和他们称作女生的阿珠当然是一队。等到只剩他们仨，阿珠的摄影包就一会儿在老王背上，一会儿在老张背上，当她要从老王背上换下来的时候，包立即就到了老张背上，等她觉得老张汗水都快填满脸上的每一道褶皱，想要替换老张时，包又会被老王抢去。她空着手，心里却不安，想下回再来，干脆带个手机吧。她知道自己没那么喜欢摄影，只是和跳广场舞比，摄影能让她有一点儿透气感。以她的性情，混在这多数是男人的队伍里，她觉得敞亮些。现在看他们为自己的摄影包费心，她想这算怎么回事啊，哪个摄影师的相机不背在自己身上。退休，加上受疫情影响出不得门，她都“快闷死了”。难得这次爬山，当然要让相机“也出来透透气”。

好吧，来说他们的这次奇遇。

在一片矮树林围成的空旷地，他们偶遇了一群松鸡。

一只公松鸡引领着一群母松鸡出现在他们眼前的空地上。距离他们的蹲伏点不超过三米。他们感到体内的多巴胺飙升，尤其是老张老王，两人匆忙交换眼神，眼睛里的内容彼此懂得：嗨，哥们儿，好好干。这时他们尚不曾料到，超乎寻常的场面紧跟而来。

户外摄影必有的培训叫他们早知道出没这片森林能遇见的鸟类，所以松鸡一出场，他们立即在脑海提取松鸡的习性，分出那只胸部闪着蓝绿光芒，腹部有白斑，拖曳着长而阔尾巴的是公松鸡，而那群体格明显小、灰突突的是母松鸡。松鸡体态笨拙，并不善飞，现在，这群圆滚滚、憨态十足的松鸡展现在他们眼前的景象就叫现世安稳。

安稳的局面是被另一只更年轻的公松鸡打破的，来者昂首阔步，分明是挑衅。分秒前还在悠闲觅食的母松鸡集体抬头，注视眼前的戏剧场面。现有松鸡群的领袖最早意识到战争逼到了胸前，它显然希望拒敌于领地之外，或者，它要努力把敌人驱逐出领地外，越远越好。

战争是解决问题的唯一办法。两只公松鸡开始战斗，咫尺之隔，展现在潜伏丛林中的摄影师镜头里的是血淋淋的场面，谁也说不清两只公松鸡谁高谁下，这可怎么办啊，没有一只公松鸡先松开铁爪，也没有一只母松鸡上前劝架。

喂喂，金雕是什么时候降落的？一群母松鸡刹那间消失在密林深处，给金雕腾出一片空阔沙场，它毫不迟疑地压倒了公松鸡中的一只，石头般冷酷而沉重，叫那只激动的公松鸡永远垂下昂扬的翅膀。不可思议的场面紧接着出现，另一只被解放的公松鸡并没庆幸逃过一劫，它并不逃命，而是愤怒地反冲回来，朝着金雕一次次猛扑，试图揪住金雕傲慢的毛羽。金雕此生还没遇见过这样顽强冒失的抵抗，它懵懂而本能地伸出巨爪，把另一只松鸡压倒于草丛中，依然石头般沉重冷酷，直到那只松鸡断气。现在，金雕巨爪之下，两只公松鸡倔强而僵硬。卧伏于草丛的三个人有一个词可以形容：呆若木鸡。他们被大自然花园里的秘密震撼到无话可说。

胜利者，那只金雕眼里灼灼如火的光芒让他们都有点儿不舒服，女生阿珠甚至低头在草丛里，不久，老张老王都听见阿珠的哭泣，但是，他们都没安慰她，无从安慰，毕竟他们自己，也是心乱如麻。

抽空去一趟桦南县

侯德云

腊月初六那天，我为老赵张罗了几位朋友和一桌酒菜，庆祝他正式退职休养，开始新的生活。参加宴会的几位，有的已经退了，有的也快退了，聊天的话题，大多围绕着退休生活转来转去。

酒过三巡，有人提议，明年我们去黑龙江散散心怎么样？这提议显然是针对老赵而言的。大家齐刷刷把目光递到老赵脸上，看他有何表示。老赵沉思片刻，说，听说镜泊湖风光不错，鱼也好吃，是不是？我说是。老赵说，那就去瞅瞅，去吃吃，其间再抽空去一趟桦南县。

我一愣，心说桦南县是咋回事。

老赵说，当年我第一次出公差，就是去桦南县办事，待了半个多月，甘苦一言难尽。

我觉得里边有蹊跷，赶紧插言，老赵你就讲讲呗。

老赵咳嗽了一声。老赵当过多年的乡镇领导干部，每次开会发言前都咳嗽，显然不是生理性的，而是属于意识形态范畴。

老赵的故事开始了。

那是 1985 年的事。那年老赵在李官乡政府司法办做经济纠纷案件诉讼代理工作，属于乡用干部，叫临时工也行。上班没几天，便接到一项重要任务，到桦南县电器安装工程队催款，委托方是本乡的水暖器材厂。

那时候老赵不是老赵，是小赵。6 月 20 日，小赵出发了。从瓦城到桦南县，绿皮火车要晃荡三十六个小时。车厢里很热很吵闹。光是很热很吵闹还好说，主要是气味太冲，让人难以忍受。那气味属于综合体，由脚臭、汗酸、旱烟、大葱、大蒜及人体废气共同组成，热烘烘地扑面而来，具有相当的操蛋性。

老赵说到这里，不自觉地抬起右手，在自己的鼻尖上扇乎了两下，似乎那股气味儿至今还在纠缠着他。

小赵浑身是汗，连内裤都湿透了。他湿漉漉地坐在座位上，湿漉漉地进入了梦乡。也不知睡了多长时间，突然被一股清新的气味儿唤醒。睁开眼，发现斜对面的一位老者正在吃橘子。原来橘子可以充当空气清洁剂啊。小赵记住了这一点，以后每次出差都随身携带几个橘子。

小赵在黄昏时分到达目的地，入住桦南县教育局招待所。据说那是县城最好的旅店。办好入住手续，服务员递给他一把钥匙、半根蜡烛和半盒火柴，说："一间房住俩人，啥时来人你都得给人家开门。晚上没电，小心火烛。"

啧啧，座中有人感叹，1985 年哪，县城还停电。

第二天，小赵坐上一辆脚蹬三轮去了电器安装工程队。工程队的队部，是沿街的一个院落，院内有一溜儿低矮的瓦房。瓦房的墙根儿下蹲了十多个人，有抽烟的，有拿小木棍儿在地面上胡乱划拉的，蔫头耷脑，互不搭言。

小赵进去不长时间就出来了。他被告知，该单位面临解体，领导已经不上班了，房檐下那些人，都是来要账的。

工程队的老会计满怀深情地对小赵说，外边总共十二个人，加上你十三个，你若硬要等的话，就跟他们一起等吧。

小赵咔嚓一声掉进了冰窟窿，浑身发冷。他到邮局给委托方发了一封电报：事与愿违，索款无望，再做努力，不成便归。

说到底，小赵还是有些不甘心。第三天，他又去了一趟工程队。这回是带了礼物去的，一把折扇，一只保温杯，一包茶叶，一条香烟，都装在一个方便袋里。

小赵把方便袋递给那个老会计，说是送给他的礼物，老会计的态度立马一变，赶紧起身倒水递烟。

窗外有十四个人蹲在房檐下要账。

老会计给小赵交了底，工程队还有一点儿钱，可是债主太多，给谁不给谁是个大问题，何况，领导不出面不发话，谁敢付款?

小赵从老会计口中得知，两位主要领导关系很坏，彼此一年不说一句话，还都想在单位里说了算，让下边的人很为难。

小赵闻言心中大喜，说，要是两位主要领导都同意给我付款，你能办理吗?

老会计翻翻眼皮，说，那当然。

第四天，按照老会计提供的地址，小赵分别拜访了工程队的两位领导。当然不能空着手。好在，委托方提供的差旅费数量不菲。

第五天，小赵刚刚跨进工程队的财务室，老会计腾一下站了起来，说，昨天，两位领导都给我打了电话，叫我给你付款，你是怎么说服他们的?

小赵表情严肃地答复一句，你们领导对有些事情还是可以达成共识的。

说到这里，老赵忍不住哈哈大笑。

众人没笑，说，你到底是咋弄的?

老赵说，很简单啊，我先后对两位领导说了同一段话，大意是：昨天我去你们单位了，见到了另一位领导，他说欠账还钱是天理，只不过是要账的太多，暂时无力还钱，他还说这个工程队他一人说了算，谁都不好使，可是会计私下建议我来找您商量，他说您为人正直，他听您的。

结果两位领导的表现一模一样，都火冒三丈地大声宣布，这单位我说了算，我说咋着就咋着，你明天就去取款!

有人插言，就这么简单?

老赵点头说，对，就这么简单。

第六天，小赵拍了第二封电报：索款成功，提供账号，现金不足，物资顶账可否？转天得到回复：顶啥都行，讨回狗屎好种地。

第八天，小赵拍了第三封电报，这回是加急：身无分文，派人送钱。

第十六天，小赵总算约到车皮，把顶账的各种五金器材发回瓦城，随后去工程队找老会计完善债务的终结手续，这时他发现蹲在屋檐下要账的人，已经增加到十七个。

老赵的故事讲完了。我端起酒杯说，在座的有一位算一位，明年都跟随老赵去一趟桦南县，瞻仰一下他的旧战场好不好？说罢将杯中残酒一饮而尽。大家也都干了杯中酒。此刻的老赵红光满面。

锁　爷

聂鑫森

解天键七十岁了。身板直，手臂粗，只是白了一头毛发。

芙蓉巷的老老少少，都亲切地称他为“锁爷”。

退休前，他是古城湘潭平安锁厂的高级技工。退休后，怕闲坏了身子，就成了一个修锁配钥匙兼带开锁的自由职业者，这样既可消磨时光，又不丢技艺，还可赚些合理合法的收费，足够他抽烟喝酒了，几多快活。不过开锁这个活计有规定，得去派出所登记备案，以防心术不正的人干违法的事。派出所所长丁一对他说：“锁爷是老党员、老工人，为人开锁解难，我们放心。”

“谢谢！”

“这天下就没有锁爷打不开的锁！《说文解字》说：‘铁锁，门键也。’你叫解天键，天门有锁，你也可以解开。”

“丁所长读书多，你是儒警啊。”

两人忍不住哈哈大笑。

锁爷一辈子跟锁打交道，什么锁没见过？以材质而论，有金、银、铜、铁、玉石、铝合金、不锈钢的；以用途而论，有门锁、窗锁、柜锁、屉锁、保险柜锁、保险箱锁、工艺锁、玩具锁诸项；而形制更是千模百样，牛鼻子锁、龙头锁、虎头锁、元宝锁、叶形锁、山形锁、楼阁形锁……锁的常例是一个锁眼，用一片钥匙打开；但也有两眼、三眼直至九眼的，需用多片钥匙才能打开。锁爷对各种锁的结构无不了然于胸，在没有钥匙的情况下，他用细铁丝在锁眼里探测几次，再在钥匙坯件上锉出直槽横齿，既快又准，锁自然是顺顺当当就打开了。他自矜说：“只要有锁眼，我的心思就可以潜进去，不怕打它不开。”

锁爷还有门绝活儿，他可以蒙上眼睛用零件，装配出完整的锁；还可以在没有钥匙时，凭手感、听觉用铁丝探测锁眼，再用钥匙原坯锉出打开锁的标准钥匙。蒙眼配钥匙这门技艺，在他五十岁时就已炉火纯青，还在全国工匠大比武中当众表演，电视台曾做了现场报道。

锁爷老两口，住在芙蓉巷十号，有一个不错的庭院，花树蓊郁。儿子一家住在长沙的大学宿舍区，只有节假日才回来，常劝父母跟着他们去养老。可锁爷仰天一笑，说：“离开这里，我就不是‘锁爷’了，只能被人叫作‘老解’！”

锁爷在湘潭名气太大了，不少人找上门来修锁配钥匙，庭院里人来人往，很是热闹，他无须挑着工匠担子去三街六巷吆喝揽生意。非得要他出门去干活儿，一是人家的大门锁坏了，或是把钥匙弄丢了；二是户主室内的大件柜箱的锁打不开，又不方便抬到解家来。

锁爷应邀去做上门功夫，如果是修配大门锁，就把工匠担子摆在门边，弄好了，主人请他进屋去喝杯茶，他笑着婉辞。进室内去修锁、开锁、配钥匙，进大门前他就用黑布蒙在眼睛上，待探测锁眼后，再回到大门外，取下眼罩干活儿。这是锁爷的规矩。

立春过后，转眼到了雨水节令。

黄昏时，小雨初停，天上闪出晴光。

解家来了个平头汉子，像是乡下人，自称“大刘”，说家中的保险柜钥匙弄丢了，请锁爷去开锁配钥匙，价钱只管说。

“在哪儿？”锁爷问。

“不远。有车哩。”

“好的，我收拾工具随你去。”

小车跑了一个多小时，暮色四垂，在山谷口一个孤零零的破旧农家大院前停下来。

大刘问："这块地方锁爷来过吗？"

"没来过。"但刚才在车经过一个古镇时，锁爷看到路牌上写着"清平镇"三个字，小车再往西跑了二十多分钟，就到了这里。

锁爷从后备厢里取出工匠担子，放在院门外。

"锁爷，请随我来。"大刘说着话，双眼盯着锁爷，双脚却原地不动。

"慢，待我戴上黑布眼罩后，你牵着我进去。"

"锁爷，你心里只有锁，没有其他东西，真是高人！"

大刘牵着锁爷的手，走过庭院。庭院一角有紫藤花，锁爷闻到淡淡的紫藤花香气。然后，他们走进堂屋，两边是厢房，里面有人在吸烟（有打火机的声音），走进堂屋后端的灶屋（有烟火气味），再上楼梯到了二楼。锁爷被引到一个保险柜前，大刘说："请你打开这个玩意儿的锁。我就站在你身边，有什么吩咐，你就说。"

锁爷先用双手去摸保险柜，很随意，也很快，便明白这是个大家伙（农家怎么会购置这么大的保险柜）。再摸到锁眼，从口袋里掏出几根铁丝，"I"形的、"L"形的、"F"形的。锁爷依次用铁丝插入锁眼细细地探测，同时把耳朵贴上去凝神谛听。

大刘问："打得开吗？"

锁爷不作声。

"你说个数，我绝不还价。"

"三百元，常规价。"

"我给五百。"

"大刘，太客气了，我只收三百。"

锁爷说着话，突然"咔嚓"一响，保险柜门弹开了。他的鼻翼翕动起来，扑面而来的是泥土味儿、古铜锈味儿，里面应该有刚出土数日的古器。

大刘忍不住高喊一声："锁爷，好手段！"

"你牵着我到院外去锉出钥匙，我不需要灯光。"

“不必了。也许，我在无意中又寻出了钥匙呢。”

“你既然不要配钥匙，我就只能收两百元了，这是我的规矩。”

“锁爷为我省钱啊，谢谢。辛苦你了，我开车走另一条路送你回家，可能要近一些。”

“客随主便。”锁爷心想：我经过的路都记在心里，你乱不了我的思路。

…………

几天后的一个晚上，丁所长叩访解家，向锁爷表示谢意，一伙盗墓贼被抓捕了！

丁所长说，几个月前，这伙人租下那个破旧的农家小院，因为在山谷里他们探测出了几个久远年代的古墓，先挖掘一个墓，就得了好几件青铜器。青铜器锁在保险柜里，钥匙由为首的头头掌管。那天大刘请锁爷去开锁时，头头带着另一个人去长沙找买主，更是为以后的货物出手去探路，要三天后才回来。大刘和留下的两个人想私吞青铜器，第二天就远走高飞。

锁爷说：“幸亏他们内卷，幸亏他们贪心，才有我出场的机会。”

“谢谢锁爷当天回家后就给我打电话，我们马上就去布控了。你蒙眼开锁，鼻子还这么灵，神了。”

锁爷小声说：“保密啊，我的丁所长。”

看不见的牛

于德北

这是我能听到的所有关于这个家庭的种种情况。夫妻二人，丈夫病了，确诊是肝硬化，已经到了代偿期的中晚期，有肝腹水，肚子略略凸起；妻子是个干净利落的人，思维简单，脾气硬，一直想活个样子出来，话里话外就能听明白，她是不蒸馒头争口气，想把家过起来，给屯里屯外的人看看。他们有一个孩子，是男孩儿，在南方打工，多少年没回家了。他们家住放牛沟，其实距离这家三甲医院不远，坐公交四十几分钟就到了，可是家里有急事，妻子却不能回去。

丈夫就在医院附近上班，在生产资料市场帮同村的一个老板看摊儿。他嗜酒，每天都喝，先喝白酒，后喝啤酒，就算是肝区疼痛，肚子鼓胀，他也不肯停歇，仍然喝。

他大高个儿，人长得不孬，衣着时髦，一双皮鞋擦得锃亮。他似乎一点儿也不怕死。在医院住院期间也是，打完针就出去喝酒，喝完酒回来吃方便面，吃完方便面就和妻子吵架。

吵架的原因只有一个——牛。

他们家里养了一头母牛，大概是女主人过于精心，这头牛养得很好，眼大如铃，炯炯有光，一身的毛油洗过一般滑顺。牛贩子几次上门求购，出价最高的时候，接近五万，但女主人没舍得卖。为了防止丢牛，她还打了一个铁链子，每天拴在牛脖子上，以此防备万一。母牛争气，揣了犊子，就在丈夫住院期间，牛犊生了，竟然也是一头母的。所谓母牛生母牛，三年五个头，是喜事儿呢，可丈夫为什么高兴不起来呢？原因只有一个——牛是妻子的同学兼初恋帮衬着买的，讲好三年以后还款，利息是一个牛犊。

在丈夫看来，这是明修栈道，暗度陈仓，说他们没事儿，骗鬼鬼都不信。

他和妻子吵架，吵完架就站在走廊深处打电话，给亲戚或朋友，口气直白又尖厉："我相信？我相信个啥？我不出院！我为啥出院？凭啥出院？让她把牛卖掉！卖掉，一了百了……这医院一天到晚跟吃钱似的，她不卖牛咋办？家里就那六亩地，一年能出几个钱？她不卖牛，她不卖牛，那我就卖命！"

一遍一遍，全是这话。

那妻子也打电话，一边打一边哭。为啥哭？屋漏又逢连阴雨，家里那头母牛生下了牛犊，可是牛犊子病了，上下没个着落。牛是她让公公帮着照料，可公公有脑血栓，除了能喂牛，其他的，一点儿主意也没有。

她给公公打电话，急得火上房："爸，我已经打听了，你去镇上找张兽医，让他从大牛身上抽点儿血，给小牛打上，兴许就好了。你不能眼看着小牛死啊，它活了，养三个月，那就是钱啊！"

一遍一遍，全是这话。

可是公公听不明白。

她打电话——应该是给丈夫口中的同学兼前男友："你不能去我们家，他跟黑眼疯似的，油盐不进，你去了，他更得闹翻天了。牛不能卖，我顶个恶名，为了啥？我不信这个家过不起来，我能挣钱，一定能挣钱，我得劝他，让他戒酒，给他治病。我得给他们看看，这个家不是笑话，谁也别想看我的笑话，你帮我找一下张兽医的电话，我给他打电话，我给他发红包，让他救救小牛。"

一遍一遍，全是这话。

那头牛成了矛盾的焦点。

两天了，病房里一刻也不得消停。本来丈夫的病是已经见好的，腹水下去了，各项指标该升的升，该降的降，亮光就在前头。可是，他连连喝酒，刚刚安静一点儿的肝脏又闹腾起来。医生很生气，护士很无奈，可是面对这样一个对自己毫不负责的人，他们又有什么办法呢？

终于又到了新的一天，丈夫的情绪大好，他决定戒酒了，决定积极配合大夫治疗。原因只有一个——牛。小牛死了，张兽医来得太晚了，他到的时候，小牛已经奄奄一息。妻子绝望了，她决定卖牛。丈夫并不知道，她卖牛不是为了给他治病，而是要和他离婚。

他们似乎都有了希望。

可这种希望展示给他们的又是什么呢？

这一天的傍晚，丈夫的父亲、妻子的公公，那个得了脑血栓的老人“挎着筐”来了。他站在疗区门口——疫情期间，没有核酸检测阴性报告，他是进不了病房的——大声冲里边儿喊：“牛丢了，牛丢了啊，丧尽天良的盗牛贼把后墙给刨开了，他们割下牛头，把牛偷走了！”

羊族秘史

申 平

一只老绵羊，在给羊族书写历史时有了一个惊人发现：原来古代的羊，也就是它的祖先，居然是凶猛的肉食动物。

老绵羊进入时光隧道，在那里发现了它的祖先们的最初形象：头上的两只角并不像现在这样弯曲，而是呈45度角直直向前伸出，顶端锋利，犹如利刃；牙齿也不像现在这样细密，而是高低错落，两边各有一颗长长的剑一般的利齿；身上的毛也不像现在这样柔软，而是根根直立，硬如铁丝；它们的个头也比现在大得多，一个个都像小牛犊那么高。

羊的祖先也不是生活在草原上，它们生活在山间丛林之中。它们成群结队，奔跑如风，猎取其他动物为食。因为羊多势众，所以就连剑齿虎、猛犸象都惧怕它们三分。

可是后来……问题出在羊族的第555代传人身上。

这个传人，不，准确地说是传羊——老绵羊干脆叫它“555”。它从小娇生惯养，居然养成了好吃懒做、胆小怕事的性格，它的小资情结还很严重，总会产生一些不切实际的浪漫幻想。比如它会经常看着天上的云彩说：“我们为什么不搬到云彩上面去住啊？如果那样，我们就不用费力奔跑了。”

就是这样一只羊，因为它是头羊的长子，所以在头羊死后，它被拥戴为王。

成了羊王的“555”，却不想带领羊族去冲锋陷阵，猎取食物，而是每天只管在山上和年轻母羊打情骂俏，嬉戏作乐。当别的羊猎回食物时，它还边吃边流眼泪道：“哎呀，你们又杀生啊！”这个时候，世界正在发生剧烈变化，山林大量消失，每天都有动物绝种。羊族不但猎取食物越来越难，而且还不断被别的动物猎食。这时有羊提出，是不是应该转移到其他山林里去生活，开辟新的领地。但是“555”不同意，它说，它们从小就生活在这里，熟悉这里的一切，有危险知道往哪儿藏、往哪儿躲。如果去陌生的地方，遇到强大的敌人怎么办？

羊族只好继续生活在这片面积越来越小的山林中。

可是吃的问题越来越严峻了。

这天，“555”早晨起来，突发奇想，它异常兴奋地召集部属开会，在会上它提出了一个新思路：“既然猎取动物如此困难，我们为什么一定要吃肉呢，为什么不可以像猛犸象一样吃草呢?！”

群羊听了，一片哗然。“555”说：“你们嚷嚷什么，其实我已经偷偷尝过了，这漫山遍野的青草细嚼慢咽都是甜的，而且营养丰富。吃青草就地取材，食之不尽，不用打打杀杀就能轻松获得，我们何乐而不为呢！”

于是，羊族就展开了轰轰烈烈的食草运动。

一改吃草不要紧，群羊吃惊地发现，它们的角变弯了，牙齿变平了，身上的毛变软了，个头也变小了。最要命的是，它们成了所有肉食动物的攻击对象，就连过去见了它们就望风而逃的野狼，也开始以它们为食了。

群羊开始抱怨“555”，商议推翻它的统治。

但是这时，“555”偏偏又提出了一个新思路，那就是去投奔最强大的人类，寻求他们的保护。

人类很高兴地接受了羊族的请求。白天，有人类带领它们出去吃草；夜晚，它们则住进人类为它们搭建的羊栏里。遇到危险，人类总是挺身而出，使它们化险为夷。

群羊很高兴，“555”很骄傲。

但是很快，人类也露出了狰狞的嘴脸。一到年节，他们也不跟“555”商量，就大肆捉羊宰杀，食其肉，寝其皮，十分残忍。羊族毫无反抗之力，除了哀叫几声，只能任凭宰割。

这时“555”却对大家说：“羊固有一死，与其大家困死山林，断子绝孙，还不如像现在这样牺牲少数，保护多数。实践证明，我们投奔人类的行动是英明正确的，可以说功在当代，利在千秋……”

老绵羊看到这里，早已老泪纵横。它不知道，羊族的历史应该怎样去书写。

柳某寅

非　鱼

被老乡叫去吃饭，于是，就见到了柳某寅。

老乡在市里卖建材，生意做得挺大，又好热闹，认识各行各业形形色色的人，饭局也多。他经常在饭点之前打来电话，报个饭店名字和房间号，然后就俩字：等你。不等我回话，他已经先挂了。

老乡的饭局上人物杂，故事多，这也是我喜欢被他一个电话就叫去填补空位的原因。

柳某寅坐在迎门正当间，方脸，浓眉，光头，锃明瓦亮的光。当我进去时，他们已经开始喝酒，他端着酒杯，一群人也端着酒杯，目光齐刷刷地看着他。

这个事全仰仗大家，事成之后，绝不会亏待兄弟姐妹们。我喝三个，先干为敬。

大家说：谢谢秘书长。

我找到属于自己的位置，也端起了酒杯。

轮到给我敬酒，我说，谢谢秘书长。他哈哈大笑，叫我柳某寅，或者老柳都行，什么狗屁秘书长。他把酒杯和分酒器抓在一只手里，另一只手从裤兜里摸出手机说，来，扫个微信，以后常联系。那一晚上，柳某寅不是在说话就是在喝酒，不是拎着酒瓶子就是端着分酒器，我没有看到他吃菜，一口也没有。

这样的场子，结束也就结束了，但我和柳某寅的故事，才刚刚开始。是从微信开始的。

加完微信第二天，他给我发来几首诗，让我批评指正。我哪里敢批评，忙说，学习。

诗是关于故乡的，虽说不上好，但有一句打动了我。他写，爹和娘让我走得越远越好，再也不要回那个缺水的塬上。我想到我考上大学的那年，父亲卖了三只羊，他把厚厚的一沓钱递给我，说，走吧，走得越远越好。

我给柳某寅回信息，说这句诗写得太好了。他说，农村出来的娃，都懂。

后来，他不仅经常给我发他写的诗，而且还发书法作品。我一直没有弄清楚，他到底是做什么的，是哪个部门的秘书长。我翻看他的朋友圈，转发的信息居多，有经济的，有高科技的，更多的则是关于无人机知识和表演的。

一个奇怪的人。

他给我打语音电话，说，我来你们市里了，一起吃个饭。

这次，只有三个人，他、我，还有一个安静的女孩儿。

和第一次看到的柳某寅不同，这次他只是安安静静地喝酒，慢条斯理地说话。他始终没有介绍那个女孩儿，也没有向那个女孩儿介绍我。

他说心烦。心烦的时候就会开车从河那边过来，找人吃饭喝酒。

我懂了。就好像我的导师经常开车去河那边一样。仅仅是一桥之隔，就是两个省。从一个省到另外一个省，就从熟悉到了陌生，人就放松，甚至百无禁忌。

柳某寅说，他在这边有很多朋友，各行各业，三教九流，认识的人多了，办事也方便。

我问他具体做什么工作的，他说得很模糊，只说是商会的。我没再问。

他从那首诗说起，说到自己的故乡、爹娘，说他从小就活在自卑之中，因为家里穷。一直到考上中专，也不敢跟自己喜欢的同村的女孩儿表白，眼看着她嫁给了别人。他爹和邻居因为浇地打架，被戳瞎了一只眼。他说他喜欢文学，还喜欢书法和摄影，并参加过比赛，还拿过奖。

那天晚上，他絮絮叨叨地说了很多，好像自我介绍一样，把他的过去认认真真地告诉我。可是，他为什么要告诉我呢？我又为他做不了任何事。也许，他只是单纯地想找个人说说话？我既不是完全的陌生人，又距离他的工作、生活、朋友圈很远，是他最合适的倾诉对象吧。

吃完饭，我以为他会过河回去，毕竟就一脚油门的事，但他没有。他说，喝酒了不能开车，明早再回。他和那个女孩儿上了一辆黑色的越野车，那个女孩儿开车。

一个人，有着如钻石一样的无数切割面，有意或者无意，每一次的切割都是一个全新的自己。

后来，他依然给我发他的诗歌和书法作品，我很少点开看，只偶尔回复一个表情或者几个字。都这么忙，谁会顾得上总给一个人当观众呢。

突然有一天早晨，他的朋友圈发了一张他的黑白照，但没过几分钟又删了。到下午的时候，我刷到他的朋友圈，还是那张黑白照，但加了文字，说家父因病去世，泣告众亲朋好友，等等。落款是柳某寅的儿子。

太意外了。好好的一个人，怎么说没就没了呢？

后来，在老乡又召集的一个饭局上，我和老乡说起要不要删掉柳某寅的微信。他说，删啊，人都死了，还留着微信干吗。

关于他的死因，那天晚上出现了好几个版本。一个版本是突发心肌梗死；一个版本是纪委下午刚找他谈过话，他晚上就跳楼自杀了；一个版本是被担保公司骗了几百万，这几百万里有一半是别人的；最离谱的一个版本，是他在网上赌博，把家底都输光了，还欠了一百多万，老婆要喝农药说没法活了，他先跳楼了。

我听着他们热火朝天地讨论柳某寅的死亡，为了一个人的死争执不休，你说他说的不对，他说你说的不准确，就像钻石的无数面，转来转去，闪闪烁烁。

我悄悄问老乡，你知道柳某寅写诗吗？

他说，不知道。他还会写诗？

满　师

陆涛声

江南毗陵城南门外有条“木匠街”，有一里多长，两边开满木匠铺。木匠铺多，不光是因为砌房造屋人家增多，还因为城郊民间手工纺织业兴起，要制作纺纱织布的木绞机，活儿就越来越多。

木匠铺既做木器卖或帮人来料加工，也外出包工建房造屋，每家都有个手艺好的师傅领班。一家朱记木匠铺里，领班师傅姓罗，既能造屋立柱架梁，又善跨行做家具，是个多面手，不仅手艺特别高超，而且为人也厚道，名气很大。有他，朱记铺子生意特别兴隆。

毗陵东城外白家桥村有个小伙子，叫白金生，拜罗师傅为师，聪明、勤快、好学，既在铺子里学手艺，也跟着罗师傅到人家上门干活儿，师父喜欢他，把本事都教给了他。他当了三年学徒，样样都熟练了，到了满师的日期，按规矩得办谢师酒席。可是家穷没钱，他父亲说，先向亲戚借一借，等他挣了工钱再归还。

他便找罗师傅约定办酒席的日子。

罗师傅说：“你家里也难，这谢师酒就先欠着，等你干三五个月挣到钱了再补办吧。”

可以不借债了，白金生好感动。

罗师傅接着又问他：“你打算留在这铺子里当客师，还是自己出去闯闯？”

白金生早就了解行情，到外面独自接活儿干，比在铺里当客师拿月工钱挣得多，有时接的活儿量大，自己领班并招帮手干，挣得更多，便说："我想出去练练。"

罗师傅说："羽毛长齐了，出去飞飞也好。人家知道你是我徒弟，会相信你活儿也不差。不过，请干活儿的主家有各种各样的人，气量有大有小，供待有好有差。你即使心里有不满，活儿还是要精心干好，不能拆半点儿烂污，别给自己脸上抹黑断自己的路。"

白金生连称知道，也确实记在心里。

师父随后问，是否已经接到活儿干。他说没有。师父说，他手里接了一宗活儿，来不及干，是城郊有户姓周的人家要造三间新楼，既要竖柱架梁做门窗，还要做台、凳、床、橱、柜、箱，不小的工程，先让他去做。

白金生好开心，只是这工程一个人做不了，便在另一家生意清淡的木匠铺找了一个名叫阿富的年轻木匠打下手。

此时正是初夏时节，白金生和阿富到乡下周家干活儿了，主家是开土布作坊的，靠十几台木绞机，雇人织布外销，发了点儿小财，就想造三间新楼，把原住的老屋腾出来增添绞机扩大作坊。同时开工的还有两个瓦匠，加上两个同村要好邻居帮工。主家招待的头天早饭是菜肉馅糯米粉团子，中饭菜有三荤两素，还有白酒。

可是，第二天早上米粉团子就没馅了，中午也只有一荤三素，酒也没了。白金生觉得很奇怪。其实他并不好酒，只是觉得即使不喝，主家也该拿上来亮亮，那是对他们看重。

之后每天都如此，两瓦匠和两帮工却都没什么反应。白金生倒觉得很不舒服，猜想也许是因自己年轻初出师门让周老板看轻，不过没有表露。阿富却忍不住，私下对他说："主家既然这么抠，我们的活儿也可以马虎点儿，不必这么卖力。"

白金生虽然心里不快，但记得师傅的叮嘱，便强忍着，还说服阿富，用自己漂亮的活儿，让主家心服口服。可是，到房子造好，瓦匠、帮工走后，他俩留下打橱柜台凳，又干了半个月，还一直是一荤三素，都没有酒。

这天活儿将全部结束，傍晚就要收工结工钱的时候，阿富再也忍不住，私下对白金生说：“听了你的，活儿干得这么好，主家还是这么抠，不把咱们当回事，这口气真咽不下。”

白金生也觉得憋屈，说：“咽不下也只能咽，没办法。”

阿富说：“怎么没有办法？听我师父说，无论木匠还是瓦匠，都有治抠门儿主家的招儿。这家正在发财，有个儿子也快成人了。待会儿我们用小木块做三个骰子，悄悄在新楼正梁上挖个凹塘放进去，排成‘幺’‘二’‘三’，这样会作祟让他儿子染上赌瘾，败他家业。”

这办法白金生也曾听过，心里一冲动，也就依阿富说的，私下与阿富一起做了手脚，心里有了几分报复的痛快。

最后一顿晚饭，周家在老屋的堂前桌上，摆了满台菜，有鱼有肉有虾有鸡有蛋有酒，比头天开工时的中饭还要丰盛许多。吃完，主家如数算了工钱，给白金生十块银圆，白金生按事先约定四六分，当场给了阿富四块。随后主家又拿出四块，再给白金生和阿富每人各两块，说：“听罗师父说两位小师傅家里都很拮据，招待你们的荤菜又总吃不了老剩下 ，我让你们吃素点儿，省下这点儿钱让你们带回去。”

原来是这样！两人都呆住了。白金生望着多出的两块银圆，尴尬了，后悔了，真不该听阿富的话在梁上做那种促狭手脚。一时没有办法，只好尴尬而又慌乱地连声说谢谢。离开周家，一路上抱怨阿富。

白金生不光挣到办谢师酒的钱，还余五块银圆给他爹。可是他良心不安，不敢去见师父，总想找个办法去把梁上那三颗骰子取掉。焦虑了两天，便硬着头皮赶往周家，说是回家整理家什发觉有把凿子没了，可能在哪根梁上用时落在那儿了。周老板任他搬梯子上楼去找，也没跟着看。他终于顺利取下三颗木骰子藏进衣袋，对主家说凿子没找到，匆匆告别。他心里石头搬掉了，第二天一早就赶到木匠街去见师父。

罗师傅一见白金生就随意地问："梁上那三颗骰子拿掉了？"

白金生一听，魂飞魄散，低下头羞惭地说："徒弟错了。"

"其实那样做不过是恶念的痴想，哪会真灵验？你这一关如果没过，我就不再认你是我徒弟。好在你知愧能改，这事你该一生一世记牢。"师父认真地说，"谢师酒你可以先办，不过你是不是够格正式满师，还得看以后遇到真抠门的主家你怎么做。"

白金生想了想，真诚地说："徒弟知道了。"随后又怯怯地问："师父您是怎么知道的！"

师父说："其实我经常在你们收工后去看呢。"

原来这头笔活儿是师父故意在考他的。白金生完全明白了师父的良苦用心。

将军岭

刘建超

将军离休，按国家待遇是可以到部队干休所休养的。

可将军不去干休所，硬是把噘着嘴老大不愿意的夫人拽回了豫西老家——一个叫秃岭的山村。

此时正值深秋，将军和夫人是坐着铁轱辘牛车，慢慢腾腾沿着刻满深深车辙坑坑洼洼的土路颠簸进村的。

夫人看着光秃秃的山岭，看着眼前两间墙壁斑驳瓦片零落的房子，坐在车上脸色越来越难看。

将军夫人可是生长在大城市的人，原本是想和将军留在城市里享受幸福晚年的，没想到让将军带回到这穷乡僻壤的山村。

将军却显得很兴奋，对夫人说，老婆子，你想想，有房子住，有地种。这可是天下最幸福的事情啊！

夫人不好反驳，开始拾掇屋子。

村子里的人听说在外当了大官的将军回到了故乡，带回来的还是城市里的媳妇儿，都围拢到将军的屋里叙着家长里短。

将军抽着乡亲们卷的“喇叭筒”说，我这人半辈子都在外面闯荡，回来就是想拼上后半辈子植树开荒，把咱这光秃秃的荒山野岭变成绿洲。

村里人打着哈哈，一笑了事。谁信啊，秃岭干旱缺水，几辈人都在这山里熬穷日子，谁能改变得了？在外边享福了，回来净说大话。

将军还保持着军人的习惯，每天清晨起床，跑步出操。早饭后就扛着头铁锨去岭上挖树坑，将军自嘲说自己是“锨头部队”。坡岭地硬石头多，一锨头下去就是个白点。锨头敲在石头上，冒着火星，震得手臂发麻，虎口出血。但将军不皱眉头，晚上收工就像打了胜仗一般，嘴里还哼着歌。

将军画了一幅秃岭的地图挂在墙上，挖成一个树坑就画上一面小红旗。将军说这叫持久战，终究会有一天红旗要插满山头。

冬日黄昏，将军和夫人围坐在炉火旁。

将军说，挖好的十八个树坑，明年开春就可以种树了。夫人点点头。

将军说，咱先种上苹果树，开出的荒地种上春小麦。夫人点点头。

将军说，咱这儿干旱少雨，光靠天吃饭不行。我已找专家看过了，咱这岭上也能找到水源，打几口机井就能解决问题。夫人点点头。

将军搓着手，看着昏暗灯光下的夫人不说话了。

夫人拉开皮箱，把存折放在将军手里。

将军找来打井队，在光秃秃的山岭上凿出了三眼机井，当哗啦啦的水浇灌进干裂的土地时，暖暖的春阳看到了将军脸上的欢笑和夫人眼中的泪花。

节假日，将军把在城里工作的孩子们召回村里，一起上山挖坑种树。孩子们手上打了血泡，望着荒凉的秃岭发呆。

将军说，知道当年我为什么去当兵吗？

孩子说，为了解放全人类。

将军笑了，说，那时可没有这个觉悟。当兵，就是为了能吃饱肚子。这秃岭村十年九不收，年年都要外出逃荒要饭。十五岁那年，将军讨了一块玉米饼子，揣在怀里往家走，不想饼子掉在了路上。富家一个孩子，一脚把饼子踢给了他带着的大灰狗。将军又饿又急，与那富家孩子扭打在一起，打伤了那孩子，不敢回家了，就跑出去当兵，参加了八路。连里没有发给将军枪，却发给他一把镢头。班长说，在南泥湾开荒种地打粮食吃饱肚子，也是为抗战。别看将军年纪小，但体格健壮，开荒种地满把子的力气。开荒种地的表彰大会上，将军和班长都被评为劳动模范，是王震旅长亲自给将军戴上了大红花。

将军说，当年日本鬼子蒋匪军封锁我们，在那么艰苦恶劣的环境下，我们自力更生，把荒无人烟的南泥湾变成了陕北江南。现在生活条件这么好，我坚信一定能让这秃岭变成花果山。

日子在将军的手掌间摩擦，墙上地图标注的红旗数量越来越多，地面栽种的苹果树、桃树开始挂果了。村民们看到了希望，越来越多的人加入将军的“锨头部队”。

将军的几位老战友专程来看望他。走进村口，他们向正在清理猪粪的老农打听将军。老农笑着说，远在天边近在眼前啊。你们几位连老战友都认不出来了吗？

这才看清满面黝黑、挽着裤腿一身泥水的老农就是他们的老首长老将军啊。

晚上，他们几位就坐在院子里的石桌旁，吃着自家种的蔬菜、自家养的土鸡，大碗喝着甘烈的高粱酒，讲述着曾经的峥嵘岁月，高声唱着“解放区呀么嗬咳，大生产呀么嗬咳……”，直把月亮震得躲进云里，秋风呼呼地送来凉爽。

将军的孙子大学毕业，听从将军的安排，回家乡创业，绘制了创业规划，要把秃岭建成农业生态园。

将军欣慰地笑了，对孙子说，我没有什么可以留给你的，我留给你的只有这张还没有插满红旗的地图。我这把老骨头就埋在这片秃岭上了，我要看着你们把这块土地摆治好，看着秃岭村的人脱贫致富。

现在要是去秃岭村，路可好走了，下了高铁，坐上乡村旅游大巴，沿着最美乡村公路往南三十里，路过果园、花木林，走过宁静如镜的人工湖就看到生态园的招牌了。不错，就是它——将军岭生态园。

走失的赵东

芦芙荭

早上七点出门，右拐走 50 米是个早点摊，卖的是水煎包子。我和赵东总是在这里相遇。两个包子、一个茶叶蛋、一碗小米稀饭；或者是，一个茶叶蛋、一碗小米稀饭、两个包子。我之所以把话说得这么绕口，是因为这个地方只有这一家早餐店，我们的早餐没得选择。这里吃早餐的人很多，有时候没地方坐，我们就不得不将早餐拎着，一边走一边吃。再往前走 110 米，就是麻城的北新街。再右拐，沿着人行道一直往前走，到单位是七点五十分，上班正好。

我和赵东虽然不在同一个单位，但都在一个行政大楼上班，三年了，我们俩的生活一直就是这个样子。单位没搬过，我们的家也没搬过。上班时间、线路也从来没有变过。

其实，和我们一样，选择走路上班的人还挺多。大家沿着人行道一个跟着一个，脸朝前背朝后地走着。要是时间充足，就走得舒缓从容些；要是时间紧，就得行色匆匆。下班了，再从单位不远处的人行天桥上过到街对面往回走，到了巷子口，再从人行天桥走回来，我和赵东分手，再各回各家。

开始的时候，我们觉得这样的生活很乏味。天天见的都是别人的后背、后脑勺或者是屁股。有许多人，相向而行了几年，却很少见到他们的真面容。大家都忙，都要急着上班，急着挣钱养家糊口。偶尔也有回眸的，没等看清面容，更没有那一笑，就又回过头去继续向前走了。

时间久了，我们也就咂摸出一些门道。后背其实也是人的另一张脸，也有着丰富的表情。比如那个低个子男人，总喜欢背着手，腰板挺得很直，走起路来一步三摇晃，每次走到文艺路口时，就会遇上另一个男人，那人也腆着大肚子，个子高些，腰板挺得比他还直，低个子男人的腰当下就塌了下来，你能从他塌着的背上看到一种卑微和讨好。后来的一天，低个子男人走到文艺路口时，把腰塌下来，高个子男人却再没出现，他就又把腰挺起来，继续往前走。之后，低个子男人每次走到那里都会把腰塌一下。又过了不久，低个子男人就从我们的视线中消失了。这个男人，让我和赵东猜测了很长时间，他是干什么工作的，为什么见了另一个男人腰就会塌下来，他现在去了哪里？最终莫衷一是。

最让我们着迷的是个女人，这个女人像一道风景，为我们枯燥的上班途中平添了几分色彩。

女人三十岁左右，个子并不怎么高，那腰却细得一把就能握住。女人是从通讯巷加入我们这个队伍的，走在前面，那腰就像风中的杨柳，那圆圆的屁股更是变幻莫测。当她走得慢时，一副烟视媚行的样子，娇羞而腼腆，偶尔显出几分调皮；而当她加快脚步时，那屁股扭动起来就特别妖娆，特别激情四射，有时让人觉得有些放肆。赵东感叹，这个女人，满屁股都是戏。我不明白，同一个屁股，走在路上怎么会有如此大的变化？赵东笑笑说，那可不是一般的屁股呢。果然，时间不长，那个女人也从我们视线中消失了，和她一起消失的还有一个男人。

其实，每过几个月或半年，总会有人从我们这个队伍里消失掉，他们就像是树上的一片叶子，落了就落了，并没有人在意。但很快，又会有新的人补充进来。慢慢地，我们发现，走在这条路上那些熟悉的后背越来越少。

赵东开始觉得有些乏味了。

有一天，赵东突发奇想，对我说，我们为什么不换个生活方式呢？

我没弄明白赵东的意思。

赵东说，比如，从这个人行天桥上走过去，从街对面往单位走。

我说，那是逆行。

赵东说，为什么就不能逆行？

于是，赵东重新规划了自己的上班路线。再上班，他就直接从巷子口的人行天桥上走过去，从街对面往单位走。这样，我和赵东上班，就隔了一条街，我直行，他逆行，偶尔，我侧过头，从街道向对面望去，隐隐地看见他迎着一张张面孔往前走着，他就像是逆流而行的一叶小舟。我想，赵东看到的不再是人的后背了，他看到的是一张张鲜活的脸。

这倒有些意思了。

自从赵东和我分道而行后，我们见面的机会越来越少了。刚开始，我们还能在行政大楼门口或是巷子口遇见，然后站着说说话，说说他逆行中的所见所闻，赵东也会发些感慨：还是看后背比看脸更真实些，一个人的后背，基本是说不了假话的；再比如，现在人的脸，都带着虚伪和伪装。但慢慢地，我们俩在这两个地方也很少能遇见。

有一次下班，隐隐看见街对面的一个身影很像是赵东，这才想起真的好长时间没有见赵东了。我赶紧加快脚步，我得赶在他过人行天桥前，在巷子口和他相遇，可我在巷子口等了很久，也没等到赵东。

难道那个人不是赵东？

这之后，我再也没看见过赵东，有时上班或下班，我有意放慢脚步，想在街对面搜寻到他的身影，但一直没有搜寻到。

赵东就这样走丢了。

我去赵东的单位找他，刚走到他办公室门口，有人就问，找谁？

我说，赵东。

那人说，赵东？哦，早不在这儿上班了。

我说，那他去哪里了？

那人说，谁知道呢。

赵东就这样从我视线中彻底消失了。

厨师的父亲

赵文辉

两天前，儿子告诉他们：崔颖的爸妈要来家里看看。文刚没有吭声，他是一个非常不爱说话的人，村里人都叫他“闷葫芦”，他的长处在别的地方。新菊却有些紧张。儿子在县城一家酒店上班，砧板老大。之前在一家火锅店做花式烩面表演，一身素白，反戴着棒球帽，穿着轮滑鞋，在客人中间一边穿梭一边甩飞手中的烩面片，不时惊起一片欢叫。崔颖和儿子就是那时候认识的。崔颖在南关幼儿园带中班，爸爸是城内学校的一把手：那可是响当当的一个人物，城内学校的教学成绩在他手里从没下过全县第一名，家长们挤破头想把孩子往这里送，一到招生季节崔校长干脆闭门关机，县长都找不到他。这次崔校长来访，新菊不免会有些压力，她把猪场里里外外打扫了一遍又一遍，又征求文刚的意见：

“要不咱搬回村里的家招待亲家？”

文刚和新菊是初中同学，当年，他们的同学有的被上天垂青，考上中专和县一中，后来又考上大学；有的接班或走关系，吃上了商品粮。而文刚呢，在生他养他的这块土地上，安心农事，并不羞于成为一株坦诚的庄稼。文刚一边种地，一边养猪，从不羡慕别人家的日子，也不为身边任何赚钱的生意动心。图方便，他们一家搬到猪场已经数年。文刚坚决不同意新菊的做法，他对儿子说：“我们没有什么可隐藏的，我们的身份不如人家，但我宁愿他们看到我们的普通。”文刚打定主意要把这日常的生活礼貌而真实地展示给未来的亲家。

儿子也同意他们的做法。他们一家人受人尊敬，是出了名的勤劳能干的人家，从来不自视高人一等，同样，也没觉得低人一等。歉收的季节或养猪事业的低谷，文刚会振作精神迎难而上；即便收成很好，毛猪卖出的价钱叫人在地上翻跟头，他也要在卵石遍布的地里耕种不辍，打碎播种前的最后一块土坷垃。当儿子的花样烩面视频在朋友圈和公众号上疯传的时候，他让儿子打了辞职报告，他对儿子说：那不是厨艺。儿子开始与十八子刀建立起感情，刀功练习入魔的那些日子，他见啥比画啥，田埂上还未离秧的冬瓜被他雕成了一只只花篮。

十点多，一辆白色轿车徐徐开到猪场，一家人都迎了过去。新菊今天穿了一身干净衣裳，从头到脚拾掇得整整齐齐，从姑娘起一直陪伴她的大波浪烫发头见证了一个“60后”农家主妇的审美标准。这一瞬间，她突然想起和文刚举办婚礼的场面，仿佛就在昨日。这一晃就该做婆婆了。儿子上前拉开车门，崔校长跳下车来，鼻子上架了一副镍铜合金无框眼镜，很斯文很学究的一个人。儿子把他们双方介绍后，崔校长很有气度又不失热情地冲文刚伸出手：

“老哥好！”

没想到崔校长这么随和，文刚感到一阵温暖，距离一下子拉近了。正是柿子变红的季节，他们的头的上方，一只只红宝石般晶莹剔透的果实，预告着一个北方的丰年。一只白色田园犬跑出来 ，一个一个去嗅客人的裤管。屋前有一个劈木柴用的墩子，上面斧痕显明。木柴在自砌锅台的炉膛里熊熊燃烧，五层高的蒸笼咝咝冒着热气，里面是当地人待客的“十大碗”。新菊伸出一双侍奉农事的手，一手攥住崔颖一手攥住儿子未来的丈母娘，往屋里让她们。

崔校长一下车文刚就觉得眼熟，跨进门槛的一刹那，两人都认出了对方：“老同学！”原来当年两人在县二中复习班待过，应该是八五届。两双手握得更紧了。

“我今天早上五点就起床了，帮一只脱肛的猪做缝合，还给三天前刚下的一只猪崽割了一个小屁眼。”落座后，文刚打开了话题，崔校长呵呵地笑着，想继续听下去：面前坐着的是一个真正的农民。这些年，文刚的猪越养越多，地也越种越多。那些在外打工的、做生意的，都嫌种地没利润，文刚听说后会主动上门跟人家商量承包的事。这个汉子，从来没有对脚下的土地失去信心。

之后他们又聊起了县二中，聊起当年的自带咸菜疙瘩和食堂夹生的卤面，还有卤面上面那一层装模作样的黄豆芽炒肉丝。结果发现他们都跟那个打菜的独眼厨师吵过架，并一致同意那是个讨厌鬼。

他们交谈的时候，崔颖跑去外边帮未来的婆婆烧火，她对这里可是一点儿都不陌生。“十大碗”冒着热气端上桌，新菊忙着打开一桶果粒橙，文刚拎出一只白色塑料壶，咕嘟咕嘟倒满两大碗。当地人称这种零酒叫“皮壶大曲”。崔校长端起碗闻了闻：“不错，应该是酒头。”

饭局开始，新菊好几次欲言又止，她想问问亲家，俩孩儿腊月能不能结婚。最后下定决心刚要张口，结果又被文刚用眼睛制止了。文刚给崔校长夫妇敬过酒，他们又回敬了他。他感觉到了，每一次亲家与他对喝时都没有潦草。

饭局结束后崔校长没有立即告别，他很喜欢这个地方，很想跟眼前这个地道的农民多待上一会儿。新菊清了清桌子，沏上一壶信阳毛尖。儿子在一边提醒她水温不能超过80℃。崔颖建议大家“斗地主”。两副崭新的扑克牌放到桌上，儿子自告奋勇来洗牌：只见他将扑克分成两沓，分别在两只手里弯成弧形，接着，扑克牌发出咻咻的风声，相互飞进对方的阵营。

见女儿又忙着把洗牌的视频发朋友圈，崔校长夫妇笑了。他们知道女儿没有看走眼，他们未来的女婿受到了不一样的影响，实打实的家庭教育。这是另一个世界，未来的女婿会闪闪发光，尽管他是农民的儿子，尽管他干的是厨师。

一如门前那棵沉甸甸的柿子树，果实永远重于枝干。

无　痕

袁炳发

在深圳开完笔会，我最想见到的是朋友大坤。

大坤来深圳十多年了，一直没有谋面的机会。

大坤是我在老家县城飞翔文学社的好朋友。我至今还记得大坤朗诵高尔基散文诗《海燕》时一脸的豪迈与激情。

我从手机里调出大坤的手机号，拨了过去。

电话接通后，听出大坤的语气很兴奋：是炳哥呀！到深圳了？妈呀！你不会是从天上掉下来的吧？我现在在东莞桥头镇谈个合资项目，明天就过去看你。

临放电话时，大坤又补充说：明天早饭后我就过去，你一天都不要安排别的内容，都交给我了。

我说：好！明天见。

第二天刚吃过早饭，我就接到大坤电话：炳哥，下楼吧，我到宾馆大厅了。

走出一楼电梯，我一眼就认出了站在大厅中央的大坤。大坤上身着白色丝绸对襟盘扣衫，裤子是青色的直筒宽大、裤脚口收紧的那种灯笼裤，脚穿北京布鞋，板寸发型，单手持珠，拇指上下掐捻。

大坤的旁边还站着一个细柳高挑个儿的哥们儿。我和大坤拥抱之后，大坤跟我介绍旁边的那个哥们儿：这是长脖鹿，我的司机，也是咱东北的哥们儿。

我马上和这哥们儿握手。

大坤又说：炳哥，你没发现他脖子很长吗？

我看了看细高挑，初次见面，不敢乱开玩笑，便摇摇头。

我见大坤这身行头，就问他：大坤，你现在玩武术了？

大坤掐捻着佛珠，看了眼细高挑说：长脖鹿，你告诉炳哥我现在玩啥！

长脖鹿（姑且这么称呼）凑近我，说：炳哥，坤哥现在玩石呢，玩大发了，连香港、仰光等地的玩石高手，都知道坤哥是赌石界的“黄金眼”。

我用惊异的目光看了眼大坤，他此时正微笑着看我。

大坤说：炳哥，一会儿我带你去个园子赏石，如何？

我说：好，客随主便！

说完，我们向外走。大坤带我走向停在门前的一辆路虎揽胜，长脖鹿在前面小跑着给我们打开了车门。

车子开出了市区，大坤头往后一仰，实惠地靠在座背上对我说：那些年真犯二，还整什么文学社，什么泰戈尔、雪莱，现在一想脸都红。不过也没什么，每个人都年轻过。

对大坤的这番话，我很不爱听。这倒不是因为我现在每天仍然和泰戈尔、雪莱们厮守，我总觉得人的志向选择不同，这与犯二和年轻无关。

但我没有反驳大坤。

车行一个小时后，就到达了大坤说的那个园子。园子大门古式风格，门上方刻有两个大字：粤园。

购票入园，发现园子很大，占地面积有七百多亩，风格近似苏州园林。园子依山傍水，并且建有亭台、曲廊、荷花池、洲岛、桥堤等景观。

步入一处长廊，廊两侧木拓上放着各种形状怪异的奇石。

大坤给我介绍了一些石的种类：菊花石、水晶石、木化石、玉石、灵璧石等。大坤说：这些石都是有灵魂的。我们赌石的人，有时是把命赌在这些石头上的。

我们在连接廊柱的一块厚木板上坐下来。之后，大坤说：赌石的人擦石不算什么，主要在切石。用我们行话讲：“擦涨不算涨，切涨才算涨。”一刀瞬间暴富，一刀也可倾家荡产。玩的是刺激，但其中也不乏胆识和智慧，尤其是面对那些上百万的造假原石，更要机智灵活，会躲会闪。

我听后，倒吸一口冷气，问大坤：这个行业也能造假呀？

大坤冷冷地说：这年头连媳妇都能是假的，还有什么不能造假？

在园子里逛了一上午，到了晌午，大坤说：走，我们出去吧，去吃饭。

出了大门，我看到了“粤园”两个字，便把手机递给长脖鹿，说：给大坤我俩合个影，留个纪念。

大坤立即摆手制止，对我说：干我们这一行的，从不与人合影。

我问，为什么？

大坤想了想说，人永远坚硬不过石头！

这个理由有些牵强，很明显是托词，我有些不悦，十多年未见，好朋友一起合个影，多正常的事啊。

我像从前那样开玩笑似的说：别扯了，是不是怕卖假石犯事，警方能找到你的图像资料？

我的话音刚落，大坤就对我一句暴吼：不懂我们这行的规矩，就别乱放屁！大坤的这一句吼叫，让我的嗓子似乎一下被什么噎住了，半天无语。接下来的气氛有点儿不尴不尬。

在园子附近，有一家莆田海鲜酒店，大坤带我们走了进去。大坤点了很多道海鲜。因为我刚才的那句话，大坤的脸色一直阴沉着。我们吃饭时，谁都不言语，大坤一直用筷子头一下一下扎着螃蟹的盖，气氛很沉闷。

这顿饭的主菜我大多都没记住，只记住了喝的两种汤——虫草汤、鲍鱼汤。

孤独的庄稼

赵　新

赵庄稼大门前的荒地上长了一棵庄稼。也不知道是谁丢下的种子，也不知道那颗种子什么时候破土发芽，也不知道那棵庄稼苗儿谁给施肥浇水，也不知道谁给呵护和照料，那棵庄稼蓬蓬勃勃长起来，枝繁叶茂，威武高大；现在它已经抱上娃娃了，仿佛当年女人有孕在身。赵庄稼喜不自禁，更加心疼它。

沟里村的赵庄稼已经 62 岁。

种了一辈子庄稼的赵庄稼，从未见过这样好的一棵庄稼。

饭前饭后，工余闲暇，端上一袋旱烟，老汉常常站在那棵庄稼跟前，观赏它粗壮挺拔的身姿，抚摸它舒展修长的枝叶，直看得如痴如醉。老汉现在是沟里村的清洁工，每天拿把扫帚在街道上打扫卫生，按月去村委会领钱，然后用那 2400 块钱的工资，买米买面，买油买菜，买这买那。

日子过得很舒服、很滋润、很享受，但是过得不踏实，很纠结，一颗心吊在肚子里，怦怦乱跳，七上八下。他百思不得其解的问题是，沟里村的庄稼人一窝蜂地都去外地打工，怎么不种庄稼了呢？眼见大片大片的土地撂荒了，野草长得天来高，怎么没人心疼呢？你也买着吃，我也买着吃，家家户户买着吃，要是有那么一天天底下的米面卖光了卖完了，人们该吃什么呢？

他去问村委会主任。年轻的村主任哈哈大笑。村主任说：姑父，你这就叫作杞人忧天哪！人们出去打工，那是因为打工比种地挣钱；人们方方面面买着吃，那是因为手里有钱；而只要你手里有钱，你永远会有饭吃！

他说：照你这么说，钱就是饭，钱就是粮食？

村主任说：你真是的，这还用怀疑吗？

他不服：那，要是万一光有钱没有粮食呢？

村主任说：姑父，你别死凿铆，别想入非非啦，好好打扫卫生吧。你要不是我亲姑父，你能挣上那 2400 块钱的工资吗？你让别人好羡慕好忌妒啊！

他胡乱地点了点头，心情却越发沉重起来。

只有见了那棵庄稼，老汉的心情才会感到舒畅，感到明朗，感到踏实。老汉悄悄地发自肺腑地赞赏那棵庄稼：野种，你怎么长出来的？

老汉拍手击掌，提高嗓门夸奖那棵庄稼：好家伙，你腰杆子真硬，你旱也不怕涝也不怕，风也不怕雨也不怕！

正兀自念叨时，发现它的叶子上爬了一只虫子。那虫子又细又长，弓着腰快速蠕动，像爬在他的脊背上，像爬在他的心坎上。他伸手把它拿住，用力一搓，那虫儿便成了一摊绿色的汁水。

说话到了白露节令，那棵庄稼上的娃娃已经长得比棒槌还大，一团红缨秀出来，丝丝缕缕，飘飘洒洒。老汉激动而又兴奋地把那娃娃摸了摸、按了按、捏了捏，上面的颗粒密密实实，娇娇嫩嫩，饱满圆润，又鼓又大！

老汉闻到了它的芳香；那芳香如酒，扑鼻而来，令他陶醉。

老汉看见了它的成熟；那成熟金光闪闪，像一道霞光，扮亮了秋天。

傍晚的时候，村主任匆匆忙忙地来到了赵庄稼家里，伸手递上去一支香烟。

老汉正在吃饭，顾不上接那支香烟。

村主任说：姑父，就你一个人吃饭？

老汉说：你姑姑撇下我走了，孩子们都在外地打工，可不是就我一个人吃饭！

村主任说：姑父，我问你一个问题，你门前那棵玉米，是你的吗？

老汉放下饭碗说：这还用问吗？它长在我的地里，当然就是我的。

村主任又给老汉递烟，老汉忙着刷碗，又没接。

村主任说：姑父，你把那颗玉米棒子送给我吧，我儿子吵着闹着要吃煮玉米。孩子聪明啊，他知道这个时候煮出来的玉米又鲜又嫩又香又甜，最好吃！

老汉的心猛地一抖：那可不行。你还是到别处找去吧……

村主任笑了：怎么会不行？你应该知道，咱们村只有你这一棵玉米，只有你这一穗嫩棒子，我到哪儿去找啊？

老汉说：不行就是不行！那穗棒子我要留下来做种子，不能随便糟蹋了它！

村主任说：姑父啊，你已经不种地了，还要种子干啥？

老汉说：种，我现在就开始准备种，你别忘了我叫赵庄稼！老汉又说：想吃煮玉米还不好说，你有钱你有车，你到城里买去啊。

当天晚上，月光明媚，夜色如画。在缠绵的秋风里，赵庄稼披了一件厚衣服，坐在一条板凳上，聚精会神地守护那棵孤独的庄稼。有只萤火虫儿飞过来，欢欣鼓舞地绕着那棵庄稼转，而它好像睡着了，顶着满天露水，抱着硕大的娃娃。

老汉想，快了快了，再有十几天，我就可以收获，把这穗种子藏到我家。

老汉想，收获了这穗种子我就向村委会辞职，我还种我的庄稼。

这样想着竟迷迷糊糊睡着了，睡梦中漫山遍野都是好庄稼。

老汉是自己笑醒的。笑醒了，天亮了，那棵庄稼上没了那个娃娃。

没了娃娃它就越发孤独了，它也好像种庄稼的赵庄稼。

晌午的时候，村主任又匆匆忙忙地来到赵庄稼家里。他说：姑父，我今天还真到县城去买嫩棒子，可惜白跑了，没有卖的啊；老人家，求求你……

老汉说：你别求我啦，我的娃娃早丢啦，你不知道吗？

篾匠的儿子

范子平

姜睿是村里有名的能人，别看没上过几年学，可他处处留心，博闻强记，看电视听广播都能串成串，能讲《三国》道《水浒》，春节还能给人写春联，又是红白喜事的办事能手，平日里在大街上一站，总有人围过来听他的。姜睿还是世传的篾匠，手艺三里五村数得着。他编的菜筐、筷子笼、礼品盒子，精巧漂亮；他编的竹席，手握起来像一把棉布，一丢开，砰的一声就会弹成一个光滑细腻的大床单。

他传授的五六个徒弟，家里小日子都过得红红火火，至于当师傅的他，在村里是最先盖起楼房的。以前姜睿美中不足的是，两口子不能生育，后来他到省医院看好了病，四十多岁时老婆给他生下一个宝贝儿子，从此自觉得一飞冲天，走路都挺着胸脯翘着脚板儿。

姜睿干活儿不怕人看，人越多他劲儿越大。一把篾刀在手，竹子被他嗞嗞地劈成一条条薄而细的竹篾，竹篾从“度篾齿”小槽里抽出，打磨得光滑圆润。姜睿丢下“度篾齿”，手指上下翻飞，长长的竹篾如灵蛇甩尾，穿梭般来来往往。一会儿工夫，一件精美的竹器就站到案头。看的人都赞不绝口。

姜睿对宝贝儿子寄予厚望，想让儿子从小能入行，让这门绝技在儿子手里发扬光大。儿子上小学低年级时还行，回家就爱站旁边看他编织。但到小学高年级时，也许是作业多，儿子就很少顾得上观赏他劳作的英姿了。现在儿子上初中了，进家都躲着他那些东西走。要说儿子功课是紧，但还是有假期的。假期里姜睿曾苦心孤诣教授儿子技艺。但儿子却视为游戏，嘻嘻哈哈的，论劈篾他无力，论编篾他无能，一不小心又弄破了手，大呼小叫去粘创可贴，高低不入门道。儿子还说，都啥年代了，现在都是电脑程序自动化，这种老古董技术早晚得淘汰。气得姜睿恨不得扇他一个嘴巴，但真要叫他去扇，他可下不去手。再说，老婆多次在他耳朵边吹风，咱儿子学习成绩在学校里可是数一数二呢！

初冬的这天中午，阳光温和，又没有一丝风。姜睿在街头跟几个崇拜他的街坊吹“张辽威震逍遥津”，唾液沫子乱飞。儿子小果正好放学背着书包过来。姜睿曾经的学徒老牛就随口喊道：小果，来听你爹讲曹孟德第一战将！多有意思！小果扭头瞥了一眼，不搭理，继续往家走。姜睿就随口说一句，咱祖传的文化博大精深，他们学生娃懂个啥呀！小果听见了，转身走过来说，爹，你懂得恁多，我就问你两句，都老简单了。你说咱村这个池塘是圆的，老师领我们量过，转一圈周长是 721 米，那它面积是多大？多少平方米？姜睿答不出来，一时面红耳赤。围着他的大都是没上过几天学的中老年人，你看我我看你一时都愣住了。小果继续说，爹，π 小数点后边的数字，我能背诵出一百个，你能说出几个？姜睿就不知道“排”是个啥东西，神情更加尴尬。小果不依不饶，继续说，爹，我再问你个更简单的，幼儿园级的，二进位制里的一二三四咋写？姜睿从没有听说过“二进位制”，云里雾里更是一脑瓜糨糊，心下恼火，大喊一声，滚回家去，上两天学就不是你了！光在这儿逞能！一时间大家都笑了起来。小果也笑，蹦着跳着往家里跑了。

第二天是个星期六。姜睿喊儿子，小果，走，拜师傅去！

小果正在拿着苹果啃，不在意地说，拜啥师傅？你不就是师傅吗？嗯嗯，你是说拜祖吧？我不去！

当篾匠之前都得拜祖，当上篾匠也得时不时地拜祖，才能精通技艺，带来财运。村口就有“祖”庙。“祖”是谁？还是小果给他考证出，这个“祖”是春秋时代鲁班的师兄张班，是篾匠技艺的开山鼻祖。

姜睿知道儿子不好降服，只好来软的，说，你不是想要笔记本电脑吗？要是去了，回来就给你买。

儿子顿时笑逐颜开，响亮地喊道：去！去！

在信阳开竹编店的徒弟周青过年看他时带来两筒一级毛尖，姜睿将茶叶装进他精心编织的礼品盒子，竹编盒子又装进肩背包里。他让儿子背上。儿子一愣说，拜祖还要礼品？他不回答，转身出了门。儿子只好背着盒子跟上。姜睿的脚步比平日里沉重疲沓，噗噗踏踏的，可儿子不管这些，一蹦大高，嘴角溢着笑想，不管咋着，回来就要有笔记本电脑了！

到了村口，祖庙就在旁边，姜睿却领着儿子从门口走过去，径直向东走。儿子迷惑了：往哪里走？不拜祖了？

姜睿站住了，长出一口气说，拜啥祖？你又不想弄篾匠。儿子说，那咱去哪里？

姜睿说，去学校，找你们老师去，找班主任，咱就拜他！我还要请他客呢！

儿子哭笑不得道，你这是哪一出啊？老师对我可好了！天天见面的，根本用不着“拜”！

姜睿说，可我就想跟他说说话，听他讲讲我才心明眼亮，才更放心。以后你就一门心思奔你的数理化吧，那前程宽广着呢。儿子咯咯地笑起来，说还有语文英语生物史地呢！

父子俩大步向学校奔去。

河边的秘密

符浩勇

暑假快要过完了，可豆花姐还是迟迟不来乡下，往年的暑假这个时候她都来了又走了。牛雄每天还是往村头的河边跑，那里对他充满了诱惑。

豆花姐是城里人，是那年跟着她爹到村里蹲点来玩的，后来她爹蹲点结束回城了，但豆花姐还是每年都来。她一点儿也不嫌弃乡下，每年暑假都要到牛雄家里来，过上个十天半月的。牛雄最喜欢豆花姐了，她来就带着他到处玩耍。豆花姐喜欢到处撒种子，等种子发芽，她就把它们移到菜园里去。

牛雄发现河边的莽竹笋纯属偶然。那天，牛雄没事就悄悄地溜出门，沿着村头的小河走，路上遇见扁脸，和他约好同去的，正走着他突然肚子疼，要拉了。扁脸说，去去去，你去吧！然后扁脸就回去了。牛雄提着裤头向河堤跑去，钻进旺盛的莽竹丛，蹲下刚拉了个舒坦，突然看见了一根抽水管子的一处像喷雾器一样哗哗冒水。再把头抬起来，又看见了莽竹丛里有三个冒头长出的莽笋眼。哪来的莽笋眼长在这呢？他突然想起自己去年和豆花姐在这里玩过，豆花姐好像把什么种子撒在这里，现在抽水管渗出的水把土地润湿了，莽笋眼或许就发芽长起来了。

自打发现了这个秘密后，牛雄每天都要跑到河边去。他先是数一遍莽笋眼的眼数，然后看看莽竹笋冒土了没有。完了再去查看有没有新的莽笋眼长出来，再接下来从家里拿一把生锈的铲子，使劲地在地上划一道沟子，努力把抽水管漏出来的水引到莽竹笋藤子的底下。

其实，有好几条莽竹笋已经能吃了。他很想吃到新的莽竹笋。今年菜园里干旱得直冒烟，什么菜也长不起来。他天天都是啃萝卜蘸盐花拌饭吃。可是他不舍得摘下来吃，他要留给豆花姐吃。

牛雄忍不住问娘，豆花姐什么时候来呀？娘看了看天，又看了看他，嘴里总是说快了快了，牛雄知道娘这是在敷衍他，也就不再问了，索性见天就到村口的路上去等，直等到天落黑了也见不到豆花姐的影子。

牛雄一边盼着豆花姐快来，一边担心有人会把莽竹笋一扫而光。牛雄最担心的当然是扁脸。扁脸有事没事就爱躺在大榕树底下睡大觉。牛雄想，如果哪一天他睡不着觉，爬起来乱逛，就有可能到河边去。于是牛雄没事就到扁脸那里去，陪他说话，免得他没事到处乱窜。

终于有一天，娘跟牛雄说，你豆花姐明天下午就要来了。牛雄高兴得一晚上都没有睡好觉，心想豆花姐见着莽竹笋，该多高兴呀。第二天他一滑下床就奔到河边去查看了一遍，除了两条长高变老的莽竹笋，其余每条都还细嫩。他打算过了午天就去砍回来，给娘一个惊喜。余下的一天挖一眼，要让豆花姐天天有新鲜的莽竹笋吃，不要像自己餐餐啃萝卜蘸盐花。

可当牛雄过了午天再到河边去的时候，他傻眼了，一根莽竹笋都看不到了，连地都被人刨了坑。牛雄的脑袋像是被雷劈了一下，愣愣地发了好一阵呆。他迅猛离开河边，认定莽竹笋一定是被扁脸刨走了。

扁脸这时正在大榕树下睡大觉。听到有人吼，就坐起身来，迷糊着眼四处打看。

牛雄一下子冲到了扁脸的跟前，叫嚷着，你把我的莽竹笋偷去了，你还我！你还我！扁脸还没来得及反应，就被牛雄抓住了裤头，裤头险些被扯下来。牛雄却不管不顾，一个劲儿地推扯闹着，好几次都险些把扁脸推倒。他一边推一边说着还我的莽竹笋。

推拉了一会儿，扁脸总算搞明白怎么回事。扁脸发咒说，我不知道说什么，我要是吃了那莽竹笋就拉稀死！牛雄还是不放手。扁脸终于也被惹火了，说再不放手我就打你了。牛雄只管推只管拉，不知从哪里来这么大的力气，就像一头小牛犊一样。正打得不可开交，娘来了，一问才知道是因为莽竹笋的事情，娘说莽竹笋是她摘的，别冤枉人家。

豆花姐终于来了，从城里带来许多好吃的东西。吃饭的时候，牛雄自己跑去灶房，把喷香的炒熟的莽竹笋端进屋，特意放在豆花姐的面前。牛雄闻着莽竹笋的香味儿，想吃又舍不得吃，只想着让豆花姐动筷子吃他精心呵护的莽竹笋，说一句“好吃”的话，可是豆花姐只夹了一筷子，尝了一口，什么都没有说，那一盘莽竹笋顿时失去了香味儿。

牛雄呆呆地坐在那里，感觉眼泪差一点儿掉下来。豆花姐指着她带来的罐头瓶说：“雄仔，多吃点儿肉！”牛雄似乎赌气地说：“不，我就喜欢吃莽竹笋！”牛雄心里觉得怪委屈的。

万物有灵

肖建国

西城有两家卖烟酒茶的士多店，一家姓王，一家姓赵。两家隔着一条马路，门面大小差不多，卖的东西也差不多。但是，王老板发觉去赵老板店里买东西的人比较多。有时是三五成群，前呼后拥进去。不大一会儿，又眉开眼笑，提着所购的物品出来。这些客人，买得最多的是茶。

真是奇怪，赵老板店里卖的茶，王老板这里都有。什么红茶黑茶普洱茶，擂茶贡茶养生茶等，一应俱全。是赵老板卖得便宜吗？不可能啊，一般来讲，茶的价格上下差不了几个钱。现在已进入互联网时代，人们只要掏出手机，天下信息尽在眼底。卖得太便宜，客户说不定还认为是假货呢。

这到底是咋回事呢？为了搞清这个问题，王老板一大早开了店门后，就紧盯着对面的动静。这天，他看到秦大头从赵老板店里出来，手里提着一包茶，摇头晃脑地往家里走。秦大头与王老板在一个工厂里上过班，工厂改制时，他俩都出来了。秦大头凭手艺开了家汽车修理厂，而王老板则开了这家士多店。秦大头以前也常到他这里买茶，只是近段时间来得少了。

王老板赶紧掏出电话，招呼秦大头过来坐会儿。秦大头也不客气，哼着小曲走过来。秦大头落座后说，兄弟，不好意思啊，买了对面的茶，没买你的，请不要见怪。

王老板赶忙回应，看你说哪里话。只是，不知道他的茶比我的茶好在哪里？你说说，兄弟我也好改进。

一听这话，秦大头来了兴趣。他把从赵老板那里买的茶往桌上一放说，就说这单枞茶吧，在你这里买的就喝不出那种原始的味道。

原始的味道？这话把王老板搞蒙了。他拿起秦大头买的单枞茶，上看下看，左看右看，跟他店里的包装一模一样。王老板不信这个邪，同一座山上生的，同一片天下长的，同一个炉子炒的，怎么我的茶就会没原始味道？

他专门找来透明的杯子，撕开茶叶包装，数出 20 片叶子，再将最好的矿泉水烧开，慢慢倒入杯中。先洗茶，再泡茶，翻滚的单枞在杯子底部沉住，一缕清香慢慢飘满房间。秦大头呷了一口，王老板也呷了一口。俩人都在口中将茶水滚了几滚，才咽进肚里。

秦大头微闭双眼，吐出一口气，连说，好茶，好茶。可是与对面的茶比，缺了一种绵味儿。

秦大头，你一会儿说原始味儿，一会儿又说绵味儿，是故意挑毛病吧？王老板心中不爽，说出的话也不再客气。

秦大头说，兄弟，我说的是真心话。你们两家卖的是同一种茶，可在你这喝茶，总是少了一种味道。就好比一种感情，对，就是茶对人的感情没到位。这里面是否有什么玄机，我建议你去赵老板那里讨教讨教。

秦大头说完，拎起茶走人。

王老板愣住了。他知道，秦大头是认真的，没有骗他。

三天后，机会来了。赵老板喜得贵子，又是贴对联，又是粘福字，把士多店装扮得焕然一新。王老板借此机会上前祝贺。俩人落座后，王老板开门见山提出了自己的疑问。他说，赵老板，我们是同行，卖的是同一种茶，为何你的要比我的好喝呢？

赵老板说，其实我也是无意间晓得的，但是说出来，又怕别人不信。我先问你，人死后要做什么？王老板心想，你这卖的什么关子？但口中回答，自然是要安葬。

赵老板说，对。这就叫盖棺事定，入土为安。我再问你第二个问题，你喝完茶后，茶叶怎么处理？王老板回答，倒掉呗。

赵老板追问，倒到哪里？王老板说，当然是垃圾桶内。

赵老板说，好。我问你最后一个问题，你相信万物皆有灵性吗？王老板说，不大信。

赵老板说，我是全信的。王老板说，你问的这三个问题，跟你的茶比我的茶好喝有关系吗？

赵老板哈哈一笑，立起身说，你随我来。王老板跟着赵老板来到后院，只见后院摆满了花盆，每个花盆里都栽了一株茶树。其中一盆绿意盎然，正是单枞茶。赵老板说，凡是在我这里喝茶的，喝过的茶叶我都埋在对应的茶树下。我把它们都当成精灵，它们为我奉献了一生，我要珍惜，让它们觉得来到这里不枉一生。所以，我把它们葬回母树的怀抱。这些年来，从未间断过，而我店里囤积的茶似乎就有了灵性。

王老板一时呆住了。他只感受到一股奇异的清香沁人心脾，这可是他从未闻过的茶香。

一条叫黄耳的狗

邢庆杰

陆机感觉到黄耳的与众不同，源自他的一句戏言。在此之前，黄耳只是门客献给他的一条狗，唯一的特点是跑得飞快，非一般的土狗可比。因它的耳朵是黄色的，故名。

那时候陆机还在东吴，整日以文会友，和一帮文人墨客饮酒作诗。一日，一位文友忽然接到家书，妻子临产，招其回家。文友离家三百余里，告辞时，无意中露出抱怨旅途寂寞之意。恰好黄耳就在身边，陆机笑道，叫黄耳去送你，如何？黄耳竟似听懂了一般，频频点头。于是，那位友人便带着黄耳上路了。几日后，黄耳竟然自己跑了回来。后来，陆机与友人通信，才知黄耳一直把友人送到家门口，才转身返回。从此，陆机对黄耳刮目相看。

陆机何许人也？他是东吴丞相陆逊之孙，大司马陆抗之子，江东有名的大才子。不过，陆机 20 岁的时候，东吴即被晋灭。亡国后，陆机退居家乡，一门心思钻研学问，十多年没有涉足官场。

公元 289 年，陆机携弟弟陆云来到晋朝国都洛阳。行前，黄耳在他身边绕来绕去，依依不舍。他亦不忍，就带上黄耳上了路。陆机在洛阳的仕途，起初并不太顺利，经历了诸多变故，还因为跟错了人差一点儿掉了脑袋，在此不一一细表。

陆机久居洛阳，有一段时间，没有收到家中的书信，疑心家中有不测之事发生，不由得整日心神不宁。一日，他见黄耳在他身边无所事事地吐着舌头，就笑着说，我很久没有收到家信了，你能不能带我的书信回家一趟，再带个家信回来？黄耳竟高兴得频频摇着尾巴，轻吠着表示答应。陆机也是闲极无聊，就写了一封家书，用竹筒装着，系在了黄耳的脖子上。临行前，他让这个特殊的信使饱餐了一顿。

黄耳带着书信，顺着驿路，一路翻山越岭，直奔吴地。每到要过河的时候，它就温顺地跟在船夫的后面，惹得船夫的怜爱，让它上船。等离岸近了，黄耳就飞身跃到岸上，继续飞奔。饿了，它就在野外捕食兔子、野猫等野物，有时也向过往的行人乞讨。到了陆机家，看门的仆人都认识它，让它进了家门。黄耳见了管家，口衔着竹筒，汪汪吠叫着，让管家看信。管家取出书信，交给陆机之母。陆母刚看完信，黄耳又仰脸朝她吠叫，好像索要回信。陆母就差人写好书信，再放入竹筒，系在了黄耳的脖子上。黄耳带着回信，又一路飞奔回到了洛阳。陆机见了黄耳非常惊喜，洛阳离陆机的老家千里之遥，如果差人送信，往返至少得五十天，而黄耳只用了半个月的时间。陆机看了回信后，知道家中无恙，心中更加高兴。此后，陆机待黄耳如同家人。黄耳也成了一个专门的信使，奔跑在洛阳和吴地之间。

三年后的一天，黄耳去吴地送信，不到半个月就回来了。它见了陆机，无力地叫了一声，口吐鲜血，栽倒在地，慢慢闭上了眼睛。陆机大悲，将它抱在怀里，偌大的身躯竟轻如干草，顿时感觉不妙。他拆开书信一看，果然，母亲病危，唤其回家见最后一面。看罢书信，陆机于悲痛中猜想，这狗定是知道这封书信紧急，一路上不吃不喝拼命狂奔，耗尽了生命。

陆机就用棺木将黄耳带回老家，安葬在离陆府两百步的地方，还起了一个圆圆的坟堆。坟前立一墓碑，上面刻着陆机亲书的三个大字：黄耳冢。

第6辑

生命鱼

生命鱼

欧阳明

天一亮，戚老爹砍来两张芭蕉叶，切碎后，撒进鱼池，边撒边说，吃吧，多吃点儿，最后一顿了，别怪我狠心，确实没法了。

这话是说给池子里的鱼听的。戚家寨的人，历来相信鱼能听懂人话。

池子里只有一条鱼了。其他的，在红军与敌人战斗前，煮来吃了。老百姓不忍心让战士们饿着肚子去打仗。

要不是张政委拦着，戚老爹当时也把这条鱼给煮了。张政委说，这鱼是山子的，留着吧！

戚家寨的先祖们最初生活在北方，后为躲避战乱，一路南逃，最后选定了大山深处这片无人之地。他们就地取材，砌石成屋，开荒种粮，无奈山地瘠薄，只能勉强填饱肚子。好在有股山泉从寨子流过，家家户户便凿石为池，养些鱼，补贴生计。因为缺粮，只能喂鱼芭蕉叶，慢慢地，鱼竟养成了吃芭蕉叶的习惯。芭蕉叶没粮食营养，加之泉水太凉，鱼长得很慢，一条鱼长到两三斤，需要七八年时间。

鱼，为大家换来了盐、煤油等生活必需品，还让族人度过了一次又一次的灾荒。戚老爹早年害了一场大病，全靠几条鱼熬汤，才撑了过来。

鱼，救了很多族人的命，寨子里因此衍生出一种习俗，当一个孩子出生时，大人就会往池子里放养一条鱼。鱼和孩子一起成长，即便鱼死了，也不能吃，得像人一样好好将它安葬。

这种鱼，被叫作“生命鱼”。寨子里的每一个人，都有一条和自己同龄的鱼。

山子的鱼，十九岁了。如今，鱼还在，人却没了。山子是前年秋天牺牲的，被敌人的炮弹炸得面目全非。

张政委说，山子为穷人打天下，是英雄。他为山子骄傲。

山子是独子，戚老爹对他的牺牲没有表现出过度的悲伤。寨子里像山子那样牺牲的，有二十一人，都不到二十岁。他们，都是寨子的骄傲！

想山子的时候，戚老爹就坐在池子边，看鱼游来游去，和它说话。他觉得，鱼身上有山子的魂，鱼在，山子就在。

戚老爹决心杀这条鱼，是为了小七子。

小七子在战斗中受了重伤，卧床不起。红军转移时，把他留给戚老爹照顾。

红军一走，敌人便把寨子洗劫一空。那条鱼，当时在池子的石缝里没出来，才幸免于难。

戚老爹曾向张政委保证过，一定会让小七子生龙活虎地回到部队。

在戚老爹的照料下，小七子已能拄着拐慢慢走动了，可是天天只吃野菜，伤口愈合得太慢。

老爹啊，这鱼不能吃。

戚老爹正准备捞鱼时，住在地窖的小七子，不知什么时候来到了他身后。

鱼，生来就是让人吃的。

这不是鱼，是山子哥。

我答应张政委的事，就得做到！

不吃鱼我也会好起来。

那都等到猴年马月了。戚老爹说着就动手，小七子一把抓住了网兜。

山子是不是英雄？戚老爹问。

是！

他的鱼也应该是英雄！戚老爹一把抢过网兜，伸进水里。

鱼有六七斤重了，游动起来很有力气，现在却很老实，一点儿也不挣扎，戚老爹毫不费力就捞了上来。

很快，屋顶升起了雾一样的炊烟。不久，浓浓的香味儿便从屋里飘散出来。坐在池子边的小七子闻着香味儿，盯着平静的池面，眼泪像山泉水一样，不停地流。

鱼终于炖好了，戚老爹盛了一大碗，接着把小七子扶进屋里。

吃吧，孩子。

小七子像块木头，一动不动。

吃了才能早点儿回到部队，替父母报仇。

小七子的父母，几年前被敌人杀害了。

小七子一脸悲戚，还是不动。

吃了鱼，养好伤，去为老百姓打天下！山子要是知道了，会高兴的。快吃吧，都要凉了。

看着戚老爹期盼的眼神，小七子缓慢地端起碗，轻轻喝了一口。接着他跪在地上，冲戚老爹大叫了一声：爹——

这一声爹，叫得戚老爹两眼发热，视线模糊，看小七子，仿佛成了山子。

伤好后，小七子回到部队，英勇杀敌，屡立战功。新中国成立后，组织安排他在城里工作，他却主动要求回戚家寨。他要给戚老爹当儿子，给他养老送终。

可小七子却没见到戚老爹。戚老爹在送走他后的第三天，就被敌人杀害了。贪生怕死好吃懒做的张二棍，为了一块大洋，举报戚老爹窝藏红军。敌人把戚老爹绑在祠堂的大树上，用鞭子抽，放狼狗咬，戚老爹至死都没说出半句小七子的去向。

为迎接英雄归来，乡亲们煮了一条大鱼。小七子一看到鱼，就想起了戚老爹，想起了山子，感觉喉咙里像卡了根刺，分外难受。从此以后，他再也不吃鱼。

如今，几十年过去了。戚家寨已经变得越来越美丽，成了远近闻名的风景区。汤鲜味美的冷水鱼，引来众多好吃嘴，为村民带来了丰厚的收入。但一直没变的，是喂养生命鱼的习俗。每天，都有土生土长的导游，向游客们讲述着寨子里曾经发生过的故事。

槐香穿过白发

闫耀明

往老槐树那里走的时候，赵淑红的心里一直在打鼓。她不知道那个从外地来到高桥镇的人是谁，为什么要找她。因为赵淑红知道，一个陌生人来访，总是会带来一些消息或一个故事的。

老槐树在文化广场的边缘，已经在那里站立几十年了。赵淑红还是个少女的时候，就常到那棵槐树下，与大春说话。那时，槐树还不大，好像比高高瘦瘦的大春高不了多少。大春常说赵淑红的眼睛像槐叶，又扁又圆，忽闪得他的心突突直跳。赵淑红就说大春的细胳膊细腿像槐树枝，看着虽细，但是很硬，有力气。

那时，槐树还是一棵年轻的槐树。

那时，赵淑红和大春也很年轻。

那时，赵淑红和大春在同样年轻的槐花香气里站着说话，说着同样青涩的话。他们时常发出清脆的笑声，像年轻的小巴掌，在槐花散发出的浓重的香气中穿过去。那种感觉真好，仿佛他们的笑声也散发着槐花的香味儿。

那时，还没有文化广场。槐树的前面，是一片没人打理的草地。

那时，他们每隔两三天，就到槐树下站着说一阵话，发出一阵带香味儿的笑声。

槐树越来越粗壮了，槐花的香味儿也越来越浓烈了。可赵淑红和大春的故事却没有浓烈下去。

突然有一天，赵淑红听到了一个惊人的消息：大春消失了！

赵淑红来到槐树下，望着眼前那片青青的草地发呆。她似乎在等，等待大春的出现，等待大春向她解释几句什么。

可是，赵淑红失望了，她没有等来大春。

更加让赵淑红不解的是，她居然等来了另一个与大春有关的消息：大春是和高桥镇东面邻村一个叫杏花的女子一起消失的！

槐树上浓烈的槐香一下子跌落下来，砸在赵淑红的头上。赵淑红在槐树下站了好久，似乎走不出那将她砸晕的槐香。

当赵淑红离开槐树的时候，她心里的不解变成了怨恨。她开始恨大春，甚至开始恨那个叫杏花的女子，虽然她并不认识杏花。

赵淑红心里的恨是有形状的，她清楚地看到了。那恨又扁又圆，和一枚槐叶一样，忽闪着，忽闪得她的心突突直跳，突突得她的心很疼。

赵淑红心里的突突突突了好些年，那突突才一点点安稳下来。

也许，那突突太累了，突突不动了。总之，不突突了。

有时，赵淑红还会来到槐树下，站一会儿，看着眼前这片没人打理的草地。

后来，赵淑红跟丈夫说，这片草地这么荒着，可惜了，应该修建一个广场。

赵淑红说，她和姐妹们跳广场舞没有地方，这片大槐树下的荒草地，最适合修建广场。

丈夫采纳了赵淑红的建议。赵淑红的丈夫是高桥镇镇长。

赵淑红说，那棵大槐树要留下来。

文化广场建好了，很平坦，很宽敞，很漂亮。在赵淑红看来，更漂亮的是广场边的那棵大槐树留了下来，她们跳累了，便坐在大槐树下的木椅上休息，她们的笑声在浓郁的槐香中穿过去，那种感觉真好，仿佛她们的笑声也散发着槐花的香味儿。

远远的，赵淑红望到了那棵老槐树。

接着，赵淑红闻到了老槐树散发出来的浓郁的槐香。

最后，赵淑红看到了老槐树下的那个陌生人。

陌生人的头发是白的。

赵淑红望着那头白发，下意识地摸了摸自己的一头白发。

赵淑红突然意识到一件事：一晃，几十年就过去了，自己的头发白了，变成了一个白头发老太太。槐树也变成了老槐树。

两个白头发老太太见面了。

赵淑红说，我不认识你。

陌生人打量着赵淑红，打量了好一阵，才说，我认识你，你叫赵淑红。

陌生人的话让赵淑红发愣，她伸出手，在面前抹了一下，好像是要抹去涌来涌去的槐香，又仿佛是掩饰自己的发愣。

陌生人说，我认识你，虽然咱俩从来没有见过面。

陌生人又说，我叫杏花，我是在大春那里认识你的。

赵淑红的呼吸被一股浓郁的槐香给噎住了，那口气顶在她的喉咙里，既下不去，又上不来。她忍不住摸着自己的胸，咳嗽一下。

赵淑红说，我恨大春，也恨杏花。

杏花说，大春已经不在了。我回来了。

过了一会儿，杏花又说，我回来了，就想着要见见你。我是在大春那里认识你的。

赵淑红问，你来找我，就是要告诉我这些？

杏花说，我知道你恨大春，也知道你恨我，所以我才来找你。

赵淑红说，我不认识你。我原本就不认识你。

说话的时候，赵淑红茫然地摇摇头。

杏花说，虽然我和你没见过面，但我认识你，我和大春一起离开高桥镇那天，我就认识你了。

赵淑红笑笑。

杏花却哭了。

杏花说，大春不在了，我回来了。我想跟你说的是，一个决定做出来只需要一瞬间，而和解，却需要一辈子。

她们的头顶，老槐树已经老了，可花香依然浓烈，如一只柔柔的手，轻轻穿过两个老人的白头发。

穿过去了，赵淑红的眼泪就落了下来。

索　画

相裕亭

是在饭桌上还是在饭后朐园赏梅的茶会上，潘向余跟郝逸之说：“老郝，你给我弄张画。”郝逸之已记不清楚了。

之前，郝逸之只知道潘向余是盐政司里的一个官员，肚子挺大，穿着盐政司里那身质地笔挺的制服，衣角下面总会撅起一块空当，让人觉得那里会鼓进很多风，他会很冷。其实不然，潘向余是盐政司里一个课长，夏天他穿着行云流水一样的绸缎，冬天他有绵羊毛的长袍，耳朵上时而还会挂着两个毛茸茸的貂皮耳罩子，与他那张圆乎乎的胖脸混搭在一起，很像是一只大耳朵猫。

潘向余手中掌管着盐引，类似于当下的税务票据。同时，他还拥有缉拿倒卖私盐的权力，经常捉到一些倒卖私盐的小贩，游街示众。盐区的人怕他，恨他，敬畏他。

郝逸之是个画家，他能做的，就是把自己的画画好，并用他的画换些银两养家糊口。所以，潘向余向他要画，郝逸之虽口头上应承下了，但内心却并不想给他画。

在盐区，向郝逸之求画的人很多。如果每个人要画都给，那他郝逸之的画也就不值钱了。自古以来，画家压画，即答应给你画，多为逢场作戏。你只有把足额的银子塞到人家手上，对方才会为此心动。

此番，潘向余要画，郝逸之想拖一拖，等日子久了，对方忘了，也就拉倒了。没想到，潘向余还真当回事，事没过半月，便派人来取画，同时告诉郝逸之，他潘某家中餐厅的某个位置要挂他的画。

这样一来，郝逸之不得不画了。

但，郝逸之把画画好以后，依然没有把画顺顺当当地给潘向余。其间，潘向余三番五次地派人来催画、看画、取画，郝逸之都说：“还在润色中。”

有一回，郝逸之把画面展开来，给取画的人看了。对方本想拿走，郝逸之说：“题款还没有想好。”其实，那幅画在落笔时就有了“画题”。他之所以不想让对方拿走，是看来者两手空空。

在郝逸之看来，你潘向余不想掏钱买画，派人来取画时，带几盒茶点当作润笔费总是可以的吧。要知道，那时间他郝逸之一幅六尺整张的画作，可抵半亩良田的价。

郝逸之想等潘向余亲自上门取画。到时，看他本人会怎么说。

可巧，这一天潘向余外出办事，当路过郝逸之的住处时，前几天上门取画的那个随从告诉他：“郝画家就住在对面小楼上。”

潘向余猛一愣怔，想起郝逸之还欠他一幅画，顺手一比画，如同到集市、街口捉拿倒卖私盐的小贩似的，说：“走，到他家看看去。”

还好，当天郝逸之正与夫人在阁楼里支弄过冬的煤炉子，看到潘向余大驾光临，赶忙放下手中的活计，吩咐夫人给潘向余沏茶。

潘向余说：“沏茶就不必了，我来看看我的画。”

郝逸之说：“画，早已经画好了，就等您潘课长来命名。”

随后，郝逸之在画案上将那幅画展开。画面上，五六只大螃蟹，装在一个典雅的古式青花瓷盘子里，乍一看，红彤彤的一片，怪喜庆。细看，其中有一只螃蟹侧着身子，露出半边蟹肚白，其蟹脐、蟹爪上毛茸茸的金线都勾勒出来了，可谓是“画中点睛”，生动有趣。

潘向余连声说：“好，好！”

郝逸之指着画面，说：“听说你要挂在餐厅，我就给你画了这幅《满堂红》，不知潘课长意下如何？”

潘向余说："好，就叫《满堂红》。"

接下来，郝逸之提笔落了题款，盖上印章。一幅完整的画，就这么交到潘向余的手上了。

此时，原以为潘向余会有所表示，没想到他卷起画作时，随口敷衍一句，说："改天，我请你喝酒。"

这是郝逸之最不愿听到的话。

可潘向余在盐政司的位子上，吃、喝、卡、拿、要都习惯了。他拿走郝逸之的那幅画，如同在街口的小摊上顺手捏两颗瓜子香香嘴一样，压根儿就没当回事。

郝逸之见状，顿感不爽。可他表面上还是装作很愉悦的样子，并顺着潘向余的话题说："潘课长能喜欢我的画，我很荣幸，岂敢烦劳潘课长请酒。"

说话间，潘向余好像很忙似的，夹起画，拱手下楼。

郝逸之家的楼梯是盘旋式的，两边摆放着各种玩物、挂件与字画。其中，有两幅挂画画的还是西方现代派的裸浴女。潘向余一边下楼，一边目不暇接地向两边张望。

忽而，咣的一声脆响，一把青花瓷的茶壶在潘向余脚下跌碎。

刹那间，郝逸之顾不上身边是什么课长不课长了，惊呼一声，说："哎呀，我的壶……"随之，他弯腰去捡楼梯上的碎壶片。

潘向余驻足观望，只见他脚下的楼梯上，有两块大一点儿的碎片还在那一摇一摆地摇晃，但他并不知道那壶是怎么碎的。

郝逸之告诉他，是他腋下的画，碰到隔断上了。

潘向余一脸茫然，但他从郝逸之的神情里，似乎看出那把壶很珍贵。

郝逸之呢，看潘向余面露难色，他反倒平静了，反过来安慰潘向余，说："没事，没事！"

潘向余听对方说"没事"，他越觉得这还真是个事儿。原想拿上画就走，没想到打碎了人家一件贵重的器物，尴尬之中，潘向余当即承诺："好啦好啦，回头我派人送把好壶给你。”

果然，当天晚上，潘向余派人送来一把价格不菲的壶。

而郝逸之跌碎的那把壶呢，原本是一把普通的壶，且壶底都掉了，摆在那儿，是给前来学画的顽童当参照物的。至于那把壶当天到底是怎么从隔断上掉下来跌碎的，这个话题，恐怕只有郝逸之自己知道。

跑　反

赵长春

一场大仗后，部队进了小村。

小村就在罗汉山脚下，临着袁店河。打仗时，人们跑到山腰躲着。这么多年了，捻军、红枪会、黑枪会、中央军、地方军，各种各样的军队都有，还有土匪、强盗。来了，人们就跑。走了，他们再回来。水缸被砸了，羊被牵走了，柴垛被点了……还有谁家被打死了人。人们哭诉叹气。再来，再跑。日子总得过下去，熬着。人们都已经习惯了，俗称“跑反”。

——就在山腰，人们看着部队进村了。可是，一天过去，不见鸡飞狗跳。影影绰绰，那些兵就在村里的大树下、碾场上，睡觉，喂马。

日头又要落山，杨三忍不住了，要下山去。仗打起来的时候，他跑得匆忙，还留下了发烧的老娘在床上。他很后悔听了娘的话。娘说：“我一个老婆子，他们不会咋着……你赶紧跑吧，不能学你哥们，再叫抓丁抓走了！”

杨三就跟着人们上山了。他怕也像大哥二哥以前一样，被来的队伍给抓走，再没有消息。

老娘一个人在家，快三天了，到底咋样了呢？

杨三看着族长，眼泪汪汪。

老族长挥挥手：“那你回去瞅瞅吧。”

老族长摇着头：“这个队伍跟以往的不一样啊，咋回事咧？”

就是不一样。在夕阳摇曳的光芒中，杨三到了村口。哨兵端枪，警惕地看着他手中的斧头："干什么的？"

杨三指着不远处大梨树笼罩下的院子："回家，看我娘！"

哨兵收枪回肩，刺刀闪亮，辉映着帽子上的红五角星："那你是杨三吧？快回去吧！"

杨三愣怔中，赶快往家跑。进院，梨树下，娘躺在木床上，旁边有两个女兵，和哨兵一样的服饰，灰衣灰帽红五星，她们正端着碗，用一个铁勺给娘喂水。

见杨三掂着斧头忽地进来，娘慌慌地叫了一声："三儿，你可回来了！"面对杨三的女兵吓了一跳，背对他的女兵回头一笑："你回来就好了！"

两个女兵是来还药罐的。营长得了疟疾，打摆子，她们听说熬煮草药可以防治，就找药罐。村上没有人，就找到了杨三家，发现大娘病着，就给喂药、送饭。她们借走了药罐，用了两天，今天来归还。队伍明天得走了。

"我们不能拿群众一针一线。用过了药罐，得还！不然，营长会批评我们的。"她们还药罐，还送来了十个土豆，算是补偿。

娘不要。杨三不要。在袁店河，药罐是不能还的；用过了，药渣倒在路口后，药罐得等有病人家，再借走。一家家循环着用。

两个女兵笑了："这么有意思呀。那土豆可以留下的！"

十个土豆，盛在小竹篮里。小竹篮是从洪湖带出来的，一路上跟着女兵。

娘说不要土豆。杨三也说不要："你们给我娘治病，我还没有给钱呢！"

争执中，头顶的梨子掉下来一个，很巧，落在了篮子里。梨子就要熟了，黄澄澄的，香。

娘笑了。杨三也笑了："那你们吃吧！"

两个女兵同时说："我们不能吃，吃了就犯纪律了！"

不吃梨，也不要土豆。

就这样，土豆倒在了树下的石桌上，小竹篮装满了梨……杨三坚持给她们送回去。

可是，回去后，两个女兵被营长训哭了。当场称梨，折价，营长掏出一张中州币，让杨三收下。“小老乡，我们是红军，红三军的队伍。”营长指指额头的红五角星，“坏了纪律，贺龙司令会毙了我的！”

杨三回去了。

杨三又回来了，扶来了娘，是娘要来的。她想见见红军的营长。她问营长：“你们这样跑来跑去，图个啥？”

“图咱穷百姓都过上好日子，不‘跑反’。”

“你们不怕死，不怕杀头？”

“不怕！”

“那你们总怕个啥吧？”

“大娘，我们就怕老百姓！怕老百姓不信我们，不跟我们一起干革命！”

第二天，队伍出发了。杨三也跟着队伍走了，还有另外几个年轻人，是杨三连夜从罗汉山上叫下来的。族长说：“跟队伍走吧！别给袁店河的人丢脸！”

后来，这支队伍随大部队进了上海。就在第二天早晨的细雨中，一道胡同深处，一扇门打开，走出一位夫人。她奇怪于满街满城的安静，她看见潮湿的地上睡满了战士，抱着枪，和衣而卧。她点着头：“我知道你们胜利的原因了！”

这个细节，在杨三的信上：“娘，我们连队被宋庆龄女士夸赞了！”

这是后话。

岸边的热闹

乔　迁

我撒腿往讷谟尔河岸边跑的时候，徐武也从派出所蹿了出来，心急火燎地去发动汽车。我正好跑到汽车跟前，便喊了一声："是不是去岸边的？"没等徐武言语，我已蹿上他的车。他不去岸边能去哪？乡里就屁大点儿地方，放个屁，一阵风刮过，全乡尽人皆知的，何况派出所。早有人往派出所打过电话了。

车蹿出去时，徐武说了一句："有啥看的！"徐武是乡派出所民警，也是我同学，他很看不惯我爱凑热闹的劲儿。

我坐在后座上，把前面的靠背抱紧了，嘿地笑一声，不搭他的话。讷谟尔河离乡里不到一公里，眨眼间就到了，不等徐武熄火，我已跳下车奔向了岸边。岸边围着一大堆人呢，人头攒动，瞧着就让人心急火燎的。

不用问，热闹场面一目了然。李二赖对岸边的警示牌视而不见，跑到河中间的浅水滩捕鱼了。讷谟尔河上游有闸门，已告知这几天会随时放水泄洪，让下游的人注意安全。李二赖既置若罔闻又心存侥幸，却没想到时运不济，上游突然开闸放水，把他困在了河中间。如果他不从河里出来，时间一长难免会被越来越大的河水冲走淹死的。李二赖不想死，就拼命呼救，很快，岸边就聚了一堆人，但没人下河去救他，水流越来越急，要是谁救他，没游到他身边也许就被大水冲走了。便有人给乡派出所打电话，有困难找警察嘛！打完电话便都怡然自得地看着河中间的李二赖呼天喊地。这个李二赖，平日里有些无赖，很不得人心。可招人烦是招人烦，但还不到眼睁睁看着他死于非命的地步。

徐武过来，身上背着一捆绳子，把绳子扔在地上，一头系在自己腰上说：“扯住了啊！”我和几个身强力壮的小伙子赶紧抓住了绳子的另一头。

费了好大的劲儿，有惊无险，我们总算把徐武和李二赖从河里拽上了岸。一上岸，浑身精湿的李二赖喘息未定便一把抱住了徐武的大腿：“你别走，你打我了，得给我个说法吧。”

我们便全怔住了。这剧情，也太突兀太狗血了吧！李二赖被徐武救上来，怎么着也得说句感恩戴德的话吧，没想到开口说话却出乎所有人意料。

徐武竟然也不否认，一笑说：“你拽着渔网不撒手，我不打你？你那渔网挂底了，拽不上来的。”

李二赖蛮不讲理：“你赔我渔网，要不我告你打我！”

啧啧，还有这么死不要脸的人。我和几个小伙子立刻向李二赖逼了过去。李二赖把徐武的腿抱得更紧了，望着我们惊惊颤颤地说：“你们要干什么？警察可在这儿呢！”

徐武立刻冲我们几个喊道：“别胡闹！”

我嘿嘿一笑，一个箭步跨到徐武跟前，一把抱住了徐武，抱死了说：“你咋知道我们胡闹没胡闹，你又看不到的……”一个小伙子迅速把一件衣服蒙在了徐武的头上。

几个小伙子上前把李二赖拽了起来，扯着四肢往河里悠荡。李二赖没命地号叫着：“救命啊！救命啊！”他越喊，几个小伙子越悠荡得厉害，似乎等悠荡到了一定的高度就把他甩进去。

“没人打我的！没人打我的……”李二赖的喊叫声撕心裂肺。

“你不说徐警察打你了吗！”几个小伙子嘻嘻地说。

“没有啊，没有啊！是我瞎掰的，就想让他给我买渔网！我不是人，我不是人……”李二赖拼命地号叫着。

几个小伙子使劲儿一悠，李二赖唰地落在了徐武的脚下，龇牙咧嘴地哼唧着。我松开徐武，徐武扯下头上的衣服，看着脚下的李二赖说：“去所里吧，你想要多少钱我给你。”

李二赖赶紧摆手：“你没打我，是我胡说的，谢谢你救了我。”

徐武笑笑说：“那我就走了啊。你也快回去吧，身上都湿透了。”

我跳上徐武的车，徐武发动车往回走。我说：“李二赖这种人你就不该救。”

徐武一笑：“救他是我的职责，一条人命呢。”

我呸了一口：“屁！农夫与蛇。多亏我来看热闹，要不然他黏上你不撒手看你咋办。”

徐武嘴角微翘，看了我一眼说：“你挺厉害，能把我抱死了。全县警察大比武我得过第二，你要是警察，不是第一也是第二，我得让给你。”

我一怔，瞪着他说：“你怎么不把我撂倒？”

徐武一乐，悠悠地说了一句：“警察也需要群众帮助嘛！群众的眼睛是雪亮的，我们要相信群众。”

我恨恨地说了一句：“我光是群众吗，我还是你同学！”

陈先生

伍中正

陈启运，字伯尧，陈家庄人。

庄里人多叫他陈先生，他脸上生笑，朗声答应。就连小他岁数甚至小他辈分的人这样叫他，他也朗声答应，从不与人计较。

陈先生肚里有墨水。庄里男人说话咋咋呼呼的，而他说话，嘴里总有些好词，并且说得到点到位。在县一中教语文的胡名博老师说："陈先生识文断字，不让他教书育人，实在可惜。"

秃顶的雷光中是陈家庄小学校长。当校长十二年，在陈家庄名气很大。正因为胡名博的说法，雷光中也器重陈先生，陈先生肚里确实有墨水，况且陈家庄小学缺的就是这样肚里有墨水的人。

黄菜花是陈家庄小学唯一的公办老师。可她要回家生孩子，不能再上课了。雷校长主动跟庄里干部提出来，一起商量商量，让陈先生代课，代黄菜花老师的语文课。

商量来商量去，庄里干部也都同意。

"陈先生，两个年级的语文课要讲好，不能误了庄里的娃。"走之前，腆着肚子的黄菜花说。

"我一定好好讲课！"陈先生点头答应。

黄菜花老师在陈家庄教四、五年级语文，她一走，两个年级的语文课，陈先生都要教。

每一节课，陈先生都尽到自己的责任。一节课连着一节课地上，陈先生也不觉得累。

学生们最喜欢听陈先生朗诵唐诗、讲授唐诗。那些日子，陈先生心里很高兴。

代课那年，雷自香看上了陈先生。雷自香是雷光中的女儿，人长得一般，脾气有点儿怪。陈先生不喜欢，没有跟她交往。

“陈启运，下学期不用代课了。”放暑假前，雷光中跟陈先生说。

陈先生就再没去代课。秋季开学那天，高高的旗杆上飘扬着五星红旗。他在校门口站了好一会儿，才离开。

陈家庄的山岭多杉树。每一株杉树都笔直向天，整个山岭远看像一幅油画，近看仍像。

邻村的人经常拿了锯子，在山中锯树。但苦于抓不住把柄，抓不到人，陈家庄只好派人守山。

“陈先生守山好，他是守山的合适人选。”陈家庄人说。

陈先生没有多说，答应守山。

以前，杉树还没有长大时，庄里人就在岭上盖了一间小屋。小屋的墙是红砖，瓦是青瓦。小屋共两间，一间睡房，另一间厨房，整个小屋跟周围的树隔了三丈远。

山上的树，有陈先生守着，再没人敢偷。

大年三十，陈先生在山上过年。他喝了二两谷酒，脸色红润。不想早睡，他在小屋里生了火，让火温暖年夜。

黄昏，王长春跟王彩云在山里使劲地锯树，树很快锯倒了。

陈先生听见树木断裂倒地的声音。他循着声音走过去。在树倒下的地方，他看见面容姣好的王彩云手里拿着弓锯，一脸紧张的王长春双手紧紧抱着倒下的树。

天渐渐暗了下来。陈先生没有大喊，只是很认真地看着他们。

"王彩云明年出嫁，等着木料给她打套好家具。"抱着树的王长春说。

"赶快抬着树走，就当陈启运没看见。"陈先生走时，说了两句话。

五年后，山上的杉树全被伐完。看着那些倒下的树，陈先生心里很不好受。

陈先生再没有守山。

王彩云带着女儿回娘家，绕道去看了陈先生。王彩云的女儿很懂事，走到陈先生的家门口就"陈舅舅、陈舅舅"地喊，喊得极为亲热。那一刻，陈先生心里暖暖的。

"忘了那年锯树的事，带着女儿好好过日子！"王彩云走时，陈先生说。

王彩云听了，很感动，眼里的泪直打转。

刘玉娥的男人在外地打工，一年才回来一次。每次回来，刘玉娥在男人面前特体贴特温柔。男人一走，只剩刘玉娥在日子里无尽地盼。

刘玉娥特看重烧柴。她把从山里砍回来的烧柴堆码在屋前屋后。刘玉娥一辈子看重男人，看重烧柴。庄里人笑话她。

陈先生没有笑话她。

"烧柴不要堆码在屋前。"每次见到刘玉娥，陈先生就提醒她。

"以后不堆了。"刘玉娥说。口头上答应陈先生不堆码，实际上，刘玉娥并没有将那些烧柴移开。

很快，刘玉娥的房子着了火，火光冲天。她舍不得家具，从火海出来，又钻进火海。

陈先生赶紧去救火。他一把抱住刘玉娥，就往禾场外跑。他死死地拉住伤心绝望的刘玉娥，再没让她跑进火海。

庄里很多人来救火。

火熄灭。刘玉娥紧紧地抱着陈先生，在禾场上哭得昏天暗地。

陈先生活到五十八岁。那天早上，陈先生起床，身子还没站稳，就倒在了地上。庄里人认为，陈先生是死于脑出血。

陈先生一生未娶。死后，却让三个女人记住了他，也算没有白活。

灵堂里，哀乐低回。陈先生安详地躺着。黄莱花在陈先生的灵前磕头。磕头后，泪水在眼眶里打转。

灵堂里，哀乐低回。陈先生安详地躺着。王彩云在陈先生的灵前磕头。磕头后，眼泪止不住地流。

灵堂里，哀乐低回。陈先生安详地躺着。刘玉娥在陈先生的灵前磕头。磕头后，眼里的泪一下子奔出来。

在场的人看见，黄莱花、王彩云、刘玉娥哭作一团。

剪春罗

刘正权

进来！他双手扦腰站在办公桌前，那架势，竟有点儿不怒自威。他一向被外界“誉”为优柔寡断之人。误解了不是，作为主政一方之人，什么事都得一思二思再三思的，他不想做一言堂式的家长。

是秘书。大踏步变成小碎步的秘书。

扦腰不是威严，额头细密的汗珠出卖了他。

站起来纯属不得已而为之，两边胳肢窝里钻心地疼，双臂根本不敢放下来。饶是如此，那汗珠依然鱼吐泡一样往外蹿，他甚至都听见了汩汩的流水声。

坐着是无法扦腰的。

怎么回事？秘书眼里写满疑问，昨晚上都好端端的，还饮了半杯小酒，两人。

不是庆功，说庆功还为时尚早。

全省文化旅游节即将在小城召开，这是小城有史以来规格最高规模最大的一次活动。

他们不过是把活动主办权拿到手而已。

举全县之力办好文旅节，是县委县政府两套班子的共识，怎么办，制定方案时却产生了分歧。

说分歧有点儿不严谨，是所有领导都想把自己分管的成就摆到桌面上来，借着文旅节大放异彩。

这年月，好酒也怕巷子深，难得在全国各大媒体上露次脸，任谁都不想错失良机，这自然就涉及文旅节中心会场展示什么内容了。

主管文化旅游的王副县长当仁不让，会议上振振有词，既然是文化旅游节，肯定唯文化是务，唯旅游为瞻，其余的都靠边站。

这话遭到其他与会者的反对。分管农业的陈副书记毫不示弱，振兴乡村是发展大局，没有美丽的新农村扛旗，文化旅游靠什么支撑？要我说，中心会场，美丽乡村建设成果展示当属重中之重。

陈副书记话音未落，常务副县长老许慢悠悠地开了口，眼下是科技兴国的时代，咱们县好不容易在科技创新上有些成就，难不成怀抱荆山之玉偏不示人？

看大家争执不下，县长周大齐望了他一眼，说就你们有政绩，书记亲自负责的重资产招商，那是多大的手笔。

周县长跟他搭档的时间不长不短，彼此却心有灵犀，他确实有这个意图，借助文旅节把重资产产业园的招商成果公之于众，作为一座农业城市，能够在工业上有所建树，想不骄傲一下都不行。

会场瞬间变得鸦雀无声，所有人目光聚焦到他身上。

“众矢之的”，他脑海冷不丁地浮出这四个字。

那半杯酒，严格说，是想浇愁来着，没承想，浇出病来。

就这么回事！他把手臂高举，露出胳肢窝，那儿红肿一片，有一群密集的小水泡，亮晶晶的，被搔破的水泡有黄水渗出。

仅仅是瘙痒，他能够忍受，关键是疼，那种好像谁用刀子时不时割下一片肉的疼，没规律可循，太突如其来。

蜘蛛疮！秘书脸顿时吓白了。

什么玩意儿？他没听明白，蜘蛛疮是什么？

秘书喘口气，您这病，长在胳肢窝或者肋下叫蜘蛛疮，长在腰上叫蛇缠腰，长在背上就是甩手疮。

这么复杂？长点儿水泡而已。

万幸。秘书松口气，说长在胳肢窝属于最轻的，若长在腰上，蛇一样首尾合拢，人就没救了。

这么可怕？

当然可怕，长背上为啥叫甩手疮？就是甩手辞世的意思呗。

那这蜘蛛疮是怎么个讲究？他不敢往下问了。

秘书笑，这种有名堂的病，不难治，我带您去见一个人。

人，见着了，一位老中医。

老人很仔细看了他的脸，又看了他的舌头，还把了脉。他觉得有点儿奇怪，病状明明白白在胳肢窝，一目了然，干吗做这些毫不相干的无用功？

见他疑惑，老中医慢条斯理地说，中医不是西医，头疼医头脚疼医脚，中医强调整体观念，人体和自然环境息息相关，四季变换、气候变化、地理条件都会对人体产生重要影响，任何部分的病变，都和整体有关。

这么玄？他内心哂笑。

你这病是热毒入侵，肝经郁火导致的。

会不会开几大包稀奇古怪的草药，让我一日三餐都喝？

你们官场中人啊，总喜欢把简单的事情复杂化！老中医摇摇头说，跟我来。

这一跟，来到了野外，在一片红黄色的剪春罗前站定。

多采摘一些回去。老中医蹲下身子冲他发话。

剪春罗这种花，不金贵，草丛山坡树林边缘到处都有，一开就是一大片，花瓣很齐整，女人额头剪过的刘海儿似的。

你可别小看它。老中医笑，剪春罗有一样金贵，是别的名贵草药所不及的。

哪一样？他不无好奇地问。

《本草纲目》里，李时珍对剪春罗的药用叙述最为简洁——气味：甘，寒，无毒；主治：火带疮绕腰生者，采花或叶捣烂，蜜调涂之。

就这么简单？他把玩着手里的剪春罗，陷入沉思。

能多复杂，剪春罗知道自己的使命只在剪破这些毒泡的美梦啊。老中医颔首微笑，忘了告诉你，这些毒泡，学名叫带状疱疹。

剪破这些毒泡的美梦？他眼里忽然亮光大盛，冲老中医深鞠一躬，谢谢老先生！

该剪破的东西，就一剪子下去呗。文旅节方案会上，他这么一锤定音。

第四棵梧桐树

胡　炎

老伴儿说："把核桃拿起来。"

两个核桃躺在茶几上，已经被他冷落几日了。他颤巍巍地抓在手里，有些蒙："干啥？"

"盘着！"

他傻笑一下，把核桃盘起来。两个核桃在手心里打架，技艺有些生疏了。

"呆样儿！"老伴儿剜了他一眼。

他是呆，老年痴呆，初露端倪，健忘，迟钝。整日缩在家。儿女劝他活动活动，他不听。只有老伴儿，他言听计从。一辈子，他惧内。

"跟我走。"老伴儿说。

"去哪儿？"

"别问。"

好吧，跟老伴儿走。关节有些僵硬，好像是锈蚀了。深一脚浅一脚，穿过楼前的花坛。五月，风景真好，真有种隔世之感。

百米之外，街心花园。闹中取静。有市民休闲、健身，还有一位老者，鹤发童颜，独自在花丛间歌唱，陶醉得如入画境。

"累了，歇会儿。"他看着长椅，腿软。

"站着，懒驴！"

他只好站着，喘。

“伸胳膊踢腿，”老伴儿说，“再不动，都成木头了。”

伸胳膊，细瘦的胳膊竟然铅般沉；踢腿，一个趔趄，差点儿闪了老腰。

“不行了，真不行了。”他扶着长椅，一屁股坐下。

老伴儿叹了声，不语。

五月的阳光，明媚、柔暖，氤氲着花香。坐着，眼一眯，头一摇，打起盹儿来。

“起来！”

“再歇会儿。”

“犟嘴！”耳朵被老伴儿狠狠一揪，他疼得直咧嘴。这辈子，耳朵没少遭罪。

“吼两嗓。”

“多丢人。”他嗫嚅。

过去老伴儿没少笑话他公鸭嗓，这会儿倒让他现眼。女人，叫你永远猜不透。

“瞧瞧人家。”老伴儿努努下巴，是那位鹤发童颜的老者。

他骨碌一下喉结，没音。

“跟我唱。”老伴儿清了清嗓，“洪湖水，浪打浪……”

还是那么好听，圆润明亮。谁都说老伴儿是金嗓子，还是业余合唱团的团员。舞台上一站，气质绝佳。他娶她，有福；他怕她，有理。

他小声哼着，蚊嘤一般。不觉，赧颜傻乐。

又往前行。菜市场，老伴儿东瞅西瞧，讨价还价，全然成了家庭主妇。

“待会儿回来，你买菜。”老伴儿下令。

“遵旨。”他笑。这句古词，在嘴边挂了多年。

穿过菜市场，是文化宫的东门。东门外一条步行街，人流如织。路南一排梧桐树，历经沧桑，越发苍劲了。

老伴儿默立，看树，看天，看他。

“下雨了。”老伴儿喃喃。

“哪有，”他抬起头，五月的阳光当空照着，便乐，“你咋比我还呆？”

“五十年前的今天，下雨了。”老伴儿的声音，岁月般悠长。

恍惚中，真的下雨了。黄昏，空寂，雨声淅沥。那时，他和老伴儿，都只有十七岁。

“没有伞。”

“对，没有伞。”脖颈里，似有凉意升起。

“你把书包举起来。”

“对，我把书包举起来。”

“罩在我的头顶。”

“对，罩在你的头顶。”

渐渐地，雨中那幅略显滑稽的画面，清晰再现，宛然如昨。他笑了，眼角却有了泪。

“咱们约好在第几棵梧桐树下见面？”老伴儿瞧他时，眼红了。

“第几棵……”

目光拂过梧桐，自西向东，又自东向西。心头蓦地一热，僵滞的大脑，瞬间被记忆激活。

“从东向西数，第四棵。”

“对，第四棵。”老伴儿潸然泪下。

他搀扶着老伴儿，默默走到树下。老梧桐硕大的枝冠，似一柄天然大伞。叶片上的雨声，滴滴答答，绵延不绝。

有鸟声啁啾，玉音婉转，像极了老伴儿的歌喉。

“瞧，在那儿！”

再寻老伴儿时，竟杳然无踪。

顷刻，他泪飞如雨。

今天，5 月 26 日，是五十年前的初约，也是老伴儿的忌日。老伴儿留给这世间的最后一句话，是岁月深处的雨声，也是五月的阳光，在他心头萦绕不去：

“好好活着，别让我担心。”

酒语不拘

韦如辉

周末傍晚，一抹红霞沉没在西天的楼群里。我拎两瓶酒，拐进香樟苑小区。浅夏的夜风，有丝丝凉意。

拜访一位老领导，也是我的恩人。他在位时，我给他当秘书，一跟就是六年。六年的时光说长不长，而之于官场，可是不短的日子。在那些日子里，我从科员到副主任、主任，成为大院里冉冉升起的一颗明星。不幸的是，他出事了，我原地踏步了又一个六年。而今，我一头尚且茂密的黑发里，深深扎进几根银针一样的白发。

他的精神不错，比起廉政教育片里的狼狈样儿好多了。身材依然高而瘦，只是背驼了，前倾低垂的脑袋，显得岌岌可危。

我把酒轻轻放在茶几上。他递过来一杯清水。

酒是茅台，生产日期是在二十年前。我知道他喜欢这东西。传言在他进去之前，曾经把这东西倒进下水道里。我不太相信。

他是个工作狂。在他手下工作过的人，都喊受不了。我不懂，他们有什么受不了的。话还是传到他的耳朵眼里，他拍了桌子吼，受不了滚蛋！后来，他们一个个从他身边离开，不是提拔，就是重用。他不无调侃地嘲笑他们，你们滚蛋滚得值啊！可我一直在他身边，直到他出事，才算“被滚蛋”。

其实，他是个假坚强。他每天都要靠酒来刺激神经。对于主政一方的大员，工作压力之大可想而知。只有喝两口或者深度睡眠，才能让他恢复元气。他让我准备一个保温杯，专门装酒，春夏秋冬都放在手提包里。一有机会，他就伸出手，我会立即将杯子递过去。看他一仰脖子，一脸满足的样子，我心里五味杂陈。他胃不好，喝酒对胃更不好。我曾提醒过他，没有用。八项规定下来之后，他仍然踩着红线走。多年的习惯，不好改。

饭桌上摆了两道菜，都是他亲自做的，我插不上手。面前的酒杯里，已经斟满我带来的酒。酒的醇香和饭菜的清香，混合在一起，在客厅里游走，再从轻启的窗户缝慢慢溜到夜色里。

我双手端起酒杯，站起来，说，老领导，敬你！

他轻闭双眼，说，戒酒了，你喝吧。几经风雨，他弄丢了以前的倔强与果断。

我抿了一口酒，再抿一口，昏黄的灯光下，面庞慢慢红润起来。

小李，你还记得十五年前的那个晚上吗？他突然问。

我在脑海里搜索着。十五年，许多的记忆已经模糊，甚至无法再回忆起来。

在我愣怔的时候，他接着说，那个包，你退的。

想起来了。那是酒后的一个晚上，我开车带着他，出了城，拐到一个岔路口，停在一辆车的旁边。车熄火时，他从后座上递过来一个手提袋，告诉我送到那个车上。我当然照办。自始至终，他都没有下车。

大概一年半后，纪委找过我。问我是不是在某年某月某天某晚某时，给某某某退过赃。某某某，我并不认识，前面的几个某，我倒记得很清。

他躲过了那一劫。

他说，谢谢你，小李同志。

我急忙摆手，说，老领导，我应该谢谢你，没有你就没有我的今天。

可是，我欺骗了你，或者说是利用了你，对不起！他低下头，双手捂着脸，一头灰白稀疏的乱发，在他眼前颤抖。

我走过去，在他的肩上轻轻捶着，直到他的肩头平静下来。

他告诉我，退回去的是一本《水浒传》，精装的那种，很沉。其实，车上那个手提袋里，装着的是几乎同样重量的美金。

他语气平和，诚恳致歉，眼神里却注满了隔世的恍惚。

从香樟苑出来，街上的繁华渐渐消退。

就着街灯，我在手机里发出去一行字：对不起，去不了。手机屏幕瞬间点亮，跳出“你浑蛋”三个字。

拿　大

李永生

瘦小枯干、弯腰驼背的满三爷站在佟东家面前时，就又把腰杆儿向上挺了一下。刚才，站在佟家漆黑的大门前，他便有意把佝偻的腰努力挺了挺，还把右手攥成拳头，轻轻敲几下后脊梁，这似乎触动了他背上什么机关，他矮小的身材便高了一些，身体也直溜了一些。这时他咳嗽一声清清嗓子，一只干枯的鸡爪似的手抓住门环，力度说大不大说小不小地啪啪叩几下。

门房打开门，见是一位干巴老头儿，看穿戴打扮，像是乡下人，可那神态却并不胆怯，反而还有那么点儿气宇轩昂的劲头。门房有点儿捉摸不透，请来了管家，管家问明眼前的小老头儿是主人的亲戚后，便叫他立等，反身去禀报东家。

东家佟大喜淡淡说声："哟，他来了？"

绕过花砖影壁墙，佟老爷挺着腰杆儿随着管家走。

佟家真是气派，迎面高脊瓦房，院中青砖铺地、游廊环绕。满三爷环视四周，那腰杆儿就要不由自主地弯下去，这时却见佟家主人佟大喜正从堂屋踱出来。满三爷忙把腰又挺一挺。

佟大喜出堂屋门，朝满三爷拱拱手，说声："哟，老姑父，来了！"不等他回话，就拐向挂在廊柱上的几笼鸟，嘴巴噘起来啾啾地逗那只画眉。

满三爷只当是佟大喜是专门迎接他，会马上客客气气把他让进堂屋，谁知佟大喜竟是这样不咸不淡，就有些尴尬。不过满三爷很快调整了自己的神态，不紧不慢地跟过去，眼睛也望着那几笼鸟，似是自言自语又似跟佟大喜说话："鸟是好鸟，就是话少！"说完背起了手，歪着脖子看丝瓜架上的丝瓜花，还用手指轻轻弹一下花瓣儿。

管家是新上任的管家，从没见过满三爷，不过主客刚见面就让他感觉出哪点儿不对劲儿。他躬着身子一脸疑惑地望着佟大喜，单等东家发话，他就赶要饭花子一样把眼前的小老头儿赶走。

"请吧，老姑父——"佟东家开口了。自己先踱回堂屋。满三爷把眼光从一朵丝瓜花移向另一朵，又抬起脑袋望望天，这才不紧不慢地跟了进去。

满三爷的确是佟东家的老姑父！

这位老姑父，有个秀才功名，在县衙里当了几天差，后来清朝完蛋了，他回到家却是百无一用，做生意怕有辱他读书人的斯文，庄稼活儿又懒得做，日子越过越穷。老姑也只能跟着他吃糠咽菜。本事没有，却驴倒架子不倒，话说上联，办事拿大，年轻时如此，如今腰弯背驼，仍觉高人一等，见谁都吊着个脸子。佟大喜心里挺看不上这位老姑父。

满三爷知道自己不招他这个内侄待见，也就极少来走动。今儿来，是实在绕不开了，有事相求。

可得有个求人的态度啊！你那一副老腰早就弯成了虾米，今儿来低头求人，却还昂首挺胸的。佟东家知道他是故意拿大，能不气吗。

茶端上来，满三爷和他没话说，他也不急着说话，就那么噗噗吹着茶叶沫子喝茶。

好歹也要备壶酒，摆几个菜，气归气，这亲戚可是实打实的。

佟东家就想戏耍戏耍这位老姑父，在他面前自己也说回上联。

"吃吧。"他用筷子挑了块肥肥的五花肉夹到满三爷盘子里，"这块肥。老姑父整天也是大鱼大肉的吧！"

"非也，常啖鱼肉，肠胃岂能受得了？该食素则食素。"老姑父又把那块肥五花肉夹回了盘子，挑了块小些瘦些的夹过来。

“老姑父喝酒，洞藏二十年‘三坡老烧’。”

“嗯，还行！”他嘬一口，咂摸一下，“酒尚好，温一下就更好了！”

佟东家心里那股气就滚滚上来了。

“我记得老姑父的腰早就弯了，背也驼了，今儿个咋又挺起来了？硬挺着不累？”这话硬戳戳捅人肺管子。

“何来硬挺？船到桥头自然直。”回答得也是巧妙。

几个回合下来，老姑父完胜。

佟大喜能服？

满三爷被安置在跨院厢房住。

满三爷被管家送进屋，管家一走，腰杆儿忽然一下子就变回了虾米，身子一软，倒身侧卧到床上，后脊梁火辣辣地疼。

这时候的佟东家用舌头舔破后窗户纸，正一只眼往里瞄着捂着嘴笑呢。

第二天，满三爷重新挺起了腰杆儿，而且，开口求人了。

满三爷眼睛并不直视佟大喜，那语气也是不卑不亢，倒不像求人办事，更像是谈互利互惠的买卖呢。“贤侄啊，你三表弟大婚在即，我一时手头紧巴，先从你这里拆兑一百个大洋，利息你定。”

“好说，我的亲表弟，那还不好说！”佟东家痛痛快快地答应了。

如此痛快，一定令满三爷始料不及。

此时的佟东家偷觑着老姑父，等待他脸上现出某种吃惊或者感激的表情。

可满三爷竟是一副波澜不惊的样子，只是淡淡地说声“如此甚好”，还慢悠悠地探过身子拍了拍佟大喜的肩膀。

佟东家呵呵一笑，喊过管家：“走，咱去给老姑父取钱去！”

管家意味深长地脆脆答应一声：“好嘞——”

佟大喜和管家带满三爷来到香堂，里面黑咕隆咚的，管家点着蜡烛，搬开一座佛像，露出一扇上了锁的暗门。管家掏出钥匙，打开门。满三爷借助烛光望去，见是一条向下倾斜的半人高的地道。管家指着说：“过了这条地道，东家的银钱在库里藏着，任老姑父拿。”

“我等着，你去取吧，我是外人，怎么能进别人家的金库。”

“哎，老姑父怎么是外人呢，您是我的亲姑父。”佟东家说话了。

满三爷低头伸着脖子望了望，就想弯腰前行，但他似乎又悟出了什么——大喜这小子，这是让我俯首称臣呢！又一想，既然我这腰杆儿挺起来了，怎么还能弯下去。

满三爷忽然说：“管家，给我找个小板凳。”

管家不解。

“找去！”佟大喜想看看这个老姑父想干啥。

管家颠颠地跑着拿来一个小板凳。

满三爷把小板凳放到地上，面对洞口坐上去，腰杆儿依旧挺着，一只手从裤裆拉住板凳，脖子朝前探一下，屁股欠一下，向前拉一下，呱嗒呱嗒进洞了……

满三爷揣着大洋，被管家送出了门。

满三爷回头对管家一笑，说：“人走下坡路，就得低三下四？腰杆挺一挺，有啥亏吃？”说着，冷不丁拍一下管家的虾米腰，管家下意识地把腰杆儿挺了一下。

满三爷搭上一句：“我睡觉那间屋子后窗户纸，被猫舌头舔破了。黑夜风大，该糊上了！”

阿尔卑斯山下的客栈

谢大立

电话里传出充满磁性的声音，您是谢老吗？我说，你是？他说，我是和你发生过口角、不打不相识的潘俞啊。我说，你来武汉了？他说，没有啊，我在好山好水呢。我说，好山好水？他说，阿尔卑斯山下的那家客栈。我说，你小子又到瑞士去了？他说，不光是又到，好山好水客栈也改姓潘了，今天找你，是要兑现我的承诺……

第一次和潘俞发生口角，是在雅典。导游在讲他们的亚历山大大帝，潘俞插嘴说，我若生在那个年代，说不定比他还棒！大伙儿都笑，我哧了一声。他瞪着我问，啥意思？我说，啥意思都没有。他说，那你哧什么？大伙儿忙劝说，算了算了，小事小事！我俩才没有继续争辩。第二次和潘俞发生口角，是在意大利。夜宿牧场，空气里有一股牛粪味儿，有人不愿意了。可深更半夜的，叫导游到哪里去找别的旅店。我便说，平时我们居住在城里，受钢筋混凝土的禁锢，今天来这里亲近一下大自然，接一下地气没什么不好。潘俞却说，听说你是个编段子的知识分子。我说，你啥意思？又是大家劝说，我才哼了一下，咽下要说的话。

几天后，到达瑞士的阿尔卑斯山，下了大巴，沿着一条石子路去我们入住的客栈。路的左手边是淙淙流淌的溪水，右手边不远处是一个个木板房，房前的平台上坐着三三两两身着短袖衬衫的客人，悠闲地喝着啤酒……这景象带给我愉悦感，我禁不住叫道，真挺爽！潘俞跟着说，是挺爽！突然有人说，潘俞，你不是不喜欢知识分子说话曲里拐弯吗？大家笑，我看一眼潘俞，他正笑着看我。

晚饭时有人说，男同胞好好喝几杯。听话听音，大家是在给我和潘俞和稀泥。我感动地说，酒钱算我的。潘俞说，算我的。我说，我先说的。他说，谢兄，咱俩是不打不相识，你们文化人比不得我们生意人，这酒钱怎么能让你出？大家起哄说，谢兄你就别争了，跟我们一起吃大户吧。潘俞说，谢谢大家的抬举，有朝一日我来这里盘个客栈，请大家来做客。我说，来这里开客栈，那可是做神仙啊。潘俞说，到底是文化人，说到了我的心坎上！来，为有谢兄这样的知音干杯！如果真有那一天，首先请谢兄来这里采风写作，食宿全免。

武汉火炉一个，热得人要死要活。坐在阿尔卑斯山下穿短袖衬衫看山上的雪景，实在是让人向往。我说，这样的好事无异于天上掉馅饼。潘俞说，说话可要算数，从今天起我抻着脖颈儿盼望你的到来。

还真是我们当初住过的那家好山好水客栈。他安排我住客栈的阁楼。客栈是平房，阁楼在房顶，是个小房间，勉强放一张床一张写字台。我坐在写字台前敲字，抬头是雪山，低头是淙淙流淌的溪涧。我说，当神仙也不过如此。潘俞很高兴，说，感觉好就尽量多住些日子，不住三个月少说也要住满两个月。

他见我每天沉溺于写作，很少来打搅我。他早饭后骑着自行车，有时往西，有时往东。西边是山，东边是叫作琉森的小镇——销售手表的市场。他的自行车是一辆天蓝色的山地车，自行车服也是蓝色的，头盔是红色的，和那些从很远的地方骑车前来的自行车运动员一样地让我羡慕——在这仙境般的山下有了自己的事业，过上了潇洒的日子。

一个星期后，先前的新鲜感不再，无聊接踵而至……唉，再好的地方住个三五天意思就不大了，何况我已经住了七八天。真要像潘俞所说的那样在这里住上两个月，我肯定会觉得很难受，我是个不愿意让自己受半点儿委屈的人。

我决定请潘俞到琉森吃一顿，以表示我的感谢，并向他辞行。

就在这个时候，潘俞给我打来了电话，说他骑车回来的路上摔了一跤。我听后赶紧出门，在离客栈不远的坡路上，潘俞坐在路边，自行车躺在水沟里。我把自行车从水沟里捞出来，扶他坐上车，推着他，小心翼翼地把他带回了客栈。

他的腿动弹不得，让我陪他下军棋。我想着该回家了，无心在键盘上敲字了，就陪他玩。玩了几天，我问他的腿什么时候能好。他说伤筋动骨一百天，有我陪着，也许好起来会快一些。

他这么说，莫不是要我陪他一百天？我终于忍不住对他说，国内催我回去。他哭丧着脸说，你才来几天就要走？我说，你把我当知己我也不瞒你，家里催是一回事，我也真想走了，这地方对我来说玩个十天八天还行，久了，就寂寞了。他情绪很低落地说，我比你感受深，正因为寂寞难耐，才给你打的电话，以为你们文人比我们粗人有独特之处，想让你来感染我。你这一说，我更怀疑我的这一步是真的走错了……

停了停他又说，在大理开宾馆虽然嫌那里商业气太重，但怎么说也是与家人在一起，有天伦之乐。到这里以后开始想得挺好，理顺了把家小也接过来，想到我老婆是个爱热闹的人，孩子上学也是问题……他的眼圈红了，擦一下说，冲动是魔鬼，一下子签了两年的合同，这才熬了两个多月呀！腿利索的时候还可以骑车出去，靠麻木自己打发日子，如今腿摔了，你又要走了，这剩下的几百天怎么过？有时候真想把这店名改成“好山好水好寂寞”。

白家羊肉馆

徐全庆

与朋友去六安旅游，中午在叶集吃饭。自然要吃羊肉，叶集羊肉闻名遐迩嘛。

进了一家“小冯羊肉”馆。看招牌我们以为店主人很年轻，进了店才知道是个中年人，一张脸像山羊一样温和。

因为过了饭点，店里已没有什么人。

菜很快上来了。我们一边感叹羊肉味道的独特，一边争相显摆着头脑中不多的关于叶集羊肉的知识，仿佛每个人都与叶集羊肉有着很深的渊源似的。

店主人端来一盘花生米配萝卜芽，说是送我们的。又问，听你们讲话，对叶集羊肉都很了解，可你们知道叶集谁家的羊肉最好吃吗?

虽然我不知道，但我想我知道店主人想要什么，于是说，肯定是你“小冯羊肉”了。大家都笑起来，善意中夹着些许嘲讽。

不，是白家羊肉馆。店主人说，郑重得像对全世界宣布重大决定。

这个答案出乎我们所有人的意料，大家都疑惑地看着店主人。

至少在我心中是这样。事实上，在叶集羊肉美食大赛中夺冠最多的也是白家羊肉馆。这样说时，店主人纯净水般的眼睛回应着我们的目光，我从中看到了纯粹的真诚。

我们中一个人说道，我朋友曾经给我送过真空包装的叶集羊肉，就是白家羊肉，烧出来味道还不如你这个呢。

店主人笑了，一样的羊肉那还要看是谁烧，白师傅烧的肯定比我这儿的好吃。我还是他教的呢。

他一定有什么特殊秘方吧？我问。

没有。店主人说，叶集羊肉的制作方法是公开的，关键是功夫。白师傅做羊肉下的功夫比别人足。

我来了兴趣，拉过一把椅子，请他坐下，示意他继续说。

买羊，白师傅只买本地散养的湾羊，圈养的不要，更不要说是外地的。羊的大小也有讲究，只要四十斤的。简直是在选模特。立冬后宰羊，剥去羊皮，开膛破肚，去掉羊头和内脏，把羊的身体尽可能地撑开，置于阴凉通风处晾干。羊大腿等肉多的地方，用刀划开。这样做是为了让羊肉尽快风干，防止变味。别人只是随便划几刀，白师傅不，划开的厚薄一样，仿佛是拿尺子量的。

风干好的羊肉，或做手撕羊肉，或用于红烧。白师傅只做红烧。先把羊肉切成小块，用温水浸泡半个小时。然后焯水，进一步去除膻味，让肉质更加松软。再放入葱姜酱油，文火慢炒至三成熟，再加水慢炖一个半小时。白师傅火候掌握得极好，做出的羊肉既松软又耐嚼，深得顾客喜爱。

也有人不喜欢他。有一天，白家羊肉馆对面新开了一家餐馆，叫百家羊肉馆，那招牌，简直和白家羊肉馆一模一样。这分明是商标侵权，白师傅自然很生气，要找百家羊肉馆讨个说法。但他没有亲自去，他们两家有点儿矛盾，很久都不说话了。他找了个中间人。

中间人很快回话，说对方不愿意改招牌。中间人愤愤地说，干脆，我们联合大家，把他赶出叶集。

白师傅摇摇头，说算了。

两家羊肉馆就这样隔街相望。白家羊肉馆每天人满满的，甚至还要排队。百家羊肉馆却门可罗雀，偶尔有人去，也多是外地人。白师傅看了自然喜欢，心中盼着百家羊肉馆早日关门。但百家羊肉馆却一直坚持着，每天总有几个外地人去吃饭，只是进去时满脸期待，出来时总是一脸失望。白师傅看了，忧心忡忡。

一天午后，大家都收了生意，白师傅走进了百家羊肉馆。百家羊肉馆的老板盯着白师傅，戒备而且紧张。白师傅指着他店门口挂着的风干羊肉对他说，这些羊肉你不要卖了。语气虽温和但坚定。百家羊肉馆的老板就握紧了拳头。白师傅接着说，你如果还想卖，先从我那儿匀点儿羊肉过来。你这羊肉，不是本地湾羊，又太肥大，没有风干好，这会影响叶集羊肉的声誉。

这时，又有人进店，店主人慌忙起身招呼。我们期待店主人早点儿忙完，继续给我们讲剩下的故事，可店主人却一直在忙碌。

我们怅然离开。走出餐馆，一抬头，我发现，街对面一家羊肉馆，蓝底金边招牌上赫然写着五个大字：白家羊肉馆。我又回过头看，它的对面只有“小冯羊肉”一家羊肉馆。

第 7 辑

无尘之眼

契　阔

王若冰

我要去住养老院，一定要去!

父亲站在客厅中间，双手抹腰，双眼喷出的怒火像是要把整个房子点燃了一般。

母亲表现得比平日里更加夸张，她拍着手，跳着脚，头一仰，身子一扭，走进卧室，又探出头，倚着门框问：如果你需要我帮忙收拾东西，我倒是愿意的，腾出了地方我还能多买几件新旗袍。

母亲的话，惹怒了父亲。他瞪了一眼母亲，转身走向门口，一边走一边自言自语：哼，你这个老太婆，一辈子都在跟我斗气；这回，我看你还能咋呼多久。

父亲气哼哼地出了门。

我从小就看到父亲跟母亲把吵架斗嘴当乐趣一般，如今已经变得习以为常了。我想，他们一定是前世的仇人，这辈子相遇就是要彼此相搏相杀，平素生活里你一拳我一脚，你一言我一语，噼里啪啦、刀光剑影地过了一年又一年。

父母相继退休之后，两个人的矛盾日益升级。

父亲原本就不善言谈，喜欢捧着一本书，一看就是大半天。母亲却喜欢京剧、跳舞，音乐一响，就会跟着舞之蹈之。

这一天，母亲又开始在客厅里唱起了《贵妃醉酒》。父亲几次说：你小点儿声，小点儿声！母亲正唱到兴浓处，怎么会听父亲的。那声调倒是一声高似一声了，咿咿呀呀传遍家中的每一个角落。父亲忍受不了，就旧话重提要去住养老院。

母亲对父亲的决定嗤之以鼻：去吧，只要你不后悔就成。

原本以为这不过是父母的一次小战役，风过了，雨过了，天就晴了。

不承想，父亲这次是当了真。父亲说，自己要搬到养老院里安静地读读书，写写回忆录。

这一次，父亲真的去了市区一家干部养老院。临走前，父亲对母亲说：老太婆，这回，我就把这个大房子都留给你了；你想跳就跳，想舞就舞，刀枪剑戟斧钺钩叉，你随便用；哪怕你把屋顶喊出个大窟窿，也没人管你了。走喽，老太婆！

父亲说完，提着大皮箱，威风凛凛地出了门。

我跑出去，叫住父亲说：爸，您还真要搬出去啊？

父亲停下脚步，回头看看我说：你都三十多岁了吧？你也该成家了，我和你妈的事你不用操心，我自有分寸。

说完，父亲头也不回地走了。

我以为母亲会很高兴的，没想到母亲完全傻了一般。她扑通一声坐在了地板上，眼泪鼻涕一起往外流。她哭喊着说：这个死老头子，他居然真的搬出去了？他真够狠心的啊……

母亲哭完了，哭累了，冲进洗漱间，洗了脸，化了妆，盘了头，戴上了她最喜欢的珍珠耳钉和项链，穿上了白色的长旗袍。她一边照镜子一边说：谁说我老了，我这身材穿衣还和三十年前一样的尺寸呢，我这头发还找不出一根白发呢，我还能穿着高跟鞋上街呢。

母亲说着说着，脸上就绽开了花，好像刚才那个哭过骂过的人根本就不是她。她提着白色坤包就出了门。

父亲和母亲就像是两条平行线，明明无法相交，却被生拉硬拽地扯到了一起。从小到大，总是看到母亲指着父亲说：你以为你多了不起呢，要不是组织上让我们结婚，我会看上你？比我大十岁也就罢了，还那么一副臭脾气。

母亲的嘴总是不饶人，父亲被母亲数落得哑口无言时，就会拿着一本书，躲到角落里看。

三个哥哥也和我一样，似乎早就习惯了父母的相处模式，对他们的争吵，跟看喜剧听相声一样，不会像小时候一样这边拉母亲那边劝父亲。

我还以为父亲也是为跟母亲置气，待三两天就会回来的。不承想，过了一周父亲也没动静。母亲不唱不跳了，整天一句话也不说，坐在院子里发愣。

我去养老院看父亲，发现父亲正一个人在房间里低头写字。他见我进来，乐呵呵地站起来说：丫头，你看，你爸我在这里还真是如入仙境呢，我可以安静地写回忆录了。

父亲问：你妈咋样？

我说：您一走，妈就哭了，哭完就把自己收拾得干干净净地出门了；我妈穿上旗袍那叫一个有气质。

什么？穿旗袍？

父亲一下站起来：她穿着旗袍出门了？你妈穿旗袍能迷死个人哩！当初，我就是被她穿旗袍的样子给迷住了，才央求组织允许我们结婚的。

爸，反正，您看她也不顺眼，她爱穿啥就穿啥，管她呢。

你懂什么！

父亲大喝一声，不允许我再说下去。

父亲说：我要回家！

父亲说着，开始收拾东西，不到两分钟，父亲已经拎着皮箱走向门口了。

开快点儿，开个车就跟绣花似的。

一路上，一向沉稳的父亲竟然不断地催促我。

车还没停好，父亲就拉开车门跳下了车。脚还没迈进院门，父亲就大声地喊：老太婆，老太婆，我回来了！

屋内，母亲没有回声。

父亲推开门，见桌上有自己喜欢的竹叶青，还有自己喜欢的下酒菜，还泡好了自己离不开的铁观音。

看到这些，父亲的双眼湿润了。

客厅里，母亲唱着梅派名剧《凤还巢》：思前想后柔肠百转，前生造定今世缘。

一张手绘图

袁省梅

咱村以前可好了，有大小五座戏台，天神庙的戏台最大最好，一年都要唱几台戏，唱戏时，十里八村的人都来了，台子下人来人往热闹得很……

老人的手指在空中兴奋地这儿那儿比画着，好像那里贴着一张图纸，或许那里有村子以前的样子，六七十年前有戏台有庙宇楼阁的村子。老人说，咱村以前可好了。

老人是说给儿子女儿孙子孙女听的。老人经常给他们提起从前村子的模样。当然是年节他们回来的时候。一说起来，老人就满脸自豪和欢喜，就唠叨个没完。

孩子们哪有耐心听他唠叨这些呀。多少年前的事，跟现在有啥关系呢？跟他们有啥关系呢？不能抵一毛钱，也不能顶一口吃喝。只是有一天，老人又唠叨的时候，大孙子顺嘴问爷能不能把那些庙呀亭台楼阁呀画出来。孙子说，等您画好了，我给您发到抖音上，让全国人民都能看见，那时，全国人都知道咱们村当年有多好了。孙子乐呵呵地说，说不定我的粉丝能有上千上万哩。

老人盯着孙子，问他真想看，老人疑疑呆呆地说，拍到抖音上真有人看？

孙子嘻嘻笑道，那么好咋会没人看？

一家人都没想到老人真来兴趣了，老人被孙子的抖音鼓舞了。他欢喜地说，别管了，我给你画，你净等着拍吧。

初春，阳光清暖，微风和煦。孩子们走后，老人就坐在桌前，戴上老花镜，在桌上展开一张白纸。清浅的阳光静静地洒在老人和老人眼前的纸上，那么温暖，那么明亮。老人一个恍惚，好像穿过岁月风尘，行走在了七十年前的村巷里，看见了天神庙，看见了关王庙、瘟神庙、魁星楼、弟子庙……那些庙宇楼台一座一座在眼前矗立起来。

然而真的要画到纸上，要确定庙宇楼阁的方位，要了解它们的规格和建制，以及毁坏的年代和原因，等等。这些，对于一位耄耋之年的老人来说谈何容易。

老人没有放弃。

老人说，难得孩子喜欢。

老人说，万一抖音上的人看见了也喜欢呢。

老人说，毕竟，这是咱村的历史嘛，这才过去了七十多年，咱村有多少人都不知道。

老人扔下笔，跑出去问比他岁数还要大的快九十岁的根茂老人。老伴儿在身后骂他急性子，喊他吃了饭再去，他也不听，一口饭迟点儿吃早点儿吃有啥。他要赶紧把画画好给孙子看。根茂老人听说他要画村子以前的庙宇，二话不说，跟着他到家里来了。

两位老人头抵着头，回忆起了过往。七十多年前，他们都还是孩子，他们在天神庙的大戏台下看戏，在弟子庙旁的学堂里念书，在关门楼上捉迷藏……渐渐地，村里曾有过的景观矗立在了老人的心里眼里，老人庄严、认真又郑重其事地握住铅笔。老人年轻时当过民办教师，懂得地图是上北下南左西右东，他也在纸上确定了上北下南左西右东，一笔一画地画开了。

到底是画了十天还是半个月了呢？老人不记得了。但老人知道，他画到第六稿时才算满意。老人画好后，就给儿子女儿打电话，给孙子孙女打电话，叫他们回来看。既不是节日，也没到周末，儿子女儿都说有事忙得回不来，只有大孙子要拍抖音，一个人回来了。孙子一进门，就看见饭桌上铺着的画。

老人喜滋滋地说，咋样？好吧？

孙子顾不得说话，端着手机咔咔拍了好几下，又把手机对着爷拍起了视频。

爷，您画这张图花费了不少时间吧？

你没听人家说人老了就是爱钱怕死没瞌睡？老人顾自哈哈笑道，除了地里那点儿活儿，你爷有的是时间。

爷您为啥要费时费心地画这图呢？

给你们这些年轻人看哩嘛。

年轻人会看？

你不是在看嘛。

过去的村子再热闹繁华，当年的这些庙宇楼台再恢宏雄伟，跟现在的年轻人有啥关系？

自己村子的过去咋跟自己没关系？你们就是走到天边这里也是你们的根，都不知道自己的根咋回事，咋能长得高长得繁？

真不愧是老教师，说起来一套一套的。

突然，孙子指着图问爷，这个庙咋是个歪的？话说出去孙子就后悔了，连连说歪的既不影响看画也不影响整体风格。

老人却不在意，呵呵笑，老了嘛，又没学过画图呀设计呀啥的。转眼，又说，就这歪歪图，也能看出咱村以前的好吧？老人说得又自豪又欢喜，你不晓得咱村那时可好了。

又是这句话。

老人说，这张图太简单粗糙了，咱村当年的庙宇楼台，那叫一个壮观和美丽，哪是一张图两张图就能画出来的。

镜头里的老人摩挲着画，话里有自豪也有遗憾。

突然，老人呀地叫了声，叫孙子先别发抖音，关王庙前的钟鼓楼忘画了。老人急得一双手搓得哗哗响，抓了铅笔就趴到了图上。

孙子安慰爷说没事，画不画的没人知道。

老人扭头指着孙子的手机，叫孙子把拍的都删了，老人厉声说，咋没人知道，我不是人？

望天鹅

蒋冬梅

他们很少说话，他们只听风和窗子在说话，听院子里的大杨树说，听一只鸟说，听整片林子说，听峡谷里流出的小溪说。

白天进山，没人可以说话，他就跟树说话。他从来都沉默寡言，唯独见了树才眉开眼笑。

他一走进林子，仿佛能看见那些树都在欢呼雀跃。一会儿这棵树的胳膊缠住他，一会儿那根藤的手指拂过他。大树在他头顶轰隆隆响着说话，鸟儿说的话像碎米子一样往下掉落。连一丛草都在说话，像绿色的水波在荡漾。他摸着一棵红松粗糙的树皮说：“使劲长吧！”去年松毛虫病来的时候，它病得可重了，现在，那些鲜嫩的松针带涩味的香气，钻进他的鼻腔，洗着他的肺。

这时候，她正坐在院子里，背对着林子。她不怕飞过的蜻蜓掠一下她的头发，不怕迷路的小虫在她耳边聒噪，也不在乎蚂蚁误闯入她的裤管。一只蜘蛛降落在她的手腕上，她笑着对它说：“降落失误喽！”说着轻轻地把它抖落在地上。它们都是她的伴儿，她一整天都在听它们说话，一点儿也不感到寂寞。

护林站的房子就在路边，房子就是路的尽头，他们很少望向远方，也不盼着有什么人来。这条路钻出大山就会遇见一个村庄，那里有他们从前的家，可那已经是二十年前的事了。

这幢房子有二十多年了。他把它粉刷成醒目的橘红色，像开在大山里的一朵百合花。他从山顶扯来电线，在院子里挂上灯，装上喇叭，除了这些和一部对讲机，再也没有现代化的物件了。

有时他告诉她：“今天从脚上盘过了一条蛇，你不动，它就以为你是一块木头。”有时她告诉他：“野猪来过啦，顺走一些苞米。”下雨天，他们躲进屋去，担心那些淋雨的鸟儿；天晴了，院子里的稀泥地上，有几行小爪印，小鸟把他们故意撒在院中的豆粒捡去了，这有点儿像他们的孩子玩累了，回来抓一口食儿就又跑出去疯了。

他遇到过人参，小小的四品叶，在草窠里笑着。他告诉它：“要藏好了呀！”他没有留下一个记号，故意忘了它在的那个山坳。

二十年没抽过烟了，有时他疲累得浑身像散了架似的，真想抽上一口，可压根儿不可能找到一点儿烟丝和一只打火机。秋冬的山就是一个柴堆，出了护林站的门，永远都不能有一点儿火星，方圆几十里，只有他们的房顶上竖着一根烟囱。

爬上高高的防火瞭望塔，坐在黑洞洞的塔楼子里，大山就全归他啦，他能听见整片林子的交响乐。天空干净得像洗过了，一道烟都能划破似的。夜里，太阳给关了灯，黑黑的林子松弛下来，像没了缆绳的船，自在地漂着。

他和树就像老朋友，每天互相看看，彼此都还好好的，就放心了。可是，有一天巡山的时候，他看到有两个人正挥着斧头在砍一棵大白桦树，他们已经砍出一道深深的伤口，新鲜的伤口里还散发着奶油味的清香。他连想都没想，一声怒喝就冲了上去，迎着那些拿着斧头的人。那些人举起闪着寒光的斧头想吓走他，可最后却被他死都不怕的气势吓退了。从那天夜里开始，他一连几天都守着那棵大白桦树，像从前守着他生病的孩子。他老婆担心坏人伤害他，可他对她说：“你见过为了保护自己的孩子而害怕的父母吗？”后来，他老婆干脆和他一块守在大白桦树下，他不走，她也不走。

某天，路上响起一阵汽车喇叭声，他和她都明白，又有人来望天鹅峡谷看风景了。在护林站的屋子前面，一群人停了下来。已经到了路的尽头，他们只有穿过树林，才能继续向望天鹅峡谷进发。那些人发出刺耳的声响，让他俩感到很害怕，害怕他们惊走了鸟儿，踩伤了野花；害怕他们扯过树的胳膊，把一个个白色泡沫饭盒挂在树枝上。

那些树好像也在收缩着，都竖着汗毛似的，连鸟都憋着不唱歌了。那些人不停地说着望天鹅的奇美风景，说应该开一条大路，还说要拦住溪水，建一个水厂。他们吵闹的声音在树林里回荡着，好像把整个望天鹅山脉都震动了似的。他俩默默地听着，开始担心起来。

后来，来了一群孩子，那些孩子来的时候，他俩像看见树那样眉开眼笑。孩子们在林子里跑着，像那些进过他们院子的动物一样欢快。孩子们舍不得弄坏一片树叶，舍不得摘下一朵花。整片森林里仿佛都能听见树叶在鼓掌，花儿跟着风的鼓点开始跳舞。

孩子们画了很多画。他们把树画成了一片混沌的绿色，上面开着星星一样的花朵，护林站像块路牌似的插在丛林中间。孩子还给他们画了一幅全家福，那张画上有茂密的树林，有流淌的小河，有吹过树林的风，有来过院子的鹿、野猪、狐狸和飞过的鸟，它们全都有一张笑脸，就连蜜蜂、蝴蝶、蚂蚁都在笑。

在树林的深处，一条小溪正闪着光在奔跑。他俩舒心地笑着，像小孩子一样开心。他们从来没有去过美丽的望天鹅峡谷，可他们知道，他们守着的这些树就是天鹅的羽毛，他们一直被天鹅拥在怀中。

无尘之眼

陈　敏

诗人波德莱尔说过，从猫的眼睛里可以读取时间。换一个角度看世界，一般人真的做不到。

前段日子，我因背部受伤，去了一家朋友推荐的按摩店。

那是一家很小的按摩店，据说只有三名按摩师。帮我按摩的是位女士，她四十多岁，是盲人，小个头儿，有点儿黑，眉毛中间有颗美人痣，五官轮廓清晰，人看起来很精神。我便和她聊了起来。

她说她小时候生活在乡下，母亲生了八个孩子，其中七个都是女孩儿。她九岁的时候，发过一次高烧，没有得到及时治疗。乡下嘛，家里女孩子本来就多，父母忙于生计管不过来。也可能是用药不当导致的吧，好像是吃了一个兽医开的药后，眼睛就看不见了。她描述得那么轻松，好像在说着别人的一件往事，脸上还带着一丝微微的笑。我问她恨不恨那个给她用药的兽医，她说不恨。我问她有没有找那兽医索赔过。她说，没有！

沉默了片刻后，我又问她现在过得怎样，好不好？她说很好。她结婚了，有两个孩子，孩子也都很好，耳聪目明，很健康。说到孩子，她的脸上顿时浮现出骄傲的神情。她说她的孩子教会了她很多东西，给她讲电视里的动画片，给她读书，读他们在学校里学的课本。之后，她又补充了一句："虽然我的眼睛看不见了，但我的心是明亮的。"

她的话引起了我的好奇，我问她能不能说给我听听，一个人的心是怎样明亮的。她停了片刻，说:“你听，这是情绪的声音！”

还别说，这时候，恰好有一声巨大的摔门声，似乎带着强烈的不满情绪。她告诉我说:“你听，这是带着情绪在关门。”

我问:“你怎么知道的啊？”

她说:“若按值班顺序，这会儿不应该是我给你按摩，而是另外一个人。可你来的时候，她不在，就让我顶了上来。我们这里是不允许让客人等候的，哪个技师不在，就叫下一个来顶替，她来了就只有往后排。”

“可这事不怨你啊，她为什么有这么大的情绪？”我好奇地问。

她说:“这种情绪可能针对她自己，也可能针对我，这关门的声音确实比较大。”

我又沉默了一会儿，问:“除了情绪的声音，你一定还能听出别的更多的声音吧？”

她说:“是啊，一个人说话的时候，是他在说话还是情绪在说话，是他的认知在说话还是他的习惯在说话，这些我都能听出来。”

“哇，你好清明啊！你真是太棒了！”我很惊讶，感觉给我按摩的这双手是如此充满灵性，这双手不再是一位盲人按摩女技师的手，而是一位大哲学家的手。

我说:“那你的心一定很清净，永远停留在一个很安静的地方。”

她说:“是啊，我一直都在一个清净的地方，我在那个清净的地方‘看’着所有事情的发生。这些事不管与我有无关系，我都不会用我的认知去参与，我不让我的评判跟上去，我只是站在我明白的地方就可以了。”

“你真是个高人！因为看不见，所以活得安逸。”我无限敬佩地给她竖起了大拇指。在我看来，虽然她是盲人，但绝对比正常人看得清楚。

“那你一定生活得很开心、很幸福，对吗？”我问。

她说:“我真的很开心。我每天下班，老公都会准时来接我，我俩一起回家。回家后，我做饭给他们吃。”

“做饭？这个你也能行吗？”我惊讶地问。

她说：“可以，我都知道油盐酱醋放在哪个位置。”

“家里没人帮你吗？”我问。

她说：“我婆婆总想着帮我。原先是婆婆帮着做，可她年纪大了，不可能陪我们一辈子，我还有两个孩子，我必须独立！”

“呀！你真是太厉害了！”我真不知道该说什么，只是不停地点头，给她竖大拇指，心里涌出无限感慨。

墙上的自鸣钟响了，提醒按摩时间已到，她正好打理完毕，然后站起，欠身，鞠躬，向我微笑道别。

门外，是来接她下班的老公。她老公一条腿残了，开着一辆小小的电三轮。

她缓缓地走向三轮，坐上去，熟练地环住丈夫的腰。丈夫将手伸进衣兜，掏出一副墨镜，罩住了她的眼。

电三轮开走了，缓缓地融入车水马龙之中。不知怎么了，我的双脚像扎了根似的立在原地，无法动弹。

那一刻，我看到了真正意义上的幸福。

酒　娘

朱雅娟

一般来说，喝酒的女人大都有故事。那么，酿酒的女人呢？

韩氏酒坊掩映在阶州姚寨沟的绿荫下，清冽的山泉水、浓郁的稻米香萦绕着整个村落。每逢春秋两季，早晨村子里的人大多不是被啼鸟叫醒，而是在睡梦里被酒香唤醒的。

韩氏酒坊的那个女人又在酿酒了。

酒是黄酒，用当年产的上等精白糯米做成。别家酿酒，稻谷去壳即可，但韩姓女非要用石磨将米粒磨去十之五六，才取其颗粒，筛选、浸泡、蒸煮、摊冷、入曲，然后入坛酿造。如果说糯米是“酒之肉”，那姚寨沟的优质山泉水就是“酒之血”，而酒曲就是当之无愧的“酒之骨”了。

这三者更似父母与子女，在时间与温度的作用下，几经风霜，血肉相连，融为一体，再经压榨、煎酒，最后化为香醇美味、清亮透明的杯中之物。

韩姓女是什么时候来阶州的，无人能说清楚，她的名气更像是经年酿造的美酒挥发出来的香气，一点点弥漫在阶州的街头巷尾。她似乎在阶州很多年了，又似乎才来阶州没有几年。作为一个单身女人，她始终是谜一般的存在。

阶州不乏善饮之人，韩氏酒坊的黄酒在冬日是走俏的。阶州百姓在冬日守个小火炉，在炉火上煨上一壶黄酒，就觉得这个冬天不再寒冷。阶州人同时也是好客的，有朋自远方来，他们即便天天在家里吃酸菜拌汤，也会将客人请到小酒馆去小酌几杯。邻县的人来州府办事，返程的时候，不忘用皮囊盛几斤韩氏黄酒回家。慢慢地，韩氏酒坊的酒便流传开来。

果真应了“酒香不怕巷子深”那句话，专程到韩氏酒坊买酒的人很多，以至于到了限量购买的地步。还有一些酒坊，打着韩氏酒坊的旗号，冒名出售。但懂酒的人，一看酒色就先摇起了头，不仅酒色暗沉，而且还有些浑浊，绝对是仿品。

说了这么多，韩姓女到底是什么样的人？

你喝过她的酒，再接触她这个人，就知道了。看上去似水，平平淡淡，但喝到嘴里，甜中带酸；咽下喉去，辛中有苦；咂舌回味，又是鲜中余涩。这特点与前人总结的绍兴黄酒如出一辙，只是绍兴黄酒是琥珀色，而韩氏酒坊的黄酒是无色的。

为什么呢？

你见过有颜色的泪水吗？韩姓女会慢悠悠地反问你。

韩姓女也饮酒，喝醉了就会笑，笑着笑着，眼泪就流出来了。是的，跟她酿造的黄酒是一个颜色——清亮透明。

这一年的春天来得格外早，韩氏酒坊却再也没传出酒香。这种寂静持续到清明，终于有人忍不住去敲酒坊的大门。门是虚掩着的，酒缸是空的，白色的酒曲散落满地。

大家讨论比较多的是，韩姓女写在酒坊墙壁上的那首词：

我住长江头，君住长江尾。日日思君不见君，共饮长江水。

此水几时休，此恨何时已。只愿君心似我心，定不负相思意。

不用说，韩姓女有情郎，可惜的是天各一方。那么，她现在去哪儿了呢？看样子，她走得很匆忙，甚至没来得及转让酒坊。

过了五六年，姚寨沟来了一些人，花了好几天的工夫才把废弃的酒坊收拾妥当。管事的人虽瘸着条腿，但做起事来有条有理。

酒香重新弥漫整个村落，被唤醒的村民觉得这酒香有股熟悉的味道。

美酒终于出坛，大伙儿争相去品尝，倒出来的酒却是琥珀色的清亮液体。

大伙儿尝尝看，还是不是原来的味道？

酒坊里走出一个笑容可掬的女人，手里牵着个三四岁的孩童。大伙儿定睛一看，这个女人不正是韩姓女吗？

酒味比以前更香醇了，但这酒的颜色……有人开始发问。

韩姓女甜蜜蜜地拉过她的瘸腿老公，这酒是用五色粮食做的，不再是孤零零的糯米，当然就有烟火的颜色啦。

哪能这么简单，好酒是用好粮好水，由好酒娘酿造出来的，三者缺一不可。这位大哥，我们阶州有好粮好水，但就是没有大哥你那么好福气，有最好的酒娘。

看到他们一家三口那么甜蜜，终于有人开始调侃。

大伙儿都乐了，说话的人真是一语双关。酒曲也被叫作酒母或者酒娘，是酿酒不可或缺的核心材料，绝不外流。

我的酒娘只能我独享，但这些酒曲我可以出售给大家。瘸腿男子说着，从屋里搬出许多酒曲来。

大伙儿喜出望外，有了酒曲自己就可以在家酿酒喝，这不是便宜事吗？

众人走后，韩姓女有些抱怨地对老公说，大家都自己酿酒喝了，我们的酒还卖给谁呢？

瘸腿男子爽朗地笑道，当年我偷了东家的酒曲不仅被打瘸了腿，而且还蹲了十多年的大牢。你孤身一人摸索出制造酒曲的方法，靠酿酒维持生计，终于等到我出狱，和我处理完老家所有的事情。这说明什么，只有人才是最重要的，其他都算不了什么。

韩姓女娇嗔地对瘸腿男子说，就你的嘴会说。那要不要我们把制造酒曲的方法也告诉大家呀？

瘸腿男子掩住老婆的嘴，那可不行，这是我们来钱的门路，是养活我们一家三口、四口、两代、三代，甚至祖祖辈辈的财富，哪能随便说给人就给人呢？

韩姓女笑道，原来你不傻啊。

城市月光

碎　碎

“妈妈你猜，世界上最幸福的事是什么？”

“是……”她打了一个哈欠，已经困极，不想理他，只想摁灭他所有的问题。

他问这话的时候，他们正一起站在洗脸池边，准备刷牙洗脸。此时表针指向晚上 11:50，她早已恹恹欲睡。今天是他所谓的魔鬼星期三。因为每周三晚上有两节钢琴课，上完课回到家里已是 9 点，还要赶一堆作业，睡觉时都 11 点半左右了。每周三晚上都是考验他们耐心的一道门槛。这个晚上，他因为写作业磨蹭，已经被她训斥了两回。

此时谈论幸福，还能说什么呢？她想起很多陈词滥调。

“是所有的事。因为世界上有那么多的人，每个人眼里幸福的事都不一样。假如有异次元，异次元里也有那么多的人，所以世界上最幸福的事是无限的。”他的声音还是那么欢快，像一声惊雷，敲打着她老茧纵横的心。不过，什么是异次元啊？她想明天她得去查查。

他刚刚学到自然数。在他四年级的数学书上写道，最小的自然数是 0，自然数是无限的。所以他大概刚刚能领略“无限的”这个词的意思。

她马上抱住他，说：“你这表达太棒了，比你考 100 分都让妈妈高兴。这真是最好的认识、最好的句子，我都写不出来。我还以为你会说‘幸福就是写完作业了，也检查完了，改错也改完了，可以上床睡觉了’呢。”

他笑起来，害羞地说：“你的眼界太小啦。”

她马上承认自己的眼界确实是太小了。每天晚上陪伴他写完作业，她都感觉自己能量耗尽。可是现在，9 岁的他提醒她，幸福是所有的事，幸福的事是无限的。他的认识让她羞愧难当。

她经常也会反省，为什么每天晚上陪孩子写作业和检查作业的过程中，常会忍不住对他吼叫。看到错别字很多，看到他做数学题粗心马虎出现低级错误，看到他做作业磨蹭，效率低下，她都经常会用词激烈，甩出一个个又狠又重的句子，伤人伤己。她想自己还是太缺乏耐心和涵养了。孩子是一面镜子，照出了她的缺失。

每送走一个这样的夜晚，她都感觉自己身上很脏，脸很脏，浑身都是灰尘，无法清洗的感觉，哪怕前一天刚洗过澡。不好的情绪是最大的污染，是暗尘和蛛网，是黑洞和绳索。她很清楚自己的问题，但常常还是做不到更好。

前几天的单元测验，他考了 95 分。他没有上辅导班，她感觉这个分数也可以了，但是收到了学校校信通的短信：“全班平均分数是 96 分，100 分 22 人。孩子有点儿退步，请家长督促孩子……”

要把他限制在习题、试卷和辅导班里，为了得到一个更好的分数，拼尽全力考一个好学校，还是给他更多的自由，让他有好分数之外的更多可能性？她常常感觉两难，顾此失彼。保持生命的生动性与丰富性，保持对世间万物、对一切的感受力，保持自我的活力与弹性不比什么都重要吗？应该比分数更宝贵。只是现实……她感觉他们现实生活的可能性已被无限地缩减压榨。但是现在，还是什么都不要想了吧，赶紧上床睡觉才是正经事。看到孩子洗完脸，她啪一下关掉客厅的大灯，想像赶猪猡一样马上把他赶上床。

孩子却还是慢吞吞的，竟然又跑到阳台，趴在窗边，惊喜地叫道：“妈妈你快来看，今晚的月亮好圆啊！”好像他第一次见到月亮。

都什么时候了，还有心思看月亮！月亮不是另外一个世界的事吗？她忍住发作，走过去站在他身后，抱住他的肩头，和他一起与月亮对望。

农历十四的月亮，接近满月，大，圆，明亮，与世无争的柠檬黄，像是没见过人间任何悲苦，那么温柔和恬静。

站在月亮下面，她为自己刚才的怒吼感觉羞愧。为什么这么小的孩子在做完作业无比疲累之时，还能恬静地看一会儿月亮，还愿意站在那里感受月光的照拂，而自己的心却僵硬已久呢？月光如水，给人清洗。“这是李白和苏东坡看过的月亮，是王维和杜甫注视过的月亮。是很多相爱的人、幸福的人看过的月亮。”当她说这话的时候，感觉脸有点儿发烧，好像不是刚才的她了。

“月亮一直是这样的，没有变吗？”孩子说。

“是啊，和古时候的一样。所以我们仰望月亮的时候，会感觉离那些古人很近，可以与那些遥远的生命有交集，能接收他们的能量。”

她突然想到，很快，过不了几年，孩子就会因为更多的作业而无暇他顾，忘了还有看月亮这回事。想到那种迟早要到来的丧失，为那缺掉的一角，她忍不住预支难过了。

“那如果我们每天都来看月亮，看得多一点儿，站在更高的地方去看，离月亮近一点儿，会和他们的交集更多吧？接收到他们的能量也更多吧？”孩子转身仰起头问她。

“没错，会的。”她忍住笑，声音毋庸置疑。

玻　璃

阎秀丽

陈林穿好衣服，背着行囊，站在窗前。外面，晨雾包裹着的大青山，影影绰绰的。他转过身，把灯关上。

玻璃窗一尘不染，能清晰地看到外面的一切。

天色还早，等等吧。陈林心里暗暗地想。

他搬过来一把椅子，发出了嘎吱一声，在静静的清晨有些刺耳。他赶紧放轻了脚步，希望不要搅醒别人的好梦。他是最不愿意麻烦别人的。

就像他当初悄悄地来到这里。

那时，他惊讶地看着凌乱的村委会，玻璃窗上已经看不清本来的颜色，上面是沟沟壑壑的污渍，使屋内光线更加暗沉，还隐约有种发霉的味道。

陈林拿起放在墙角的笤帚扫起地来。村主任李大毛嘴角往上扬了扬，他身后的几个人也没有动，扬起的灰尘笼罩着他们的脸庞，看不清。

一屋不扫，何以扫天下。

陈林说完这句话的时候，再抬头，发现那几个人已经不见了，只有民兵连长老栓在看着他。

陈林走到门口，院子里静悄悄的，几片树叶在他眼前飘落下来。

他们都忙，就先走了。老栓解释说，这屋里又脏又乱，我给你另找个地方吧。

我看着挺好的，就在这儿住，方便。陈林搓搓手说道，扬起的灰尘让他打了一个大大的喷嚏。

陈林没有想到这个村这么穷，既没有副业，也没有几块完整的好地，更没有赖以生存的产业支柱。年轻人几乎都跑出去打工了，只剩下岁数大的老人和带不走的孩子。

陈林说要想富先修路，我们修一条能进山的路。山里奇峰怪石，是驴友最佳的去处。只要路修好了，不愁没人来。

李大毛说，进山的路经过他家的地，要想修路可以，但是不能动他家的地。

陈林看了看野草丛生的荒地，笑了笑说，我已经查了，这不是你家的地，已经荒废了多年。路弯了，可以取直，人心要是弯了，这个村子……会走很多弯路。开工!

李大毛悻悻地看了一眼陈林。

路修好了，陈林经过调研，提出建大棚种植香菇的建议。

村委会研究这件事时，李大毛一直抽烟，不吭声。

开完会，陈林很认真地擦着屋里陈旧的桌椅，还有一扇又一扇的窗玻璃。也许是年头太久了，玻璃像是蒙了一层纱，还是看不清。

老栓站在院里，看着陈林擦着玻璃窗。

陈书记，你就别折腾了。这是老栓经常挂在嘴边的话。

陈林没听清老栓的话，继续擦。

村民大会上，陈林说了种植香菇的事，人们却嘻嘻哈哈地笑起来，三三两两地离开了会场，剩下几个妇女有一搭没一搭地聊着天，根本没人听陈林在讲什么。只有老栓坐在最后面没有动，嘴巴紧紧地抿着，低着头。

我看行！老栓咕哝出这句话。

村里热闹起来，看着陈林帮老栓盖大棚、买蘑菇棒，从早到晚在大棚里忙碌，有时候连家也不回。

李大毛背着手绕了几圈，撇着嘴说，就咱这穷山沟，能长出那金疙瘩?

可不是咋的，祖祖辈辈的穷地方，山上的蘑菇有的是，捡上两筐晒干了，能炖上只小鸡就不错了……

想发财都想疯了！

…………

老栓手里的活计慢了下来，抬头看了看陈林。陈林好像什么也没听到，专心摆弄着手里的蘑菇棒。阳光斑斑点点地从棚顶上倾泻下来，笼在他身上斑斓一片。

老栓往手心里吐了口唾沫，嘿的一声，又把镐头高高地抡起。

村委会忽然热闹起来，自从老栓卖香菇挣了第一笔钱，在村里建起了亮堂堂的“北京平”，村委会的院子就没消停过，总有人偷偷摸摸地在院子里绕几圈，有意无意地看着他。

李大毛背着双手，看到陈林，想笑，却没笑出来，只是嘴角动了动。他环顾了一下四周，拿起抹布就擦桌子。

李大毛擦完桌子，咕哝了一句：一屋不扫，何以扫天下。接着，又仔细擦起玻璃来。这玻璃，忒埋汰。他说。

几场雨淋过，玻璃确实有点儿脏。

陈林笑了笑，顺着玻璃窗向外望去。远处的山，山上的树木，清晰地扑进他的眼睛里，眼睛里便满是葱葱郁郁的绿。

山里的树叶青了又黄，黄了又青，一晃三年过去了，陈林的任期已满，他要回原单位了。他不想惊扰任何人，村里的香菇大棚鳞次栉比地建起来，每个人都在忙。

陈林感觉身子暖暖的，鼻子有些发痒，忍不住阿嚏一声打了个喷嚏，把自己吓了一跳。他直起身，发现自己竟然趴在桌子上睡着了。外面的阳光透过窗户笼罩在他的身上。他不由得咧嘴笑了，心想，再不走，就赶不上车了。

忽然，一种细碎的声音钻进他的耳朵，他回头，看见玻璃窗外密匝匝地围了一堆人，正趴在窗户上往里望着。李大毛两手遮着凉棚，扒拉开挡在他面前的老栓，踮着脚尖使劲往里挤，嘴里也不知道咕哝着什么。

陈林心头一热，赶紧走到窗户前，指了指李大毛，又指了指老栓，笑了起来。

玻璃窗干干净净的，映着李大毛做出的口型：我们来送你。

太阳从东山弹跳出来，照着玻璃窗，阳光射进屋子，屋里一片明亮。

青花如意陶

徐建英

道光年间，秦都有位陶艺师，姓陶名淳风，祖辈以制陶、售陶为生。陶淳风精于把陶、掌陶，经营的一品陶居生意很红火，内堂也有不少古物。

这日，一位老者入店内，扬言找陶淳风掌个眼，随后小心翼翼地取出一个青花如意瓶。陶淳风接过瓶，一怔——此瓶胎质细腻，胎体轻薄，釉面光润，青花色泽甚是浓郁。

老者觉察到陶淳风面有异色，一丝笑容浮上脸庞。

陶淳风沉默不语，良久才吐出三个字："仿制品。"

老者指着瓶身绘制的青花如意回纹，傲慢地说："人言小陶先生慧眼识陶，我看也不过如此嘛，且不提瓶底的永乐印记，单看瓶身的青白釉面，苏麻离青料烧制的艳纹，青墨斑点似水墨般的晕散，便知是郑和下西洋时外销的如意陶瓶。"

陶淳风只手持陶瓶道："此乃提纯过的青料铸造，烧造得当，水墨斑点便可以假乱真，然仿制品就是仿制品。"说完将陶瓶摔个粉碎，捡起一片陶胎递给老者。"请老丈看看内底是否有陶某的刻字？若无，我愿十倍赔偿。"

老者取出凸透镜，看到"陶淳风"三个发丝大小的篆体小字，立时面露寒色。陶淳风同样脸色凝重："此瓶乃陶某十五岁生辰的习作，岂料辗转你手……"

老者一言不发地转身离去。

陶淳风将碎裂的陶片一一捡起，遣散众人，进入内堂，将陶片重新一一拼接，不多时一个青花如意瓶就摆在藏柜打眼的地方。

数年后。江南鸿运钱庄、江北铸剑山庄同时来秦都提亲。

陶淳风因痴陶，年逾三旬无妻室。

鸿运钱庄二小姐冯鹊，年方十六，自幼聪慧，随冯庄主进进出出，是钱庄的好帮手。

铸剑山庄已故曹庄主的女儿曹雪，人如其名，清冷美貌，芳菲十八，待字闺中。

同时面对两位小姐，陶淳风很是头痛。南北两家他都不想得罪，也都得罪不得。于是诚意宴请冯曹两家。怎奈冯曹两家甘愿二女侍一夫，不分大小，平妻入嫁。

冯鹊直言："你善于挣钱，我自幼喜理账纲，我们一好得两好。"

曹雪淡淡一笑："有你，此生便安。"

岁月匆匆，冯鹊先后诞下两儿一女。春晖寸草之余，冯氏帮陶淳风打理一品陶居，不久便在陕西设立了分号。

曹雪多年无所出，一个人在陶家老宅里郁郁寡欢。偶尔，她也会到一品陶居，怔怔地对着那个碎裂了的青花如意陶瓶，一看就是半天。

又数年，曹雪重病。

曹雪自知时日无多，在陶淳风再三追问下，曹雪才把心中藏了多年的心事和盘托出。

陶淳风听后长叹。

一顶软轿把曹雪抬进了一品陶居的内室，关好门，陶淳风小心翼翼地搬出那个碎裂了的青花如意瓶，在曹雪诧异的目光中，在碎裂拼合后的瓶身处，用小锉轻轻开了一条切口。外层的橘皮青釉层层剥落，露出一角的瓷白，内底的瓷釉白中泛青，瓷胎质感细腻。曹雪的眼睛随着陶淳风的手指滑动而骤变——碎瓶内竟还藏着一只青花如意瓶！

曹雪一阵剧烈的咳嗽，嘴角有血在沁出，眼神从惊讶到愤怒，最后与身子一起跌落在地。

陶淳风躬身扶起曹雪，问：“二十年前与我斗陶的，可是已故的岳父曹老庄主？”

曹雪黯然点头：“终究是祖上的东西。父亲年轻时在冯家的钱庄失了瓶……斗陶，方晓如意瓶在陶家。我，怎么……也得成全他所愿。”

陶淳风喟然长叹：“陶家无意得陶，我竟因瓶而得两妻。但古物有价人无价，曹家既是原主，又是姻亲，应当物归原主。只是夫人啊夫人，你又何苦赔上自己半生？”

曹雪的泪水无声滑落：“青花……如意瓶……相传一瓶可抵半城……”

门外，冯鹊提儿携女，风风火火地踏月归来。

水哨男孩

庞　滟

余小水赶到医院时，前夫已经归天了，他手里紧攥着一张银行卡和她签过的离婚协议，背面歪歪扭扭写着一行字：小水，我对不起你！卡密码是咱儿子的生日。余小水扑到前夫身上，哭得昏天黑地。

回到家的余小水，看到儿子正坐在地上玩玩具，痛心地唤道：柳笛，妈妈回来了。

男孩抬起头笑呵呵地望着她，嘴唇嚅动了半天，发出让她震惊的两个音节：妈……妈。

余小水愣住了——一直不会喊“妈妈”的儿子变正常了吗？她捧住儿子的脸，连唤了几声：儿子，柳笛，柳笛，再叫一声妈妈，快叫啊！

柳笛目光呆滞，呵呵地傻笑着，不再说话，低头摆弄玩具。余小水失声痛哭：儿子啊，你爸死了，妈要是再走了，你连自己都不会照顾，该怎么活啊？

晚饭后，柳笛扯着发呆的余小水说：走，走。他喜欢在晚上散步，去河边听青蛙叫。

余小水给儿子换上一套新衣服，破例带上了儿子喜欢吹的陶瓷水哨。他们来到了云龙湖桥上，黑色的湖水把路灯的影子扯来扯去。儿子趴在栏杆上向水里张望，掏出水哨要吹，她没有阻拦，把瓶子里的水倒进去。顷刻间，婉转的鸟鸣声在黑夜中飞翔。

小水坐在地上，颤抖的双手伸向儿子的腿，握紧他的脚踝，心碎地啜泣低语：儿子，都怪妈妈不好，我们该怎么活啊？

妈——妈，家。柳笛蹲下身，去拉地上的妈妈。

家，家？好吧，咱们回家！余小水擦干泪水，长叹一声说：这也许是天意，我应该做最后的努力。

第二天，余小水带着柳笛上班了。她在这个野生动物园工作了十一年，还是第一次带着儿子来上班。同事们见了，都夸她儿子大高个儿，长得帅。她红着脸谢过，带着柳笛走进总经理办公室。

小水，这是你儿子？不错啊，一表人才！当初你要是嫁给我，早就有这么帅的儿子了。吴经理酸溜溜地跟她开着玩笑。

吴经理，我今天来……有一件天大的事要求你帮忙！这是我的诊断书。余小水艰难地继续说，我儿子柳笛有自闭症，他十七岁了，智力只相当于五六岁。他爸爸出车祸死了。

啊？天哪，你这罪遭的，也太惨了！我先借些钱给你，再号召大家捐一些，赶紧先把病看了。

不，吴经理，医生说我只剩半年时间了。我想带着柳笛一起在大象馆里工作。希望你能开恩，如果他学会了照顾大象，让他在这里工作，给他一口饭吃就行。

什么？这恐怕不行，你儿子有那啥……不适合待在动物园，会有危险的。小水，这事真不好帮，其他忙我都可以帮。

志伟，看在同学的分上，你帮帮我吧！余小水扑通跪了下来，泪流满面：我真是无路可走了，昨晚我带着儿子想去跳河，是他硬拉着我回家，才没跳。我只好来这里给他求一条活路。你帮了我儿子，下辈子我给你做牛做马来报恩！要是不能帮，我们还得去跳河。

唉，我的天啊！你这是干什么，赶紧起来，有话好好说。吴经理搀起余小水，愁眉苦脸地转了几个圈，说那就让你儿子先试试吧。要是真能行，得等到孩子年满十八周岁才能应聘。即使不适合这里，我也会想办法帮他，你放心！

余小水连连答应，千恩万谢着。

大象馆里一共有三个大象家庭，第三个家庭只剩下一头非洲母象叫西蒙，两个月前它生的小象夭折了，一个月前，公象又染病身亡。西蒙的情绪很不稳定，总是烦躁发脾气，毁坏东西。余小水虽想尽各种办法去安慰它，但效果都不好。她带儿子来给西蒙送饲料，它正烦躁地在围栏里暴走，乱撞。

柳笛扯过往水坑放水的管子，往大象身上喷水。西蒙扑通扑通向柳笛走来。余小水怕它伤到儿子，拿起棍子驱赶它。可柳笛却开心地笑着。大象目光顿时变温和了，绕过余小水用大鼻子把柳笛钩过来。柳笛一边冲水，一边用手在大象身上搓着。那种默契，好像一对老朋友。洗完澡，柳笛牵着大象的鼻子去吃东西，掏出陶瓷水哨给大象吹鸟叫声。

余小水发现，儿子和大象相处时是最好的沟通时机，教他什么，都能学会一些。她一遍遍地告诉儿子，如果妈妈有一天不在你身边了，那是妈妈变成了大象在陪着你。

一天，柳笛生病了没来，大象西蒙的狂躁情绪又发作了。它毁坏栅栏，误伤管理员。吴经理急得火上房，要动用麻醉枪。余小水说，柳笛可能有办法让大象安静。

浑身发烫的柳笛被接来了，他吹着水哨，走近大象。余小水狠下心，没有陪儿子一同去。

时间一分一秒地流逝。半个小时后，大象西蒙安静了。柳笛在吹水哨曲子，鸟鸣声如天籁回荡。

吴经理带头给柳笛鼓掌。余小水泪流满面，又抹去泪水，长出了一口气。

你约等于金色花

王秋珍

眼睛下方两厘米处的肌肉组织，呈倒三角形，称为苹果肌，又称笑肌。笑起来时，笑肌可以让脸颊现出如苹果般的曲线。但有的人没有笑肌。

我对这段话深信不疑。我支教的新疆温宿三中的木耶赛尔·艾买尔同学，就是个没有笑肌的人。他总是低着头走路，低着头听课，好像地上有一块块磁铁，把他吸住了；又似乎空气里有一个熨斗，把他的笑肌和表情熨得了无痕迹了。

一次，我无意中发现，木耶赛尔·艾买尔额前偏左的部位，有一块隐隐的胎记，一元硬币大小。我突然明白了，他一定是不想让别人看到这块胎记。他自卑。

我想起自己年少时的自卑，长得既不好看，又长得慢，还不会吞服药。如今，我写下了《走着走着，花就开了》，发表在一家杂志上，我决定，给同学们读读这段文字——

“也许，对大人而言，孩子的事情都是小事情；对时光而言，过去的事情都是小事情。我们都曾痛苦地生长，期待人生的峰回路转。其实，我们只需走好眼前的路。走着走着，路就宽了；走着走着，花就开了。”读完，同学们都为我鼓掌。木耶赛尔·艾买尔微微地抬起了头，只是他的表情依然像个木偶。

这次单元作文的主题是“热爱生活，热爱写作”。我讲道：“热爱生活，首先从认识自己、热爱自己开始。传说，每个人都有两只口袋，胸前的装优点，背后的装缺点。于是，每个人只看到了自己的优点和别人的缺点。那我们就先从胸前的口袋里清点优点，自我肯定吧。”

我以为同学们听了，会像爆米花一样争先恐后地爆出一大串优点来，不料，同学们能说出的自己的优点却只有两三个。

我让木耶赛尔·艾买尔来说说自己。他低着头，说：“我没有优点。”

“你再好好想想。”

“我真的没有优点。我妈说我到这个世上就是来讨债的，是混吃等死的。”

教室里瞬间静了下来，有的同学捂着嘴巴哧哧地笑。

我用手势制止了同学们的笑声，点评道：“同学们对自己的优点认识得还不够多，我给大家两个星期的时间重新认识自己，每个人要说出自己至少五个优点。”

我了解到，木耶赛尔·艾买尔的父母离婚了。小学六年，他都是在妈妈的否定中长大的。他妈妈一个人带他，每天打扫街道卫生，清理垃圾，日子过得艰难。

是啊，一个对自己没有一点儿认同感的孩子，如何能拥有笑肌呢？

我倏然明白，他的笑肌不是被胎记剥夺的，而是被全盘的否定剥夺的。我突然有了主意。

“艾买尔，给我一支红笔。”“谢谢你，帮了我的忙。”

“艾买尔，请把老师的大衣拿到办公室。”“谢谢你，帮了我的忙。”

慢慢地，木耶赛尔·艾买尔的头不再一直低着了。有一天，他采了一朵金黄色的野花，插在矿泉水瓶子里，送到我的办公室。

两周后的语文课，同学们都说出了自己的五个优点。我期待着木耶赛尔·艾买尔的表现。让人大跌眼镜的是，那个萎靡的声音又响了起来：“我没有优点。”

我急了，说：“前几天，班里的卫生工具掉下来，是你用胶带把卫生工具粘起来的，难道这不是优点吗？你送了老师漂亮的花儿，你就像我们刚刚学过的《金色花》里那个善良可爱的小男孩儿，这不是优点吗？”

听到这，木耶赛尔·艾买尔抬起头，一双圆溜溜的眼睛更大了。此时，我想起了非洲的巴贝姆巴族，他们至今保持着一种独特的生活习惯：当族里某个人犯错误时，族长会让其站在村落中央，整个部落的人会将这个犯错误的人团团围住，用赞美的话来教育他。整个赞美的仪式，要持续到所有族人都将正面的评语说完。

赞美，虽能让人惭愧，但能给人力量。木耶赛尔·艾买尔没犯错误，但他太需要肯定了。

“同学们，我们一起来说说艾买尔的优点吧。”

阿比代·肉孜说：“他以前不爱说话，现在爱说话了。”

努热曼古丽·托合提说：“他以前不会背课文，现在会背了。”

伊木然·依不拉音说：“我没有橡皮，他把他的掰下一半送给我。他很善良。”

萨拉伊丁·麦麦提说：“艾买尔每天自己走路上学，他非常独立。”

听着听着，木耶赛尔·艾买尔的眼里有了泪水。

我让同学们把自己的优点整理到小卡片上，贴到课桌的右侧，每天看着优点，可以激励自己变得更好。木耶赛尔·艾买尔终于写下了自己的优点。他虽然没笑，但我觉得他心里在笑。

我买了一张红色的卡片纸，像新疆成熟的沙棘果一样的红色。我给木耶赛尔·艾买尔的妈妈写了一张报喜单，我要和木耶赛尔·艾买尔一起送过去。我写道：“前几天，我们刚刚学习了印度诗人泰戈尔的《金色花》。里面有个爱妈妈的小男孩儿，是个善良可爱的小精灵，像金色花一样美好。木耶赛尔·艾买尔约等于金色花，他每一天都在进步，爱说话了，爱背书了，爱帮助别人了。请您送他一个拥抱好吗？”

木耶赛尔·艾买尔的妈妈不认识汉字。我就让木耶赛尔·艾买尔用维吾尔语翻译给妈妈听。妈妈听着听着就哭了，把木耶赛尔·艾买尔抱得喘不过气来。

木耶赛尔·艾买尔也哭了，然后又笑了。他的脸颊上现出了苹果般的曲线，美得像金色花一样。

父亲的秘密

胡　玲

夜幕降临，华灯初上。街道两边，大大小小的餐馆次第亮起霓虹招牌，宛如朵朵璀璨的鲜花在夜色中绽放。空气中弥漫着各种美食的香气，深深诱惑着来往的路人。

街尾的一间小馆子里，一对父女正津津有味地享受着丰盛的晚餐。小女孩儿一双小手紧抱着大鸡腿，吃得满脸都是。年轻的父亲宠溺地看着女儿，用纸巾温柔地拭去她脸上的食物残渣。慢点儿吃，看你，吃得像个小花猫。

爸爸，炸鸡腿真好吃！小女孩儿笑得像花朵一样甜。等下次妈妈出差时，爸爸再带你来吃。不过，这是咱俩之间的秘密，不能告诉妈妈，妈妈说这些都是垃圾食品，不让咱们吃。

好，爸爸，我不说，这是咱俩的秘密，秘密就不能告诉任何人。小女孩儿凑到爸爸面前，放低声量说。

这时，有个男人走到饭馆门口，四五十岁的样子，提着一个大大的行李包，黑瘦的脸上布满了风霜和倦意。男人站在门口，想进来又没进，朝里张望了几眼，脸上是犹豫不决的表情，迟疑了一会儿，才鼓足勇气，怯怯地走了进来。

请问，这里的米饭多少钱一份？男人问店员。两元钱一碗，店员说。可以只点一碗米饭吗？男人有些不好意思。店员打量了男人几眼，说，可以。我要一份米饭。男人局促地说。

店员和善地一笑，好，你先坐，饭马上就来。男人走到一个角落，放下行李，坐下来。男人的座位离父女俩不远，正对着年轻的父亲。

店员端来一碗热气腾腾的白米饭，男人从行李包里掏出一瓶咸菜，用筷子扒了一些到碗里，就着米饭，大口大口吃起来，那样子，仿佛是一个很久没吃东西的人突然吃到了山珍海味。吃着吃着，男人突然噎着了，他干咳了几声，从行李包里取出一个旧保温杯，来到餐馆的柜台前，柜台旁摆着一排开水瓶。

这里的开水是免费的吗？男人问店员。店员点点头。男人倒了一杯开水，又回到座位上，埋着头，边喝水边吃饭。年轻父亲看着男人，若有所思。他悄悄走到店员身边耳语了几句，回来继续吃饭。很快，店员给男人端过来一盘青椒肉丝。男人连连摆手说，我没点菜。店员说，今晚我们店做活动，给进店的前十名客人各送一个菜，免费的。是吗？那太感谢了。男人一脸感激。

看对面的男人津津有味地吃着菜，年轻的父亲会心一笑。没吃几口，男人的手机突然响了，男人急忙放下筷子接电话。喂，丫头啊，你在学校还好吧？别太省，好好吃饭，好好学习，我挺好的，已经找到工作了，单位包吃包住。你别担心。我正在单位食堂吃饭呢！我吃什么？我正吃着青椒肉丝呢！不信？你这丫头，老爸怎么会骗你？我真的在吃饭。视频？下次再视频吧，这会儿同事们都在，怪不好意思的。真的真的，我不骗你。男人着急，涨红了脸。

年轻的父亲见状，急忙走过去，对着男人的手机大声喊，你快点吃，等会儿咱们还要加班呢！男人对年轻父亲投来感激的一瞥，继续和女儿打电话。是我的同事，叫我赶紧吃饭，这下你相信了吧？我先吃饭了，有时间我再跟你打电话，丫头再见！

男人挂掉手机，长长地松了一口气，抬头对年轻父亲一笑，刚才，谢谢你。年轻父亲笑笑说，不客气，一句话的事儿。男人吃完饭，去柜台结了账，回头对年轻父亲挥挥手说了声“再见”，提着行李走了。

看着男人瘦削的背影走远，淹没在大街上汹涌的人潮里，年轻父亲的眼睛湿润了。爸爸，你怎么哭了？小女孩儿睁着亮晶晶的大眼睛，疑惑地看着父亲。爸爸想你爷爷了。你和爷爷也有秘密吗？当然有。什么秘密？这是我和你爷爷之间的秘密，是秘密就不能告诉任何人。他出神地望着窗外的夜色，想起了很多以往和父亲之间的秘密。

小学暑假，趁母亲睡了，父亲叫他起床，偷偷带着他去村口的大河里游泳，天快亮了才回去。18 岁生日那天，父亲领着他在一个小馆子里吃饭，父亲点了一瓶酒，要他也喝一杯，说喝了这杯酒，从今往后他就是大人就是男子汉了。读大三那年，他羡慕同学有高档手机，借遍同学和朋友也买了一部，后来因还不上钱，被人追账，班主任把事情告诉了父亲。父亲扇了他一记耳光，那是父亲第一次打他。后来，父亲求爷爷告奶奶四处找人借钱，给他把账还了。那段日子，父亲对母亲谎称单位加班，下班后帮人送水送燃气，饿了就吃馒头和咸菜，三个月后才把借别人的钱还清了。

他和父亲之间有很多的秘密，然而，有一个秘密，父亲却一直隐瞒着他。大学毕业那年，他在一家单位实习，为了好好表现，他过年也没有回家。可是年后回去时，父亲已经不在了。原来，父亲半年前就诊断出肝癌晚期，怕他伤心，一直没有告诉他。

他打开手机，点开父亲的照片，长久地凝视着。爸爸，你这么大了，还想自己的爸爸啊？

在父母面前，再大的人都是孩子。说着，眼泪从他眼角悄然滑落。

浪　花

李海燕

爹说走的时候，有些恋恋不舍，目光在娘的脸上溜来溜去，伸手过来，捏了下娘的脸。娘也有些恋恋不舍，说，要不就别去了。

我一个月就回。爹说，一个月很快的。说完便出了门。

爹推着一辆手推车，顺着那条车轱辘路向东走去。手推车发出吱吱呀呀的响声，惹起一阵狗叫。爹要走一百三十多里的旱路，去他的表叔家。

爹走的一个月里，娘每天都去一墙之隔的二娘家，逗二娘的孩子玩，帮二娘干活儿。其实，娘是去看二娘家那对木箱子的。箱子上了漆，油光锃亮，纹路像河流里的波纹和涟漪。箱座子门是玻璃的，上面有对称的画，是彩色的，荷叶上顶着两朵粉色的荷花。娘回到家里，那幅画好像长在眼里，生了根发了芽，继而蓬蓬勃勃。娘就望着东边那条车轱辘路，盼着爹早日回来。

木箱子是二娘的陪嫁。那岁月，有一对木箱子做陪嫁的，全屯子只有二娘一个人。因为这件陪嫁，妯娌三人中，二娘就很有优越感。在爷爷奶奶及一大家子人的跟前，二娘最有面儿。

娘嫁过来后的第二天，大娘就上门跟娘搞联盟。大娘的嘴撇着说，你二嫂美着呢。继而拉住娘的手，说，咱姐俩得一心。娘听了，笑着说，二嫂的箱子确实好看呢。

十八岁的娘也想拥有和二娘一样的木箱子。但娘知道，那只是一个梦想。娘很小的时候就没了爹娘，是牵着哥哥的衣襟长大的。后来哥哥勉强娶了媳妇，生活拮据。娘嫁过来的时候，没有陪嫁，腋下只夹着一个小包裹，里面包着几件换洗的衣裳。爹的家境也不好，兄弟六个，还有三个弟弟等着娶媳妇。

有一天，娘跟爹说，二嫂的箱子真好看。爹说，你真的喜欢？娘喃喃地说，哪个女人会不喜欢呢。爹说，你喜欢我给你做。娘一愣，说，你又不懂木匠活儿，再说哪有木料啊？爹说，我跟表叔学过木匠活儿，只是没学成。

一个月后，静悄悄的午夜，突然传来狗叫声，娘一骨碌爬起来，推开窗户，娘听见了手推车发出的吱吱呀呀的响声。娘知道，是爹回来了。

爹满头是汗，鞋子被露水打得精湿，发出吧唧吧唧的响声。爹顾不得抹一把脸上的汗水，就把几件木匠家什搬下来，车上露出几截圆木。爹对娘说，这是做箱子的料，柳木的。

娘问，咋弄到的？

爹说，我给表叔做了一个月的小工，这是表叔给我的工钱。娘看着爹下巴上浓密的胡茬子，眼睛湿了。

第二天，爹去了二娘家，量了木箱子的尺寸，回来就开始“摆龙门阵”。第一个步骤是把圆木用锯子锯成木板。爹在这一头，娘在那一头，一把铁锯在中间。爹前倾娘后仰，娘前倾爹后仰，铁锯发出哧哧的磨合声，细碎的木头末子像雪花一样，簌簌落下，风一吹，落在爹和娘的头发上。

三天后，一摞白花花的木板码放在了院子里。

爹把一块木板放在一条长凳子上，手持一把刨子，前腿弓，后腿蹬，一去一回，一片片薄如纸的木头刨花便从刨子里面钻出来，悠然地落在爹的脚边。

娘倚在门框上，看着爹给木板刨光。那些白色的木片片，从爹的手下一片片刨下来，薄薄的，打着卷，带着光亮，风一吹，微微颤动，似微波荡漾。娘看呆了。

一块块木板刨好了，爹开始凿卯榫。爹一手拿凿子，一手拿锤子，一板一眼，有凸有凹，不久，第一只箱子对接成了。接下来，做第二只箱子。突然，一锤子砸偏了，锤子落在爹拿凿子的左手上，爹发出一声低低的惊呼，锤子和凿子同时掉到了地上。爹用右手攥住左手，鲜血滴滴答答地流下来。娘一下子冲过来，拉着爹就往屋子里面走。娘打开她的那个小包裹，找出一件洗得发白的汗衫。娘只迟疑了一下，就听见一声棉布的撕裂声，一条布被娘撕了下来。娘一边给爹包扎伤口，一边问爹，疼吗？

爹说，不疼，过两天就好了。

两天后，爹左手大拇指的指甲脱落了。一个月后，一个新的指甲露了出来，像一个小舌尖，软软的。爹又开始鼓捣木头箱子了。娘说，等指甲长成了再做吧。爹说，不碍事的，过年之前，我得做出来。

过小年那天，爹把两只木头箱子做好了。虽然看着没有二娘的箱子精巧，甚至有些粗糙，但这是爹给娘做的第一件家具。看着娘欢喜的样子，爹呵呵地笑着。

只是爹没办法给娘做一对玻璃喷漆的箱座子门。爹在屋里转了几圈后，抱着几块木板去了二娘家。爹坐在二娘家的屋地上，手里握着一根铅笔，一坐就是半天。爹硬是把荷花荷叶画在了木头上。

爹回到家里，用香头烫着画下来的图案。到了腊月二十九，爹的脚下堆满了香头。爹用香头烫出了荷花荷叶。爹左看右看，觉得素素的，没有二娘那个玻璃喷漆的木箱子看着喜庆。爹有些愧疚地跟娘说，等有钱了，再换成带色儿的。娘爱不释手地抚摸着，连连说这比二嫂的好看。

从此，爹的木匠手艺远近闻名。后来，爹又打了立柜、碗橱、电视柜、茶几，样式追赶着潮流，可那对摆在显要位置的木箱子显得又陈旧又丑陋。

爹说，把那对箱子扔了吧。娘说，使不得，这箱子是俺最喜欢的。爹说，要不换一对带色儿的箱座子门。娘说，给俺一对金的也不换。

爹 73 岁去世时，左手大拇指的指甲只长到多半截，表面坑坑洼洼的。

爹在时，娘时常抚摸着那个指甲，问爹疼不疼。爹说不疼。

伯父的第二个妻子

脱微娜

伯父对他的结发妻子，说不上是喜欢还是讨厌。

这个从家乡来的小脚女人，既没文化，也不解风情，虽说对丈夫知冷知热，但倔强的个性使她总是板着一张呆鹅脸，加之生下的孩子先后夭折，这使伯父很烦心，从不给她好脸色。

我父母对这个嫂子却是敬重有加。那时父亲在外地工作，每次休假回来，他总是带着礼物先去看伯母。我母亲和她更是掏心掏肺，经常把我送给伯母看管。

在我六岁那年，伯母突然得急症死了。这突如其来的变故把全家人打蒙了，大家悲痛不已。伯父像忽然醒过神来，想起她的种种好来，不禁捶胸顿足，后悔莫及。记得那天是冬日里少有的大冷天，北风呼啸，滴水成冰。伯父和父亲在家门口扎起了白色的灵棚，紫红色棺材里安放着伯母瘦小的躯体。盖棺前，母亲对我说："她对你那么好，看她一眼吧，以后就再也见不到了。"

我害怕地直摇头，但经不住母亲的催促，便踮起脚尖往棺材里看，不由得大叫一声，摔倒在地。我看到伯母惨白的脸上两眼睁开在看着我。

说真的，我一点儿也不喜欢伯母。在我有限的记忆里，她总是对我板着一张冷面孔。我从小有咬大拇指的习惯，硬是让她连打带吓给扳过来了。她的规矩多，爱干净。我手脏了，衣服脏了，她要数落，连衣服穿得不整齐，饭吃少了也不行。看见她我就像避猫鼠，人便蔫了。

三年后的一个秋天，伯父迎娶了第二个妻子。后伯母有着苗条结实的身子，大眼睛骨碌碌的，盈盈地漾出一对大酒窝，一脸喜相。我看到伯父欣喜地看着她。她把我揽在怀里，捋着我的头发，给我编小辫。在她的怀抱里，我感到比前伯母好一百倍的温暖。

我走马灯似的出入伯父家，后伯母总是和颜悦色地对我说话。她手很巧，尤其是饭做得地道，花样繁多，她手擀的面条筋道滑爽，烤饼香气扑鼻，蒸出的小白兔馒头栩栩如生。

不久，伯父家来了个刚过周岁的小男孩儿，小男孩儿是她农村娘家兄弟的儿子。孩子的喧闹和她娘家人的频频造访，使伯父家热闹非凡，不时有煎炒烹炸的香味儿撩拨着我们的味蕾。

母亲看着有些不忿地对父亲说："嫂子活着的时候，做好吃的总是叫上咱孩子，还想把咱儿子过继给她一个。现在这个嫂子来了，你哥也不提过继的事了，倒是给她娘家养孩子，只顾着往她娘家划拉。"父亲听了沉默不语。

母亲不让我去伯父家了，可我还是偷偷地去。一次他们家来了几个亲戚，正摆着七盘八碗吃饭。伯父让我上桌，我刚拿起筷子，抬眼看到伯母一脸风霜，正恶狠狠地瞪着伯父。我心一惊，筷子掉在了地上。

从那以后，我很少去伯父家，两家走动也少了。但每年春节，我们姊妹几个还是要去拜年的。每次去伯母总是笑容灿烂，之后便摆出送客的架势，任凭伯父拿眼瞪她。

那年，我们全家离开城市到农村落户。临走，伯父伯母有些不舍，叮嘱我们再回城到他家住，说得母亲眼里涌出热泪。她说："关键时刻，还得靠亲人啊。"

然而这话说不久就狠狠打了母亲的脸。她回城到大医院做检查时，便投奔到伯父家。她没有想到，刚住三天，伯母便指桑骂槐甩脸子，伯父成了替罪羊。那时，粮食定量，母亲理解家家粮食不够吃的苦衷，便答应给他们粮票和生活费。可是矛盾还是爆发了。一天傍晚，伯父唱黑脸，伯母唱白脸，要撵母亲走。

母亲临出门时气愤地说：“以后你们就不会用到我们吗？”

“放心，我们死了那天也不会求到你们的。”伯母冷笑道。

那晚，母亲拖着病体在城市的大街上流浪，恰逢遇到一个好心的前同事，把她带回了家。

话说绝了，已经没有回头的余地，父母的心彻底凉了。

三年后我们家又搬回城里了，和伯父家没有了来往。可是听到伯父病了，我们还是去医院看了他。伯父去世后，我想我和那个人半毛钱的关系也没有了。

三十多年的光阴倏忽而过。在我父母去世几年后的一天下午，有个老邻居意外碰到我，说起伯母现在没人管，很可怜，饭都吃不上。

她还活着？算一算她已有九十多岁了。她亲手养大的侄子呢？

在一刹那，我发现自己变成了两个人，而且在互相打架。我不知道是该去看她还是根本不睬她。也许她使我想起了逝去的父母和伯父，我没有再犹豫，跟着那人去了她家。伯母见我来了便大哭起来。看到她干瘪的面孔跳动着死亡的火苗，岁月的风云轻轻在我心头涌过，我忽然觉得过去那些事已不算什么了，如果还和行将就木的人记恨什么，那自己就太小气了。我决定雇个全天保姆照看她，给她养老送终。

我以为过去的事她早就忘了，没想到她竟然记得一丝不差。看到我给她做饭，她连连说：“你可真就没吃过我做的饭耶，现在想想，我好后悔呀……”

第 8 辑

饥饿穿过胡同

突然想要痛哭一场

徐　东

我和李多都热爱写作，从认识到现在已经有十多年了。

自结婚成家以后，我清楚写作难以养家，就选择了去工作，后来也就有了车子和房子。李多这些年来基本上没有正经去上过班，而写作所得的稿费又总是不多的，妻子对他有很大的意见，两人常吵架。他苦恼时，常会和我打电话说一说。

前不久，李多又给我打电话。

李多说："我真是不想活了，如果能给家里人留下一笔钱，就真的可以去死了，但是现在孩子还没有满十八岁，我父母亲七八十岁了，生活在乡下，身体不好，而我也没有钱给他们看病。你知道我的情况，我向你借过多少次钱了，实在是不好意思再向你张口了……唉，写作真是没用，我那么努力地去写，也发表了不少，可所得的稿费呢，永远都不能让我过上衣食无忧的生活！"

我不知在电话里给李多说什么，以前通电话或者见面时，有些话我早已说过。我自然是主张他去寻找一份收入稳定的工作，然而他总天真地以为困难是暂时的，说不定哪一天写出一部畅销书，他可就发了。一方面我欣赏他的天真与纯粹，另一方面我又觉得那样的他是在逃避现实，不可理喻。

李多又说："没办法，你还能再借给我一些钱吗？我是实在没有地方可以借了。因为借钱，这些年我几乎失去了所有的朋友。有些人没有钱，不借我可以理解。有些人非常有钱，也不借，他们还好意思说自己喜欢文学，我看他们就不配读书，不配写作。真的，可以说你是我为数不多的朋友了。你知道吗？有时我真想在微信上拉黑你，再删掉你的电话，因为我实在不想再向你开口了。”

我哭笑不得地说：“可是你还是开口了。我早就对你说过，不要再向我开口借钱了。你也知道的，我一个人工作，每个月一万多块钱的工资，即使是加上不固定的稿费收入——就算每个月有三千块——也不够用的。我供房贷每个月需要八千，供车贷每个月需要七千，生活费少说每个月需要三四千，还要给在乡下的父母每个月至少一千。我这两年早已经是入不敷出了。我能向谁去借钱呢？我的两个妹妹生活得也不太好，有时还需要我帮衬着点儿。我只能靠几张信用卡，拆东补西，倒腾来倒腾去，结果越欠越多。这些我都不敢告诉我老婆，我真是没有钱借给你了。”

李多说：“在我的心目中你是位真正的写作者，是一个真正有文学情怀的人，而且你认同我的写作，欣赏我的作品。我相信如果你是一个富有的、不差钱的人，肯定会愿意帮我。不幸的是，你也没有钱。唉，我真的是想去抢劫了，可现在到处都是电子眼。你说有没有谁愿意雇杀手的？如果价钱出得可以，我真可以去杀人。当然，要杀那些该死的坏蛋，好人不行，给再多的钱我也不干……我给你说的是我现在真实的想法。是，我真的想要自杀，但现在不能死，我不放心我的孩子。我确实也想要杀人，想要变成一个无恶不作的坏蛋，但你知道我是一位作家，心地还是善良的，我不会走到那一步。我向你说出我的想法是想让你明白，现在的我真的很绝望……”

“你很绝望，但你知道吗，我听到你的这些话也很绝望。我现在就想在没有人的地方痛痛快快地哭上一场，不只是为你，也为我自己，为我说不清楚的一些人和事。”

“我明白，想哭去找个地方痛哭一场吧，这也许是个好办法。一会儿我也会找个没有人的地方去哭一场，但是……但是，最后再给我借两百块吧！家里真的是买米的钱都没有了，房租就不说了，我们已经欠了两个月了。我老是拖欠，房东早就要赶我搬家了。我保证这两百块来了稿费后第一时间还给你。”

“抱歉，我一块钱都不能再借给你了，你再另想想别的办法吧。你知道我这么说的时候心情是十分沉痛的，而且这种心情已经有过许多次。我有必要对你，同时也对自己狠心一些，因为我身上可以支配的钱不到三百块了，加满一箱油的钱都不够……”

“你有房，也还有车，你明白，我们的困难是不一样的……”

“对不起，请原谅我挂掉电话以后再把你的微信拉黑，请你以后再也不要给我打电话了。你理解也好，不理解也罢，但你永远是我的朋友，一个写作的朋友。我希望你将来能越来越好，但现在请让我们暂时别过吧。”

“……也好，我知道，我不应该再向你开口。拉黑我吧，这甚至让我高兴，让我想要对你说一声‘谢谢’！”

“好吧，希望你走出困境，将来通过写作名利双收，过上你理想中的衣食无忧的生活。”

挂了电话，我难过地把李多给拉黑了，接着把他的手机号也删掉了。

我想要痛哭一场，可在家里不合适。但是，在到处是人的城市里，有什么地方合适呢?

秋　风

莫小谈

上西山，进了安化寺，云舒的心算是静了。

见小和尚在秋风中打扫落叶，不便打扰，云舒就在庭院中央的青石板前坐下，那是归无禅师待客的茶案。

云舒斟了一盏茶，茶香伴着晨雾，在茶案上凝成缕缕青烟，升腾，萦绕在大殿前的银杏树下。还有三两位居士围坐在茶案边，云舒不开腔，大家也都不说话。众人守着一壶茶，就这么守着，等归无禅师的到来。

云舒常来安化寺，将她的故事讲给大家听，包括归无禅师，都是她的听众。

三年前，云舒还不叫云舒。一日，她来到安化寺上香，礼毕，到禅房拜见归无禅师，她说我不求功名，不求富贵，只求做一盏佛前的青灯，日夜伴在香案左右，谛听佛经真意。

归无禅师打一声佛号，“阿弥陀佛”，声音浑厚、通透，像寺里的晨钟。云舒望着正殿的方向，说她一心要了却尘缘，从此再也不执着于五欲六尘，不贪恋于繁花烈焰。云舒说得恳切。

归无禅师始终手持佛珠，诵经，良久双目微张，启唇说道，从今儿起，你就叫云舒吧。云舒作了一个揖，退出禅房。

云舒曾经是梨园社的当红演员，主工青衣，兼演刀马旦。她水袖舞得好，唱功了得。当初，一场《鸳鸯剑》令她名声大噪：

贤姐姐怎知我心头悔恨
悔当初大不该嫁入侯门
到今天才晓得夫人心狠
可怜我只落得有话难云
诉不尽心内苦珠泪滚滚
想必是我的儿他又要复生
…………

一曲将毕，台下掌声雷动，观众们齐声呼喊着她的名字，都说曲中的她，活脱脱就是《红楼》尤二姐。云舒听后很受用，热血沸腾。

下场时，社长紧随其后，逢人就说：这可是我们社里如今的头牌，钱袋子。

不知何时，社长变了，不再对她甜言媚语、阿谀取容，甚至连日常的嘘寒问暖也懒得敷衍，到处都说她疯了。

云舒不明白，很长时间也没想明白，自己好端端的，怎么就变成了疯子？“我怀的孩子，你不许我留下，硬生生逼我堕胎，你岂不是疯子？”但社里人都不理她，不容她说话，还孤立她。有人建议她去寻个郎中，她偏不，说自己没病没痛的，寻的是哪门子郎中？又有人说佛祖普度众生，能救人于苦厄，她到底还是去了。

每到安化寺，云舒都会坐在茶案前，与居士们一起品茶，各自说说感悟。归无禅师大多时间只是听，偶尔言语。后来，居士们也很少说话，只听云舒一个人说。她本来就是唱家子，一开腔就停不下来——她很乐意在这里诉说。

今天，又是云舒在讲，起初讲自己遭遇的，后来又讲自己相遇的。中间提到梨园社，她就说，直到现在还会有人专程来社里点她的戏，让她唱《鸳鸯剑》：诉不尽心内苦珠泪滚滚，想必是我的儿他又要复生……

不唱戏的时候，云舒很少待在社里，说那里冷清，有空就去后街的泳春塘泡堂子，她很享受自己躺在床上被“侍女”服侍的感觉。她说，那里的每一名

“侍女”都是好演员，明明自己不喜欢，却会亲切地叫你姐姐，明明厌恶你身上掉下的灰泥，却还能视而不见地将它踩在脚下，甚至连拖鞋都不穿。

居士们微笑着，在听云舒讲。

云舒转头拜向归无禅师，归无禅师回礼。云舒继续说，既然话题扯到了泳春塘，我就讲讲今儿在那里遇见的一件事儿吧，这个事儿与一名搓背工有关。云舒说，她之前并没有太过在意这名“侍女”，但今天不一样，今天“侍女”对云舒说了一句话，她认为很有哲理，很有禅意。那绝对不是一个凡人。云舒说。

搓背工的话大体是这样的：每一个人都是女娲娘娘用泥巴捏就的，通身都是灰泥，人的手伸到哪里，就会脏到哪里。云舒问各位居士，这句话是不是很有道理，很有禅意？又问归无禅师：能从一句再平常不过的话中体味到禅意，算不算开悟？

归无禅师让云舒斟茶。云舒遵命。

云舒借斟茶之时，诵了一首词，与茶有关：一盏喉吻润，二盏破孤闷，三盏搜枯肠，四盏心脾沁，五六七八九十盏，盏盏洒在故道上，化作尘间尘，习习秋风乍紧。诵罢，云舒凄凄切切，问归无禅师：师父，我不知道怎样做，才能和我已做的不一样。

残阳西斜，小和尚还在秋风中打扫庭院。云舒下了西山。

归无禅师立于寺院门前，望着渐远的云舒，说：云舒，还是那个云舒。

五彩布

墨中白

陈家老大陈楚，泗州人都爱叫他小裁缝。陈百仁最听不得人喊这个，可大家这么称呼儿子，没毛病。大儿子跟着他学医，心却跑到对面柳家裁缝铺。柳裁缝无儿无女，但铺里零食不断，小陈楚抬腿就到裁缝铺去了，吃着零食，眼睛却盯着柳裁缝手里那把剪刀看得出神。读完私塾，陈百仁就让陈楚跟着学医。儿子把脉，喜欢拿一双大眼从头到脚打量病人，那眼睛就像柳裁缝手里的软尺，把整个人体量得毫厘不差，看得病人心虚。陈百仁也曾多次私下提醒，这样问诊，不礼貌。儿子答应改。下次，还是那样望着病人。

有段时间，没有人看病，陈百仁爱到后院晒太阳，养神儿，却不知道儿子去了对面裁缝铺。他更没想到儿子已经学会一手好技艺。

在柳裁缝眼里，陈楚学医，可惜了，他天生一双拿剪刀的巧手。让她称奇的是他就在旁边看，就学会了裁剪布料。那次自己生病发烧，全身无力，突然想到答应后天给王举人的长袍，她挣扎着拿过剪刀。送药过来的陈楚见了，忙扶她坐下休息。她透着焦虑说，人家等着衣服穿哩。柳姨，俺来帮你吧。说着话，陈楚拿起剪刀就裁，吓得柳裁缝忙起身阻止，拿过剪刀，再一看，陈楚剪得分毫不差，这才长长出了口气。

看着柳裁缝惊讶的眼神，陈楚笑了，说，姨放心吧。说着话，拿过针线，针在布上穿引，犹如蚂蚁布阵，整齐有序，针眼细微。直把柳裁缝看傻了，眼前这家伙，也没见他拿过针线，怎么一出手，就如此熟练呢？

等到王举人的长袍缝齐整了，柳裁缝的病也好了一半。就这样，陈楚没事就过来帮她的忙。

时间久了，街上人都知道柳家裁缝铺有个大男孩会做衣服。等到陈百仁知道这事儿时，儿子已经名声在外了。

老弟呀，陈楚那么喜欢拿剪刀，你就让他随我做衣服得了。柳裁缝过来求陈百仁。

是他请你来的?

孩子倒是没有开口。他只是说，拿着剪刀，心情愉悦。柳裁缝声音不大，却字字有力。

儿子大了，有自己的活法了。陈百仁叹口气说，这孩子也对得起你给的那么多零食了。

孩子还是你儿子，只是多了门手艺，是好事，不是吗?俺这么大岁数了，真希望柳家裁缝铺开得红红火火。柳裁缝说这话时，有一丝伤感。

陈百仁清楚得很，强扭的瓜不甜，更何况把脉治病，是事关人性命的大事情呢。也许儿子是一时好奇，说不定，剪刀拿久了，他自然会厌烦。人教人，不会，事教人，一次就灵。

陈百仁失望了，儿子竟成了柳家裁缝铺的招牌，生意正红火哩。更让他没想到的是柳裁缝把店铺送给陈楚，说自己眼花，做不来针线活儿了，趁着腿脚还能动，她想四处走走。

就这样，陈楚接过铺子干了起来。门店还叫柳家裁缝铺，只是裁缝姓陈。

在泗州城，柳家裁缝铺也算是与众不同了。这还不算什么，让柳家裁缝铺扬名汴河两岸的是陈楚还能治疑难杂症。

柳家裁缝铺生意好，陈百仁心里百味杂陈，众人排队找儿子做衣服，说明他手艺好，也更加证明了柳裁缝说的，人做自己喜欢的事情，才有兴趣。看来儿子真要吃这碗饭了。

一切皆是命。陈百仁摇头叹息。

六月大雨，泗州多处被淹，泗州城东门破堤进水。洪水过后，一片狼藉。大灾后，人畜病，陈百仁的药铺前来抓药的人排着长队。望着自家门前那些人求助的目光，陈楚猛然明白了父亲对他说的那些话。

他起身走向药铺，帮着父亲抓药。

秋天，颗粒无收。来陈家药铺抓药的人不断，而柳家裁缝铺门可罗雀。

这天，看完最后一个病人，陈百仁忧心忡忡地说，大灾过后，怕有瘟疫。倒是盼着你的生意好呢。

陈楚眼角就湿了，父亲是心疼那些前来看病的乡亲哩。

收秋后，没有疫情，陈百仁悬着的心才放下。可谁承想钱家当铺的掌柜上吐下泻，他开的药方无效。眼看钱掌柜整个人被折磨得变了形。按病人的脉象、症状，他开出的药方，没问题，可怎么就治不好呢？陈百仁一时无招了。

陈楚小心地说，俺来试试。说着走向钱掌柜，把完脉，拿起父亲的处方走回柳家裁缝铺，片刻，回来把药交给钱掌柜说，回家文火熬制一个钟头，趁热喝。

第二天，钱掌柜就不吐了，下午也不泻了。

陈百仁不解，问儿子，同样的药方，怎么他拿着进了一趟柳家裁缝铺，就会有奇效呢？

儿子不好意思地说，自己加了一味药引，五彩布。药引，陈百仁当然懂得其重要性，他这才知道，儿子做衣闲时，一直在钻研医书。

儿子告诉他，在药铺抓药时，就盼着药铺没有生意，他见不得别人犯病愁苦的样子，他常趴在柜台上，羡慕地看柳家裁缝铺，别人穿着合体漂亮的衣服，他的心情也愉悦。他希望这个世界没有病痛，可来陈家药铺抓药的人，从没间断。后来，在裁剪衣服过程中，他才明白，悲欢离合、生老病死乃人间常态。人吃五谷杂粮，难免要生病，有病就要医治。陈家可以不开药铺，但泗州城不能无人行医。学裁缝，是生活富足后活得体面，开药铺是救治众生。

听了这样一番话，陈百仁脸膛有点儿发热，自己只想着如何让陈家药铺延续下去。怪不得钱掌柜的病能治好，因为儿子心胸如海，大医也。

俩老头儿的醉梦时光

原上秋

过了大堤，下坡，就是黄河滩了。

俩老头儿在那里生，在那里长，那里的每一座房屋，每一棵树，甚至路边的每棵荒草，他们都熟悉。

这条路，他们瞎摸也不会走错。沿着这条蜿蜒的土路下坡，走不多远，就是他们的村子——泥湾。

老陈问，今天到你家喝，还是到我家喝?

老薛说，到我家吧，去你家要从前街绕到后街，还要绕过一个大水坑，曲里拐弯的，太远。

老陈说，我家隔壁有一个小卖部，能凑个下酒菜。

老薛说，不用，我这里有你弟妹炸的花生米，够了。说着他把一包花生米拿出来，举了举。

他们来到老薛家。老薛家好找，在大路边上，门前有三棵大槐树。院子中间摆着一张石桌，围着石桌，是四个石墩。那是他们原先经常喝酒的地方。

他们很熟练地把花生米和酒摆上，一人倒一杯，互不相让。谁喝完，自己倒。他们就着油炸花生米，倒是喝出吃大席的感受。不大一会儿，一瓶酒见底，俩人晕乎起来。

老薛说，老陈啊，我咋觉得像在做梦呢?

老陈说，你回家，让弟妹掐掐你，掐醒了，那就是梦；掐着感觉疼，那就不是做梦。

老薛说，在生产队的时候，你当队长，天天领着大伙儿挖河，不到年根儿，泥腿不拔出来洗。

老陈说，那，也没吃上个啥好东西。

老薛说，后来呢，包产到户了，虽说饿不着肚子了，但一年忙到头，还是没富裕。

老陈说，黄河滩里，你想咋样？

老薛站起身，晃了一下才站稳。他回望刚才坐过的地方，微微一惊：根本没有所谓的石桌，也不存在四个石墩。三棵大槐树的地方，变成了三个很大的土坑。

老陈也站立起来，屁股上全是灰土。他们刚才是席地而坐。几颗花生米在一个白色塑料袋里，像羊粪一样滚着。空酒瓶歪在边上，瓶口正在滴着剩下的酒，在泥土上洇出一枚铜钱。

站立起来的老陈和老薛感觉奇好，他们对视，继而大笑，开始互相捶打。

阳光散乱一地，这是一个整村搬迁后的废墟。那些残砖碎瓦告诉你，这里曾是被烟火气浸润过的地方。老人们靠着几十年的记忆，一回回，总能轻车熟路找到这里，找到自己曾经的家。

老陈和老薛结伴儿回来好几次了。

他们笑着打着，打着笑着。老薛突然哭起来：老陈，咱们的家，没了。

停住手的老陈扶着老薛说，废话，不是没了，是搬走了。

老薛说，我每次上那楼时，总感觉没迈进这院子脚下踏实。

老陈说，你思想跟不上形势。当初政府动员搬家，我第一个响应，你呢？

老薛说，我不是也搬了？

老陈说，你还不是怕留在黄河滩里，没人和你做伴儿，怕狼吃了你？泥湾最后一个搬家，你说你，是不是落后分子？

老薛说，我哪能和你比，老干部，优秀党员。说真的，当看到你们戴着大红花，站在主席台上领奖时，真让人眼红。我得跟你学学，到时候也戴个大红花啥的。

老陈说，一定能。说罢，大笑一阵，突然停住。他提议，去他家看看。

去老陈家，遇到麻烦。他们记得，从老薛家出来，顺着一条大路朝西，见一个大石头再朝北走。大石头去哪了？没有了大石头，就没了走路的参照。转了半天，大水坑不见了，老陈说的小卖部也没了影，记忆中的街道和现在咋也无法印合。

老陈就说，不找了，回吧。

老薛附和着说，不找了，回吧。

回来的步履有些沉重，他们一直推着车走，谁都不说话。上了黄河大堤，往北望，一片繁华。那是黄陵新区。黄河滩里的人，都沐浴在新生活里……

老陈打破沉默，问老薛，现在，让你搬回来住，你愿意不愿意？

老薛思考一会儿说，这个，孩儿们肯定不愿意。

老陈说，没让你说孩子们，就说你自己。

老薛突然笑了，是大笑。老陈也笑，笑过，用手抹一把脸，湿了一片。

他们又出发了。前面的路灯一下子亮起来，宽敞的大路一直延伸到一片高楼里。那里，是他们的新家。

再上九鼎山

骆　驼

那是2008年汶川地震以前的事了。

车终于到了目的地，我长长地舒了口气。

一路颠簸，已经让我们筋疲力尽。好在刚才在山上的一切，让我心生安慰。

“不好，不好！我必须返回山上一趟！”雷子的一句话，让全车人刚刚放下的心，再次提到了嗓子眼。

车上的几位先看看雷子，然后再看看我。

雷子又说：“我必须返回去，对不起大家了！”我极不情愿，但装得十分大度地说：“没事的，我陪你去吧。”

雷子满面堆笑。

在路上，我问雷子，是不是什么东西丢在了山上？

雷子说，不是，但必须返回去！不然，我注定会通宵难眠！

我开始怀疑，写诗的女人，是不是都这样神经质？我两眼望着窗外，一路无语。

我是昨天来到雷子所在的这座小城茂县的，作为文友，雷子自然十分高兴，自然尽可能地尽着地主之谊。

她今天带领我们参观了小城的几处有名的景点后，便突发奇想，要带我们去离小城十余公里的九鼎山上去看看。对于生长在川北九龙山区、好不容易从大山里走出来的我，面对大山，早已缺少了那份激情。但碍于情面，我还是欣然前往，依然面带微笑。

雷子告诉我，她所居住的这座小城，山下少绿，山顶终年积雪。特殊的地质结构，使得树木都难以生长。前些年轰轰烈烈地搞过飞机播种、人工造林，但都收效甚微！几年前，她们几个姐妹商议，在山上义务种植了一片树林。每年的植树节、清明节、劳动节，她们几个姐妹都要一起来到山上，植上几棵树。谁的生日到了，也要到山上来植树。就连谁得了奖、晋升了职务，都必须用植树的方式来庆贺！

这倒是让我产生了好奇，对几个认识或不认识的女人，心生敬意。

尽管山路崎岖，路面凹凸不平，但我依然心向往之。真的想看看那片充满情感的树林。

这是一片标准的人工林，但又是一片极不规范的林子。林中的树品种杂乱，树木长势参差不齐。

雷子一会儿像个活泼的孩子，滔滔不绝地讲述；一会儿又像个慈爱的母亲，对每一棵树，都关爱有加。她兴奋地向我讲述着每一棵树的来由，如数家珍。

我在心中叹息，女人啊……

雷子拿出事先准备好的零食、饮料，摆在事先准备好的简易布料上，便开始了这场野外的聚餐。雷子拿出事先准备好的几个塑料袋，喋喋不休地对我们说，这个，放瓜子壳；这个，放水果皮；这个，放小吃的外包装……

我不解地看了看雷子，但还是得依照她的要求，小心地将废物归类。雷子的那位叫燕秋的姐妹告诉我，她们每隔一段时间，都会相邀来此地聚聚，她们将这片林子取名为馨心园，意为温馨的心灵乐园。

在这样一个缺少绿色的小城，能有这样一个满眼皆绿的乐园，是多么难能可贵！早先种种隐隐的不快，随即便荡然无存。

时间，总是在快乐的时候才像书中说的那样，飞逝如电。

我们只得准备往回走。

雷子和她的几个姐妹，在收拾东西的时候，先在地上挖出一个小坑，将袋子里的果皮埋了，再将其余的废料包，挽一个结，放入了背包。雷子说，果皮烂了，可以做肥料；饮料瓶、零食的外包装等，必须带回去，丢进垃圾箱，不然，会污染了环境，让她们心里蒙尘。雷子又说，多年了，她们都是这样做的。

我对几个女人的举动，暗自佩服。但是，雷子突然要求原路返回的举动，着实让我心生不快。

终于来到了刚才的那片树林。车未停稳，雷子便迫不及待地跳下车去。

雷子在山坡上找寻起来。我在心里暗自感叹，唉，说她丢了东西，居然还不承认！女人啊，总是丢三落四的。

“找到了，找到了！”雷子快乐地叫起来。

我定睛一看，雷子手里拿着的，是一个还剩小半瓶水的矿泉水瓶。她将剩下的小半瓶水，轻轻地倒在身旁的那棵小树上，然后拿着那个空了的矿泉水瓶，脸上洋溢着如释重负的微笑，向我跑来！

饥饿穿过胡同

张志明

他无助地转到那蛋糕房门外时，都快十二点了。蛋糕房还开着门，都是年轻人。在门外站了半天，他没敢进去。

肚子里热辣辣的，开始一阵阵发紧，拧绳一样地绞缠，微疼。

蛋糕房旁边向北是条胡同，一线路灯昏黄。犹豫了一会儿，他拐进了那胡同。

进胡同时，他并未清楚自己要干什么，直到看到胡同半截处那一家洞开着的门。

胡同里阒无人迹，黑幽幽的门洞像个没了牙的老人的嘴，有种力量要把他吸进去。

他这才突然明白，他想做什么。

正对着洞开的门，往西有一个更小的胡同。他下意识拐进那条小胡同口，站在暗影里紧盯对面开着的门。

肯定是忘关门了。人睡了？还是出去忘了锁门？

一股热雾烘着他，把他往对面门里推。

他朝大胡同两头看了半天，半天没有一个人进来。他蹲下身，摸了一块小石头向对面门口扔过去，毫无动静，没有狗；他又摸了块纸箱片，朝那家的窗子飞飘过去。纸片在玻璃上撞出一声轻响，他等待着，依然没有任何反应。

不能再等了。他刚想抬脚，北边传来自行车声响。他忙退回阴影里。

一个人骑着自行车过来了。近了一看，是名警察。

警察也发现了那开着的门。警察停下，人没下车，一脚跨在地上，瞅那门半天。

他在暗处看警察，警察在明处看那门。

过了半分钟，警察猛蹬一下车，向南走了。

他正暗喜，警察一扭车把又返了回来。

警察扎好车，走向那门，先听了会儿动静，然后敲门。没动静。警察又走到窗前，敲玻璃，没回应。

停了停，警察加大力度又敲玻璃，问："有人吗？"

没回应。

警察站门口略加思忖，没再犹豫，走过去拉住门，嘭地带上了。

望着警察在南胡同口消失，他一下靠在房角。

他走出小胡同口，望着对面已经关上的门，定定站了半天。

现在可以肯定，这家是没人。可是，门关了。

原地站半天，他的肚子咕咕叫了半天。最后，他甩甩头，往北走。

出胡同北口，又是一条街，往西走几步，是家烩面馆。两女一男坐在门外吃烩面，肉香味儿一下子热烘烘地围住了他。

远远看了一会儿，他走向正在收拾空桌子的女人。他说："老板，我是濮阳的，前天晚上来这儿，昨天早上醒来，手机钱包都丢了。我能不能给你们帮会儿忙，让我吃顿饭？两天没吃饭了。"说着话，他差点儿掉泪。

女人抬起脸，先怔一下，看看他，便道："坐吧坐吧。"

"要干什么，我先干活儿。"

"嗨，坐吧坐吧，我先给你下碗面。"女人摆下手，嗔怪道。

"我还是先干活儿吧。"

"干啥活儿呀，坐吧坐吧。马上好。"女人拉过凳子给他，匆匆进了店。

眨眼间，一碗热腾腾的烩面端了出来。他瞧瞧旁边仨人，看自己碗里肉似乎更多。埋下头，被热香气熏着，眼泪一下子控制不住了。

女人正给那仨人续水，一个男人从门里伸出头道：“你从家出来没锁门？”

女人回头，一时迷惑着。

男人大了声：“家里，你在后面，没锁门？”

“呃，我没锁？”

“你问谁呢，锁没锁，你不知道？”男人生气。

“……你这一问，我忘了呀，我没锁？”女人回忆。

“刚刚片警小肖打电话，他从咱家门口过，门开着。”

正吃烩面的他猛一抬头，筷子上的面条掉到了桌上。

“呃，呃。”女人边在围裙上蹭手边说，“我马上回去。”

“小肖给关上了。人家喊半天，也没人应。”男人说着回屋了。

那仨人结账走了。他也吃完了，站起来走到女人身边，不敢直视她的眼，说：“谢谢了！有啥活儿，我干。”

“哪有活儿？没事，没事。”女人边抹桌子边说道。

“这桌凳要搬回屋吧？”他边说边掂了桌凳往屋搬。

男人从屋里出来，问他：“今晚住哪儿？”

他躲闪着，道：“有地方。”

“没钱你住哪儿？”女人盯住他。

“没事，现在不冷，哪里都能将就一夜。”

“就在我家店里住一夜吧，他也在。”女人指指男人。

“不用不用，我有地方。”东西收拾完，他一边说一边就走，“真的谢谢你们！”

“你这人咋这么犟？”女人在背后喊。

“真不用，我借人家手机给家里打电话了，明天有个亲戚给我捎钱来。”

他不敢再回头，一路向西匆匆离开了。

麻达山

宗玉柱

麻达，是我们当地的土话，意思是迷路走失，在深山里找不到方向了。小时候上山，大人总会提醒，别走太远，小心走麻达了。我们虽听着答应了，但仍旧走得很远。想让孩子听大人的话，除非太阳从西边出来。

季节不同，进山的目的就不一样。春天进山采野菜，夏天进山挖“棒槌”，秋天进山捡蘑菇，冬天进山打狍子。禁猎是 20 世纪 80 年代以后的事，过去是划出一个范围，国家一、二级保护动物不能打，打了要判刑。其他的动物比如野猪、野兔、狍子、獾子等，都不在保护之列。现在，任何野生动物都不允许猎捕了，这是人类文明进步的一种标志。顾老爷子正在讲的是“棒打狍子瓢舀鱼，野鸡飞到饭锅里”时候的事儿。

新建林业局的新建林场，条件十分艰苦。顾老爷子说，当年他也是个帅小伙儿呢，部队转业后在林场担任民兵队长。顾老爷子怕我们不懂民兵是啥意思，就掰着手指头说，知道不，咱国家保家卫国的有三大武装：解放军、公安、民兵。咱林场民兵，人手一支半自动步枪，当年在老岭的特务，就是我们这些民兵抓到的。一旁的老场长说，拉倒吧，二十几个特务都是民兵抓到的？还有边防部队呢。再说了，抓特务是 1952 年的事儿，你当民兵队长是 1972 年，差了 20 年呢。而且当年的枪可都是归我管理，你借枪打猎差点儿把枪弄丢，还好意思说？

顾老爷子说，我那次不是走麻达了嘛，不过你就说咱这军人素质，都那种情况了，照样把枪给你扛回来，拿出去啥样，回来还是啥样。

上了年纪的人，都喜欢说过去的事，这下子开了头，顾老爷子立刻眉飞色舞讲起来。

那时候林场人都吃供应粮，一年到头很难吃到肉，就琢磨着上山下套子，指望能套中野猪、山兔或狍子等弄些油水。一般人下套子只能选在冬天，这是因为只有在雪地里才能看到动物的行动轨迹。听说猎人中的高手在其他季节也会下套，但也只是听说。不过在我看来，下套只是小把戏，林场里面打猎的，还真没谁敢说超过我，食堂改善伙食，全靠我这杆枪。那天上午我取了枪，就进了公路对面的保护区。

保护区是1960年成立的，成立后就开始禁猎。也就是说，保护区外面是可以打的动物，进了保护区就不许打了，所以保护区里面动物多，狍子成群结队。我想我不能走太远，打着狍子往外扛太累，就在边缘转悠。不一会儿，一群狍子跑过来。我头天晚上喝了酒，状态不好，可一群狍子呢，怎么还不能蒙上一个，所以我没怎么瞄准，抬手就是一枪。一只狍子一个趔趄就趴下了，其他的立刻就蹿没影儿了。

狍子这东西好奇心极强，过一会儿就会回来看看到底发生了啥事儿，我要是再等等，还能再打一只。但人不能太贪心，主要是一只就足够我扛了。我去拖那只倒地的狍子，没想到刚一伸手，它猛地站起来，一瘸一拐地开始小跑。我赶紧把枪朝后一顺快步撵上。它要是跑得快，我就补枪了。可开始时我都能抓到它的屁股，不料几步之后，它就奔走如飞，等我再想补一枪，这家伙几个跳跃就不见了。

打不到就算了，我想原路返回去，这才发现坏了。这里的地形是一码平，四周的树木全都差不多，同种类的树基本一般高、一般粗，针叶多阔叶少，地上全是没膝深的锉草，上面透过树冠露出的天空很小，而且还是阴天，打量了半天，竟然不知道往哪儿走了。

有人说根据树身可以判断方向，长青苔的是北方。可在这密不透风的林子里，树身上都是青苔，根本没法判断。我知道还有一个办法，就是找到一条河，顺着河往下走就能出去，于是赶紧去找河。

有山沟的地方容易找到河，平甸子里找河就难了，这些河要么在地下，要么在石头塘里，根本看不出流向。虽然路上遇到很多动物，但是我已经对它们提不起兴趣了。

走着走着，找到一条小溪，心里稍安，不料顺水走了十几分钟，小溪却进入了地下。我想大致方向应该没错，就继续往下走，天快黑透的时候，终于找到一条河流。又走了很久，完全看不见林子了。我爬上一棵树，想在树上过夜，但蚊子咬得我实在受不了，就从树上下来，到河边找了个水能没膝的地方，把裤子脱下来，胳膊伸进裤腿里，套住头和上半身，坐到水里，就这样，一直待到天放亮。

凌晨的林子里雾气很大，只能看出去几十米远。虽然是三伏天，但河水还是很凉，冻得我浑身麻木，赶紧顺着河继续走。没走出多远，见到一个沙滩，越过沙滩继续走，直到下午，才终于走到你大舅那个林场。

这种故事在我们这里挺平常的，树老根多，人老话多，顾老爷子太话痨了。

老场长像是捡到一个丢失许久的笑话，哈哈大笑道，他看见的那个沙滩就是公路啊，是运木材的冻板道，所以没桥。迷路的时候，他离公路也就 100 多米远，哪怕再坚持走 5 分钟就出来了。结果在水里泡一宿，等天亮后彻底蒙了，只知道盯着河水走，把公路当成了沙滩，要是当时能看出来，早就到家啦。

对　枪

于　博

西小庙已无庙，只有一块块青石板静静地躺在地上，证明小庙曾经的存在。庙是清朝时建的，后来被哈萨克骑兵放火烧了。二佐人要解决点儿什么难办的事情，双方都会到这里来，因为他们相信对着神灵许下的诺言，做过的事，谁都不会昧着良心，谁都不会在日后反悔，不然，迟早会遭到惩罚和报应。

对枪，就是仇家见面相互开枪。这是大青山人了断深仇大恨最残酷的方式，类似于西方人的决斗。生死由命，全凭天意，不用具押，各无怨言。

冬日的阳光透过密匝匝的树枝照射出来，在这严寒的腊月里让人多少感觉到一丝暖意。厚厚的白雪仿佛一张洁白硕大的毛毯，把大地遮盖得严严实实。一条大黄狗从远处悠闲地走过，一边晃荡着尾巴，一边用嘴巴嗅着雪地。一群山雀在树枝间展翅跳跃，用阳光梳理着羽毛。它们恣意地享受着清闲与快乐，全然不知二佐屯这块土地上一会儿将要发生什么……

西小庙前渐渐聚拢了许多村民。

三爷在众人的注视下，盘腿坐在雪地上，地上平放着一杆洋炮。三爷手里攥着小铁壶，不时地仰脖来上一口。他右眼眉梢处有块疤，耳朵少个尖儿，那都是三爷打猎时弄的。

突然，几匹快马从远处奔来，蹬起一阵阵雪烟。眨眼之间，人欢马跃之声震荡耳膜，冷风夹杂着雪末扑面而来。王大炮从马上跳下来，手里攥着匣子枪，后面跟着三四个人，摇头晃脑，龇牙咧嘴。

三爷和王大炮原来是好哥们儿，又都是大青山出了名的猎手。两人结仇，是因为翠花。三爷爱翠花，王大炮也爱翠花。但翠花爱三爷。工大炮眼见争不过，就投靠了日本人，当上了奎县的保安队副队长，还把翠花献给了宪兵队长小野。翠花用剪子猛扎小野，被气急败坏的小野用枪打死了。三爷和王大炮就此结下了生死仇，约定今日对枪。

王大炮耀武扬威地来了，三爷依旧盘腿而坐，眯着眼睛喝了口小烧。王大炮在三爷面前站定，晃了晃手中的匣子枪："咋的？要是以前，我指定认栽，我承认我的枪没你快，也没你准。可眼下日头从西边出来了，我王大炮成了日本人的红人，使上了快枪。这就叫'三十年河东三十年河西'！"王大炮停住话，把手里的匣子枪往三爷眼前一亮："你开开眼，瞧瞧这家把什儿，啪啪啪连发，一里地能穿透你脊梁骨！"

三爷依旧眯着眼儿，依旧纹丝没动，依旧不吱声。王大炮把手背过去，看了一眼周围的人，用脑袋一点三爷，有点儿得意地说道："现如今二佐的老少爷们儿都在，我知道他那脾气，我要不来，他指定得盯上门找我。再说我王大炮在大青山这一左一右也不是一般的炮，我能就这样熊了吗？"见三爷依旧一点儿反应也没有，王大炮往前跨了一步，低着头对着三爷说："怎么的，能请神还不能送神啊？你要是现在反悔还来得及。以前咱们是好哥们儿，今后也是外甥打灯笼——照旧。凭你的胆儿和枪法，加上我保举你，在日本人那儿混，指定比我要高出半截，咋样？"

三爷这时睁开了眼睛，但他瞅都没瞅王大炮，站起身，伸了伸懒腰，打了个哈欠："你叨叨完了？叨叨完了咱就办正事！"王大炮低头瞅瞅他脚下的洋炮，突然哈哈大笑："二佐的老少爷们儿，这可别怪我王大炮不讲究，是他自找的，作死！来，数二十个数！"

王大炮说完，便开始向后退出二十步，站定后开始数数："一、二、三……"到了十七，他突然提高了嗓音："十八、十九、二十！"这最后的"二十"他是用尽全身力气吼出来的。喊出"二十"的同时，迅疾转身，出枪。就在他吼出

“二十”时，三爷也迅速后撤，用力一脚把地上的洋炮踢出去，洋炮箭一样射向王大炮。王大炮果然不孬，眼见洋炮飞来，一侧身伸手接住洋炮，一拧手，顺过枪，哈哈狂笑：“你找死！用匣子枪算我欺负你，自己挨自己的枪子儿吧！”王大炮话音刚落，立即扣动扳机。一声震耳的轰响传来，伴随着一声惨叫，紧接着是一阵沉寂，然后是一阵惊呼。因为枪声响过，人们眼睁睁地看着王大炮身子晃了两下，扑通一声栽倒在地，鲜血喷出，白雪皑皑的地上绽放出无数朵鲜红的梅花。跟随王大炮来的那几个人半天才缓过神来，一阵喧哗，但前面已不见了三爷的踪影，只有一片白桦林在阳光的照射下昂然耸立，雪地上留下了三爷一行清晰的脚印……

原来，三爷的洋炮事先灌满了枪砂和火药，超出了枪管的负荷，致使枪管瞬间爆裂，俗称炸膛。

三爷走后的一年，大青山来了一支队伍，专门打日本人。领头的人骑着一匹高头大马，右眼眉梢处有块疤，耳朵少个尖儿……

斩乌蚊

练建安

汀江枫林湾的江面，进入夏季黄昏，尤其是稻谷登场之后，江面上就飘浮着一朵又一朵的乌云，隐隐作响。乌云喜欢人气，越是竹篷船密集的地方，乌云越是飘忽往来。其实，乌云不是乌云，是花脚蚊群。当地客家人称花脚蚊为“乌蚊子”。这些乌蚊子在稻田里生长繁衍，汀江两岸成片连塅的稻子收割了，堆成草垛，花脚蚊失去了凭依，遂成群结队窜到了水草丰茂的江边。

杭川旧日有一个习俗，枫林湾也不例外。正月元宵上午，一群青壮手持竹刀木棍，高喊打杀，奋力追赶一个身披破蓑衣的丑角，丑角躲冲过层层围堵，落荒而逃，跳入汀江，游向江心渚。登渚，他洗净脸面，燃起一堆木柴，把破蓑衣烧了。这整个仪式，就叫作“斩乌蚊”。

当地客家人不屑于扮演这个猥琐万状的乌蚊子。客家人骂人，特别恶毒的一句是“猪狗畜生乌蚊子”。扮演乌蚊子者，比下九流更难堪，一辈子抬不起头来。这几年的扮演者，人称半公嫲，是一个外地后生。人俊秀，娘娘腔，沿海口音，三年前流浪到枫林湾，就住在江心渚上。

渚上，杂草丛生，芦苇遍地。半公嫲就用芦苇秆搭建了一间草屋。闲时，他钓鱼，晒干，过一段日子，就将鱼干拿到枫林湾圩场卖钱，换回米面油盐。有早行的船只从江心渚附近水路经过，船上伙计似乎听到了咿咿呀呀的吊嗓子的声音，细听，又停歇了。

半公嫲手巧，长年累月收集江上漂下的废木料，自造了一条小船，七拱八翘，丑陋，却实用。去年入秋，汀江流域连日落下几场瓢泼大雨，山洪暴发。昏暗天幕下，江面渺渺茫茫，半公嫲驾船捞江漂，却捞到一个落水女子。此人正是枫林湾的俊俏姑娘邱春花。上游一再涨水，小船就过不去了。夜色降临，半公嫲留下春花过了一夜。烤火，烤衣服，煮饭，吃饭，睡觉，春花在屋内。半公嫲在屋外，戴斗笠，穿破旧蓑衣。其实，春花也没有合眼，裹被单斜靠在木柱上。一灯如豆，飘忽不定。半夜，风雨声大作。春花几次叫恩公进屋歇息，半公嫲就是不吭声，好像是站着入睡了。次日，江潮稍退。半公嫲把人送回了枫林湾。老邱家感激涕零，执意送了一只双髻头的大红公鸡到小船上。

正月十五日，元宵。南北风俗差异不大，未过元宵，还是年味十足。元宵观灯，古书上有许多浪漫故事。闽粤赣边客家地区，似乎偏重于香火传承。出嫁的闺女生了“带把的”，娘家必于元宵之日送来彩灯，谓之“送灯”。彩灯一般是挂在居家厅堂正中，此为“添灯（丁）”。客家人出席婚宴猜拳，要戴帽子，双双开口高喊：“双生贵子”，也有幽默者喊叫为“双巴卵”，皆大欢喜。

一大早，半公嫲从江心渚出发，摇动小船，来到了枫林湾的大枫树下。日出之后，就有行人往来，挑着精致的彩灯，送灯去了。半公嫲不说话，看得出神。

“后生哥，掇弄好喽，要开锣啦。”

说话的是江神庙的老斋公麦六叔。这单生意，就是他牵线的，装扮一次乌蚊子，可得白米十斤，够过几天快活自在日子了。

半公嫲往脸面上勾画黑白涂料，戴上一顶古怪草帽，披上了破蓑衣，缩头拱背，张臂耷拉摇摆。刹那间，一只花脚蚊子，活灵活现。

麦六叔递过酒葫芦，说：“水冷，多喝几口。”

“多谢六叔，老是喝您的补酒哪。”

“寡淡酒，山上的草根。客气嘛介？”

“六叔，麻烦您把破船摇过去，我送您回来。”

“晓得。妥啦？”

“妥啦。”

咣当当，咣当当……紧锣响动。大枫树周围，突然跳出数十个后生仔，手持家伙，呼喊扑来。半公嫲左躲右闪，片刻越过了三道拦截。追赶者投出土块，打在破蓑衣上，嘭嘭响。后生仔作势喊杀，半公嫲蹦蹦跶跶，逃往江边。

江边，一个壮汉手持木棍，挡住了去路。

半公嫲愣怔，酒醒了，往年这里不安排人手哪。

“啪！”

一棍横扫，打在左肩上，剧痛。

“唰！”

连环棍，直击双腿。

半公嫲跳开，奔走，插入汀江。

壮汉猛追，一脚踩空落水，双手扑腾，呜呜叫。

半公嫲抖落蓑衣，游过去，抓住他的头发，往江岸带。

麦六叔摇小船赶到，合力把壮汉拖上船。

吐出几口江水后，壮汉青白色的脸上，渐渐有了血色。

壮汉嘟囔：“猪狗畜生乌蚊子！”

哦，汀州城里头的口音。难怪不识水性了。

半公嫲苦笑。

麦六叔想起来了，问：“你是春花家的？”

“纽扣，纽扣。”

“你讲嘛介？”

“纽扣，纽扣少了两粒。”

麦六叔咕嘟喝了一口酒，说：“救人落水，一粒纽扣也不会有。”

壮汉睁大了眼睛，呆呆地仰望着天上飘过的白云。

“扑通。”

半公嫲飞跃入水，身姿矫健，向江心渚游去。

凌空虚步

杨静龙

儿子嘎嘎笑起来。

他看了儿子一眼，儿子笑得更欢了。“嘎嘎……呃……”儿子大笑，然后打了一个响嗝儿。

“爸爸飞，飞到树上去……”儿子指着院子里那棵高大的金桂树，嚷嚷着。

他伸手抓住树杈，身影一掠，上到树上。四十多年了，他早已练就一身功夫。借助特制的威亚，他能在树枝上走动，身轻如燕，最后在靠近树梢处找到一个合适的地方，坐了下来。他按了按胸口，让呼吸稍稍平稳一些。

月华似水，又如霜。桂花纷纷扬扬，洒落在院地里，很快就铺了薄薄一层。起风了，清冷的月光像水一样在庭院里流动，秋寒已浓。

儿子并不觉得冷，在树下蹦跳着，一边打着嗝儿，一边兴奋地拍手喊叫：“爸爸是大侠，呃，呃……爸爸飞，找妈妈……”落花在儿子脚下发出破碎的细响，桂花香气飘荡在寒风里，一阵浓，一阵淡。

他呆呆地看着儿子，张了张嘴，又紧紧地闭上。他该怎么和儿子说呢？

四十多年前，那个凛冽的冬季，江南西吴一带下起大雪，连续下了七天七夜。那天清晨，儿子出世了，不哭也不闹。之后几年，儿子一直不哭不闹，也不说话。遇到开心的事，就嘎嘎地笑，一直笑到打嗝儿，直到透不过气来才停止。别人家的孩子上小学了，儿子没有开口说话。别人家的孩子考上了大学，儿子突然开口说话了，那是石破天惊的一句话，这句话肯定在儿子心里憋了太久太久。儿子说：“爸爸飞，找妈妈……”

这是他心里永远放不下的痛。是的，儿子的智力一直停留在三四岁水平。他在西吴市经营着一家公司，虽然算不得富豪，日子也还过得去，他在城里置下一栋带花园的别墅。女人喜欢桂树，他就在院子里种了一棵金桂，每到金秋时节，花香四溢，熏得人醉。

这个院子寄托了儿子精神世界的全部。白天，被独自锁在家中的儿子迷上了电视，迷上了武侠片，当大侠们飞身掠过树冠，树梢仿佛有轻风拂过，微微低头；当大侠们在群山之巅御剑而飞，犹如金桂花香飘忽不定……陶醉于武侠世界中的儿子常常忘了吃爸爸给他留的午饭，但在爸爸下班前一刻，会像宿醉的酒徒一下子清醒过来，跑到门后，等待爸爸的敲门声响起。当月亮升上天空时，儿子一天中最开心的时刻降临了。父子俩来到后院，爸爸在树上飞呀飞，儿子在树下跳呀跳。儿子高声嚷嚷：“爸爸飞，爸爸是大侠……爸爸飞，找妈妈……”

月亏月盈，金桂花开了又谢，谢了又开。日子像流水一样逝去，儿子三十岁了，四十岁了，一晃又过去几年。在儿子眼里，他早已是武者大侠，上天入地，无所不能。久而久之，在某些时候，这样的错觉也会来到他的意识里，恍惚觉得自己确实练就了一身功夫。

他欠身向前，双手掬起月光，月光丝丝缕缕从指缝间流淌下去。定睛看时，却是满满的一捧桂花从手中洒落。他已分不清哪是真，哪是幻。月亮圆润，似乎触手可及，一阵阵金桂花香，仿佛女人的体香御风而至……常常是树下儿子嘎嘎的笑声打断了这样一种神念天合的玄妙境界，“爸爸飞，找妈妈……”“爸爸是大侠，嘎嘎，呃……”，儿子的声音将空气割裂开来，也割裂了现实和幻想的合一。

对此，他没有一丝遗憾，也不责怪儿子。女人走后，儿子就是他生命中的唯一。他所担忧的只是自己日渐衰老，现在每一次飞身上树，都会让他大口喘气。公司的经营也出现了问题，不得已抵押了这幢带花园的别墅。他把全部心思都放在儿子身上，到底不能一心两用，更何况不知不觉中，他早已过了退休之年。

月光如水，秋风送香，他披一身白霜呆呆地看着儿子，几次想张嘴说话，都努力压住了。

就在今天，他的公司终于宣布破产，这是他和儿子在这个院子里的最后一个夜晚。

“儿子……”他终于开口叫了一声，冲儿子招了招手。

儿子兴犹未尽，以为今天的飞翔将要结束，嚷嚷道：“不，不，爸爸飞……”

他把手伸给儿子，拉住了，一把将他扯到金桂树上。这让儿子大喜过望。爸爸一直不让他来到树上，爸爸怕他飞不好，摔坏了身子。

今天爸爸竟然拉着他一起飞到了树上，儿子嘎嘎大笑，边笑边喊：“飞，飞，飞，找妈妈……”

金桂树欢快地晃动，落叶和花瓣纷纷扬扬，香气扑面而来。依稀之中，一道身影浮现在遥远的天边。群山欢呼，秋风高歌，熟悉的身影飘然行来……

一瞬间，他仿佛整个人融入天地之间，胸中涌起惊涛骇浪，恍惚中，他大声问儿子看到了谁。

儿子抱着他的手臂嘎嘎大笑，道：“飞，飞，飞，找妈妈……”

庭院内霎时安静下来。千里倩影绝尘而去，只留下一道萧索的背影，越来越淡茫，越来越模糊……

一对父子紧紧相拥，从高大的金桂树上飞身掠下。

冬季的爱情

王　哲

这个冬天，哈尔滨多雪。也许是北方的冬天太寒冷了，上帝怕冻坏了这座美丽的城市，在不断地给她添加衣裳。

当雪片铺天盖地在空中徐徐降落时，所有的建筑看上去有些安详和静谧，自然好像又赋予生命一层内涵，那就是让我们因为城市和冬天这样的词条自觉或不自觉地去思考人性，让我们的思想和灵魂向温暖靠拢。

哈尔滨的雪是很有个性的，它有些像蒲公英的花冠在薄凉的秋风里随性地飞舞，又有些像六月的杨树花儿在阳光下闪着炫目的色调，所有美好的比喻肯定与雪的本性都有偏差。但它们在空中飞翔的姿势大致是相同的，只有落在地面以后你才能看出差异。

无论是什么花儿，即便凋零了也有形状，可雪花不同，它们落在地上便失去了个体，而凝成一幅巨大的白色幕布。

哈尔滨的雪除了耀眼的白，看上去也特别地清澈。因为清澈你会觉得隐伏在人性深处的某种情愫被挑动，会让你在感同身受以后忽然觉得这个冬天其实也温暖，这应该就是哈尔滨冬天的个性了。

佳宁喜欢哈尔滨的冬天，尤其喜欢哈尔滨的雪，在白色的静止流动的瀑布上走动，像是在没有海风的海面上漫步，这让他想起自己家乡的春天，在一望无际的草浪上一只黑熊便统治了整个世界。

在哈尔滨，一到大雪天佳宁便格外兴奋，他觉得是雪统治了这座城市，所有和雪相关联的符号只要和这座城市有关，他都喜欢。雪一直下了一天，到晚上还在下。可雪片却明显地变小了，大街上一片银白，路灯的光青赳赳的，照在人身上有点儿变形。佳宁走在尚志大街上，前面已经是索菲亚教堂了。他已经能隐隐约约地看到越越的身影了，她肩上的双挎包随着她来回走动一耸一耸的，身子瘦瘦的，路灯把她的影子拉得老长老长，有些像公园里的长颈鹿在不停地给过往的游人鞠躬。

现在是夜里，又是大雪天，索菲亚教堂广场上只有越越一个人站立着。佳宁放轻脚步缓缓走近越越，他的原意是悄悄地站在她面前，可他刚一走近越越，她就转过身来，看着佳宁呵呵地笑了。

越越说，我早就知道你来了。

佳宁说，我接到你的微信就往这边赶，可还是来晚了。

越越说，不晚，现在的雪小了，正好赏雪。可惜的是不能喂鸽子。

佳宁说，我还没来得及吃饭，你还是先喂喂我吧！

越越淡淡一笑，从挎包里拿出一个纸袋儿递给佳宁说，早给你准备好了。

佳宁接过汉堡包使劲儿地咬一口，看着越越说，你为什么非得晚上出来？

越越说，这你就不知道了。我告诉你，只有晚上的雪才能让哈尔滨的冬天更有魅力，你也会因为对这座城市的感情，更加离不开我。

佳宁摇摇头，接着又连连点头，他知道他们的感情完全来自对雪的迷恋和对雪的理解与抒情。越越喜欢在晚上看雪，在路灯的光照下看雪花落地凝成雪幕的一瞬间。看雪以奉献者的姿态静穆地小心翼翼地卫护这座城市，用她的话说，每一片雪花都是有生命的，它们的使命就是集体牺牲，就是为了让这座城市更加安详，更加静谧，也更加神秘。佳宁第一次跟越越接触，便被越越这番不着边际的奇谈怪论给俘虏了，他觉得越越就像一片雪花一样，太安静了，也太随性了，甚至可以说是太神秘了。

这时越越从地上捧起一把雪说，宁，你看这雪还是热的。

佳宁看着越越和她捧着的雪笑了。越越在称呼他的时候总是故意省略一个字，这让佳宁觉得格外亲切。

佳宁也蹲在地上说，我看不是它热而是你热。

越越说，其实我要说的并不是它的温度，而是它的神秘。你不觉得这个城市现在有些神秘吗？

佳宁说，因为雪？

越越点点头说，当然，没有雪的时候一切都是裸露的，被雪覆盖以后这座城市就会衍生出许多故事。

她看佳宁没有回答，又接着说，你是故事我是故事，所有的建筑，包括这些树木都是故事。佳宁说，还有吗？

越越说，还有，我觉得每一次落雪都是一次天女散花。佳宁一阵神情恍惚，好像忽然看到了一片白色的花海，一群白色的鸽子在花海上飞翔，接着一只一只的鸽子落在越越的肩上头上，还有她举在空中的手掌上。

三年前，佳宁因为看越越在索菲亚教堂喂鸽子而喜欢上她，现在又因雪花的香味儿对越越有了最新的解读。

哈尔滨冬天的味道是雪香。几天以后回味和越越的约会，佳宁觉得自己的身上还有雪的香味，这是越越烙在他心上的符号。佳宁在反复咀嚼以后，觉得这种感觉很美好，可同时也觉得很累。他喜欢越越可又不想马上和她谈婚论嫁。

所以在越越问他什么时候可以结婚的时候，他犹豫半天也没给她一个明确的答复。接下来越越又选择了下雪的天气约会佳宁，她是想通过这种特别的环境刺激佳宁。

佳宁说，我不是不想跟你结婚，只是我们面临的未知太多，我怕伤害到你。

越越说，如果说爱一个人注定要伤害，那我宁愿你伤害我！

这时，天空又飘起了雪花，两人不知不觉地来到索菲亚教堂的门前，越越的身子看上去比前几天更瘦了，但一双眼睛却闪着雪一样让人迷醉的色彩。

佳宁上前扳住越越的肩头说，在我们老家一到冬天，熊就要在洞里度过整个漫长的冬季，因为公熊母熊要在冬季制造小熊。越越问，真的假的呀？

佳宁被问得哈哈大笑。

大雪纷飞，俩人抱在了一起。

2022年选系列封面绘图画家介绍

文瑶 1996年就读于广西艺术学院美术系油画专业。现为广西艺术学院美术学院副院长，副教授，硕士研究生导师。中国美术家协会会员，广西美术家协会理事，广西青年美术家协会常务副主席，漓江画派促进会理事。

《侗寨楼语》 文瑶　70 cm × 80 cm　2022 年

文瑶画作短评

文瑶的画有野兽主义的气度，也有印象主义的灵动。大块的坚定运笔，有味道的经营布局，再加时不时的一些小点缀，使文瑶的画透出自己的独有韵味，画面效果既有装饰趣味又不缺油画的厚重。

……文瑶的语汇里还有着贴近他性情的逗乐与调侃式的把玩心态，他总是不按常规地强化出对象的某种特殊的形貌状态，无论是画人物或者风景，他的处理总会有一些让人眼睛一亮的闪光点出现。这样的能力来源于他对现实对象的独特体察与概括性的整体把握，尊重事实而又能跳出常理的束缚。

——黄菁（广西艺术学院教授）